FÚRIAS

FÚRIAS

Histórias de mulheres perversas, selvagens e indomáveis

MARGARET ATWOOD, SUSIE BOYT, ELEANOR CREWES, EMMA DONOGHUE, STELLA DUFFY, LINDA GRANT, CLAIRE KOHDA, CN LESTER, KIRSTY LOGAN, CAROLINE O'DONOGHUE, CHIBUNDU ONUZO, HELEN OYEYEMI, RACHEL SEIFFERT, KAMILA SHAMSIE, ALI SMITH

Introdução de Sandi Toksvig

Tradução de Thaís Britto

Rocco

Título original
FURIES
Stories of the wicked, wild and untamed – feminist tales
from 15 bestselling, award-winning authors

Primeira publicação, em 2023, na Grã-Bretanha por Virago Press.

Copyright introdução © *by* Sandi Toksvig, 2023. *Copyright* conto "Siren" © O.W. Toad Ltd, 2023. *Copyright* conto "Virago" © CN Lester, 2023. *Copyright* conto "Churail" © Kamila Shamsie, 2023. *Copyright* conto "Termagant" © Emma Donoghue Ltd, 2023. *Copyright* conto "Wench" © Kirsty Logan Limited, 2023. *Copyright* conto © "Hussy" © Caroline O'Donoghue, 2023. *Copyright* conto "Vituperator" © Helen Oyeyemi, 2023. *Copyright* conto "Harridan" © Linda Grant, 2023. *Copyright* conto "Warrior" © Chibundu Onuzo, 2023. *Copyright* conto "She-Devil" © Eleanor Crewes, 2023. *Copyright* conto "Muckraker" © Susie Boyt, 2023. *Copyright* conto "Spitfire" © Ali Smith, 2023. *Copyright* conto "Fury" © Rachel Seiffert, 2023. *Copyright* conto "Tygress" © Claire Kohda, 2023. *Copyright* conto "Dragon" © Stella Duffy, 2023.

O direito moral das autoras foi assegurado.
Todos os direitos reservados. Nenhuma parte desta obra pode ser reproduzida ou transmitida por meio eletrônico, mecânico, fotocópia ou sob qualquer outra forma sem a prévia autorização do editor.

Todos os personagens e acontecimentos neste livro que não sejam claramente domínio público são fictícios e qualquer semelhança com pessoas reais, vivas ou não, é mera coincidência.

Direitos para a língua portuguesa reservados
com exclusividade para o Brasil à
EDITORA ROCCO LTDA.
Rua Evaristo da Veiga, 65 – 11º andar – Passeio Corporate – Torre 1
20031-040 – Rio de Janeiro – RJ – Tel.: (21) 3525-2000 – Fax: (21) 3525-2001
rocco@rocco.com.br|www.rocco.com.br

Printed in Brazil/Impresso no Brasil

Preparação de originais: ANGÉLICA ANDRADE

CIP-BRASIL. CATALOGAÇÃO NA PUBLICAÇÃO
SINDICATO NACIONAL DOS EDITORES DE LIVROS, RJ

F983

Fúrias : histórias de mulheres perversas, selvagens e indomáveis / Margaret Atwood ... [et al.] ; introdução de Sandi Toksvig ; tradução Thaís Britto. - 1. ed. - Rio de Janeiro : Rocco, 2024.

Tradução de: Furies : stories of the wicked, wild and untamed - feminist tales from 15 bestselling, award-winning authors
ISBN 978-65-5532-411-2
ISBN 978-65-5595-240-7 (recurso eletrônico)

1. Contos canadenses. I. Atwood, Margaret. II. Toksvig, Sandi. III. Britto, Thaís.

23-87440 CDD: 819.13
CDU: 82-34(71)

O texto deste livro obedece às normas do Acordo Ortográfico da Língua Portuguesa.

SUMÁRIO

Introdução   7
SANDI TOKSVIG

Sirena   13
MARGARET ATWOOD

Virago   25
CN LESTER

Churel   51
KAMILA SHAMSIE

Megera   65
EMMA DONOGHUE

Rapariga   89
KIRSTY LOGAN

Cortesã **CAROLINE O'DONOGHUE**	111
Vituperadora **HELEN OYEYEMI**	131
Bruaca **LINDA GRANT**	143
Guerreira **CHIBUNDU ONUZO**	165
Diaba **ELEANOR CREWES**	183
Enxerida **SUSIE BOYT**	209
Cospe-fogo **ALI SMITH**	231
Irascível **RACHEL SEIFFERT**	251
Tigre **CLAIRE KOHDA**	277
Dragão **STELLA DUFFY**	293
Sobre as autoras	315

INTRODUÇÃO

SANDI TOKSVIG

Atenção: este é um livro de "escrita selvagem". Se você é mulher, certifique-se de que está pronta para lê-lo. Já cingiu os lombos? Conteve a histeria? Pediu permissão ao marido?

É inacreditável que, não faz tanto tempo, na Era Vitoriana, houvesse uma ideia bastante difundida de que ler poderia ser ruim para as mulheres, então me sinto na obrigação de fazer o alerta: qualquer mulher que esteja segurando este livro pode nunca mais se recuperar. Talvez você fique cega de tanto forçar a vista, e seus nervos com certeza vão ser profundamente abalados por assuntos com os quais sua compleição delicada não está preparada para lidar. Se insistir em continuar com esta empreitada tola, pelo menos deixe que um homem leia o livro primeiro e determine quais passagens são apropriadas. Isso mesmo, esse é o jeito mais saudável e seguro de prosseguir.

Este livro marca um momento extraordinário na história do mercado editorial. Cinquenta anos atrás, a incrível e já falecida Carmen Callil decidiu que o mundo precisava de um selo editorial feminista, então criou a Virago. Estávamos em 1973, e a "segunda onda" do feminismo se espalhava pelo mundo. As mulheres reivindicavam mudanças políticas e sociais e, além disso, queriam ver suas vidas ser celebradas, defendidas e refletidas naquilo que liam. Eu conhecia Carmen e imagino que devia estar furiosa, com toda razão, para embarcar num empreendimento deste porte. O próprio nome, Virago, já era um sinal de que a empresa nunca deixaria de questionar o status quo. A rigor, a palavra se refere a uma mulher guerreira e heroica, mas há outros sinônimos menos lisonjeiros — língua de trapo, vadia, dragão, baderneira, irascível, harpia, bruaca, periguete, enxerida, coroca, diaba, sirena, cospe-fogo, megera, tigre, vituperadora, enfezada, rapariga…

Desejo ser uma combinação de todos esses adjetivos, porque cada uma dessas alcunhas soa como uma mulher que sabe defender a si mesma. Tentar desmerecer as mulheres com apelidos pejorativos não é nada novo. Imagino que, desde que os seres humanos aprenderam a vocalizar, devia haver aqueles que usavam apelidos maldosos para tentar fazer uma mulher ser mais dócil e respeitosa, pouco disposta a sair de seu canto na caverna. As diferenças de gênero aparecem de maneiras sutis. Ser chamada de "patroa" pode ser gozação, já "patrão" é sinal de respeito. Um homem se enche de orgulho ao ser chamado de "cachorrão", mas uma mulher deve sentir vergonha de ser "cadela". Para manter a conversa na seara dos animais — um homem pode ser um "touro", forte e corajoso, por outro lado uma mulher que é chamada de "vaca" não merece qualquer respeito. E, se ela continuar com esse tipo de comportamento na meia-idade, se transforma numa felina, as chamadas mulheres cougar, aquela categoria assustadora que ainda está com a libido em dia após a menopausa.

(Perdão, mas vou precisar de um minutinho aqui para falar sobre sexo... Tenho sessenta e quatro anos e, até hoje, é um dos meus assuntos favoritos. Eu sou uma vagabunda — "uma mulher de hábitos ou aparência sujos, descuidados e desalinhados; uma desleixada". A citação mais antiga da palavra [em inglês, *slut*] data de 1402, precedendo até as citações das conhecidas que começam com F e B. Eu adotei o termo.)

Tudo bem, voltei.

Quanto tinha seis anos, senti meu primeiro frenesi de raiva feminista quando, num dia de chuva, os meninos da escola foram liberados para brincar do lado de fora enquanto as meninas ficavam na sala, colorindo. Foi ali que liderei meu primeiro protesto (com sucesso) e, desde então, tenho tentado mudar o mundo. De acordo com o Fórum Econômico Mundial, a pandemia de Covid-19 atrasou em pelos menos três décadas os esforços pela igualdade de gênero. No momento em que escrevo, a estimativa para que homens e mulheres enfim estejam em pé de igualdade no que diz respeito a política, trabalho, saúde e educação é de 135 anos. Eu não vou ver acontecer, nem meus filhos, nem meus netos...

Então, o que podemos fazer sobre o assunto? Bom, continuar lutando, continuar sendo ouvidas e ouvindo umas às outras. Expressar-se em alto e bom som não é novidade nenhuma para o sexo "frágil". As palavras das mulheres costuram toda a história da escrita como um longo fio. Foi Enheduana — a alta sacerdotisa de Inana, deusa do amor, da guerra e da fertilidade, e também do bem mais divertido deus lunar Nana (ou Sim) — que inventou a poesia. Enheduana viveu na cidade suméria de Ur há mais de 4200 anos e é a poeta mais antiga de que se tem notícia. No começo do século XI, foi a aristocrata japonesa Murasaki Shikibu quem escreveu aquilo que é considerado o primeiro romance da história, *O conto de Genji*. Antes de Murasaki, Hrotsvitha (935-973) se tornou a primeira mulher historiadora e a primeira pessoa a escrever dramaturgia na Europa ocidental desde a Antiguidade.

Amo todas as formas de escrita, mas tenho um apreço especial pelo conto. Esse gênero é a própria origem da contação de histórias. Muito antes de desenvolvermos a escrita, narravam-se histórias ao redor de fogueiras. Em geral, tratava-se de um enredo simples, com algum tema principal e às vezes com uma lição de moral, que podia ser narrado de uma só vez. Qual foi a primeira história do mundo? Nunca vamos saber, mas acredito muito que tenha nascido com mulheres tentando distrair os filhos ou umas às outras, enquanto homens corriam atrás de bisões que não conseguiam capturar.

Uma das primeiras coletâneas de contos que li na infância foi *Contos de Grimm*, um livro de mais de duzentos anos, publicado no século XIX. Nós nos lembramos dos nomes de Jacob e Wilhelm Grimm, mas eles não são os autores. Os dois apenas reuniram as histórias, que vieram, em sua maioria, de mulheres. Diversas irmãs contribuíram para a coletânea — as irmãs Hassenpflug, Von Haxthausen e Von Droste-Hülshoffs. Uma mulher mais velha chamada Dorothea Viehmann forneceu mais de quarenta contos para os Grimm. Mas minhas fontes favoritas são as irmãs Dortchen e Gretchen Wild. Estas viviam na mesma cidade de Jacob e Wilhelm, mas eles eram muito pobres para se misturar com os Wild. Dortchen encontrava Wilhelm às escondidas para contar as histórias até que lhe rendessem dinheiro o suficiente para se casar com ela. Adoro a ideia de uma contação de histórias em segredo; de se recusar em aceitar que as circunstâncias do nascimento ditem os rumos da vida, mas eu queria muito ter sabido desde o início que os contos de fada não eram de Grimm, e sim de Wild. É uma escrita selvagem [*wild*, em inglês], literalmente. O fato de os homens receberem todo o dinheiro e reconhecimento enquanto as mulheres não ganharam nada me deixa muito irritada. Imagino como devia ser fascinante sentar à mesa com aquelas mulheres cheias de histórias.

Quando Carmen escolheu o nome Virago, foi certeira em suas intenções editoriais. Nos últimos cinquenta anos, a Virago revolucionou o cenário literário. As vozes das mulheres foram ouvidas em alto e bom som, e a tradição se mantém com este livro. Cada história é inspirada por um dos sinônimos de Virago, enquanto navegamos pela *Vituperadora*, de Helen Oyeyemi, até a *Cospe-fogo*, de Ali Smith, e a *Guerreira*, de Chibundu Onuzo, encontramos no meio do caminho a *Churel* — uma espécie de harpia ou fantasma paquistanesa —, de Kamila Shamsie. O conjunto de escritoras brilhantes reunidas aqui dispara verdades e despeja sua raiva. Então isso significa que, como diria Shakespeare, são apenas histórias "cheias de som e fúria, que não significam nada"? Longe disso. São contos temperados com humor e humanidade.

Alguns anos atrás, numa outra comemoração da Virago, dividi o palco e apresentei o evento ao lado da lendária Margaret Atwood, de quem sou fã de carteirinha. Ela é uma escritora maravilhosa, mas o que eu não esperava era que também fosse comediante. Ela foi hilária. Eu tive certeza de ter encontrado minha parceira de apresentação de outras vidas. Ao mergulhar nestas histórias, seu primeiro contato vai ser com as águas reluzentes de Atwood. Basta ler a primeira frase — "Abrimos agora, oficialmente, a sessão de hoje da Roda de Crochê dos Seres Liminares" —, e você já sabe que vai se divertir. "Você era uma princesa e agora virou um sapo? Acontece": aí está uma situação com a qual todas podemos nos identificar.

O mais glorioso desta coletânea é a velocidade de tirar o fôlego que faz com que, em um minuto, você esteja participando do inspirador levante de mulheres polonesas em 1942, em *Irascível*, de Rachel Seiffert, e no minuto seguinte esteja repensando sua relação com o próprio corpo depois de ler *Dragão*, de Stella Duffy. Eu me senti acalentada e abalada por essas obras, e às vezes as duas coisas ao mesmo tempo.

Da última vez em que encontrei Carmen, tomamos um drinque num bar em Londres com um grupo bem eclético de mulheres, todas bem-sucedidas nas próprias áreas de atuação. Era um estabelecimento caro onde tudo, da decoração ao comportamento esperado, era silencioso. Carmen, no entanto, se ofendeu com as palavras de alguém e se lançou numa diatribe feroz sobre políticas de identidade e autodeterminação. Foi um momento furioso, espontâneo e interminável. Foi também bastante barulhento. Sua raiva não arrefecia, e ela se tornou o centro das atenções com sua fúria. Era um espetáculo digno de público. "Não pode fazê-la ficar quieta?", alguém pediu a Debbie, minha esposa, que é terapeuta. Debbie balançou a cabeça e respondeu: "E por que alguém faria isso?"

Aproveitem.

SIRENA

MARGARET ATWOOD

Em memória de Carmen Callil

A brimos agora, oficialmente, o encontro de hoje da Roda de Crochê dos Seres Liminares.

Isso mesmo, eu disse *oficialmente*. Por que está rindo? Não acho que tenha nada de engraçado. Sim, compreendo que exista alguma ironia no fato de que uma reunião de pessoas — de criaturas, personas — que, em sua essência, desafiam as normas oficiais da sociedade esteja sendo aberta oficialmente. *Saquei*, como dizem. Mas mesmo assim não é engraçado, não importa o que as Harpias pensem. Não podemos ter uma Roda de Crochê se não pudermos ter reuniões, e não podemos ter reuniões sem alguém que as conduza.

Então por que subi ao púlpito e virei a chefona? Boa pergunta, Celeno. Bom, para começar, eu sei falar. Diferentemente daquelas que se metamorfosearam em, por exemplo, cobras com várias cabeças. Sem querer ofender, Cila, mas sibilar não é a mesma coisa.

É óbvio que vocês podem expressar suas opiniões, mesmo que não tenham uma voz, exatamente. É só usar o quadro-

-branco. É só segurá-lo virado para mim, que consigo ver perfeitamente daqui de dentro deste aquário — daqui de dentro desta acomodação temporária. Não que alguém tenha se lembrado de limpar o vidro desde a semana passada e que o aquário esteja infestado de mariscos. Não tenho nada contra mariscos, é só que fica chato.

Se não conseguir usar o quadro-branco sozinha, peça a alguém com dedos ou outros membros preensores para ajudá-la.

Sim, entendo que não estou sendo muito empática, é muito gentil de sua parte chamar atenção para isso, mas se parasse para pensar por um minutinho, entenderia o porquê. Nunca ouviu a expressão "fria como um peixe"?

E, aliás, decidi não me abalar com a referência ao púlpito. Como todas nós sabemos, eu nunca poderia subir a um púlpito. Para simplificar, não tenho pés, como vocês podem ver. O motivo para isso é uma história pessoal. Quando foi-me oferecida a escolha entre ficar com o objeto de minha paixão fria como um peixe — um príncipe humano, para ser exata — e a perda de minha voz áurea em troca do bipedalismo necessário para a conjunção sexual humana, eu me mantive fiel à música. Sim, ao contrário de minha irmã mais nova e mais ingênua, desisti do sonho romântico de ser uma muda com problemas nos pés para continuar com minha arte liminar, porém melodiosa. Não estou dizendo que a decepção amorosa não partiu aquilo a que tenho o prazer de me referir como meu coração. Mas aperfeiçoou minha música, pelo menos é o que me disseram. Deu mais profundidade às minhas melodias.

Sim, é verdade que sou famosa por atrair marinheiros para a morte, mas essa é uma visão um tanto tendenciosa. O que um não quer, dois não fazem. Eu não conseguiria seduzir esses homens se estes não quisessem ser seduzidos. E eu sou boa em meu ofício. Dediquei muito tempo ao trabalho e ao estudo para desenvolver as técnicas de sedução. Levei séculos para aperfeiçoá-las enquanto aguentava os insultos humilhantes dos marinheiros que não conseguia atrair. "Barriga de Peixe" não é um apelido simpático, muito menos "Boca de Tubarão". Mas, com o tempo, me vinguei de meus algozes: tenho uma coleção digna de nota de botões de marinheiros, que arranquei de seus uniformes com os dentes. Estou pensando em construir uma gruta com eles.

Mas chega de falar de mim. Comecemos a reunião! Está aberta oficialmente. Temos decisões importantes para tomar!

Melusina, será que você pode descer do varão da cortina? Sim, eu sei que você é parte serpente, todas nós reconhecemos isso. Mas desvia nossa atenção. Não pode simplesmente se enroscar em algum lugar?

Obrigada.

Agora. A Roda de... Qual é o conceito? Ah. É sua primeira vez? Você era uma princesa e agora virou sapo? Acontece. Mas é boa com artesanato e com todos aqueles bordados que fazia quando era princesa? Que ótima notícia! Estamos fazendo uma tapeçaria coletiva em crochê tunisiano. É uma padronagem antiga, chegou a nós pela Mãe de Grendel. Quando não estava arrancando cabeças na Dinamarca, ela era uma excelente artesã, e ainda reciclava. Apenas materiais naturais. Tenho uma receita dela de brigadeiro que dizem ser uma delícia, para quem gosta de comer militares.

Você vai receber um dos quadradinhos — a Aracne aqui é quem está cuidando disso — e vão te mostrar como colocar os nomes de nossos inimigos nos pontos. Quando seu quadrado estiver pronto, vai ser incorporado à tapeçaria coletiva. Quanto mais mãos, menos trabalho! Seja bem-vinda!

E agora me permita explicar o motivo da existência de nosso grupinho. As mãos mais antigas — sim, eu sei que algumas das presentes não têm mãos, exatamente. Tudo bem então, mãos, asas ou garras mais antigas. Ou nadadeiras. Ou tentáculos. Vou dizer de outro jeito: as *membras de longa data* — pode ser assim?

Vou continuar. As membras de longa data já ouviram tudo isso antes, então façam a gentileza de perdoar a repetição. A Roda de Crochê dos Seres Liminares existe para aquelas de nós que foram excluídas de todas as outras ligas, clubes, setores, definições, sindicatos, associações, identidades, nichos culturais e grupos em geral, dada nossa incapacidade e/ou relutância em nos adequar e conformar a uma determinada categoria social e taxonômica.

A Roda de Crochê é para criaturas "supostamente femininas". Os "supostamente masculinos", como manticoras, ciclopes, minotauros e balrogs já têm o Clube de Bilhar.

Mas, seja na Roda de Crochê ou no Clube de Bilhar, todos nós já tivemos a experiência de ser desprezados e até mesmo temidos; todos já tivemos a experiência de ser, digamos assim, exilados e excluídos. Não somos bem-vindos por companhias respeitáveis, para dizer o mínimo. É por isso que começamos esses grupos: para termos um espaço seguro onde não precisemos viver aterrorizados por machados de duas lâminas, ou arpões encantados, tochas flamejantes e forquilhas, ou crucifixos e alho, ou balas de prata…

Sinto muito, faltou um pouco de tato. Sim, sei que essas palavras podem ser gatilhos. Quieta, menina! Usem a coleira de enforcamento. Obrigada. Podemos consertar o estofado depois.

"Liminar" vem do latim *limen*, que significa margem, fronteira. Como vocês bem sabem, cada uma de nós está com um pé de cada lado de qualquer margem possível, por exemplo... O que foi agora?

Por favor, parem de tagarelar. Ah, entendi: *pé* é uma palavra problemática. Eu deveria manter isso em mente, considerando que não tenho pés? Imagino que seja inútil explicar que eu estava usando *pé* como uma metáfora, mas vou me render à sua elevada sensibilidade. Eu retiro o *pé*. Por favor, remova das atas. Vou reformular a frase. Como vocês bem sabem, cada uma de nós vivencia metade — um pouco para mais, um pouco para menos — de nossa existência em um lado de uma fronteira cultural ou taxonômica, e a outra metade — um pouco para mais, um pouco para menos — em outro lado. Eu apresento a vocês a ornitorrinco.

Não, não, Francine, querida. Não vou fazer você se apresentar em lugar nenhum! Muito menos num zoológico, não! De jeito nenhum! Algo assim nunca me passaria pela cabeça. Você é nossa *mascote*!

A coitadinha se assusta com qualquer coisa. Por favor, digam a ela que está segura, que pode sair debaixo do monópode.

Vou reformular a frase. *Para exemplificar*, eu apresento a você a ornitorrinco. É um mamífero, pois as fêmeas têm glândulas mamárias e pelos, mas também bico e colocam ovos, como uma ave. Vocês podem imaginar como aqueles que defendem categorias rígidas devem ter se sentido ao se deparar com ela! Simplesmente deveriam ter criado uma nova classificação, não é? E é isso que nós, na Roda de Crochê dos Seres Liminares, assim como no Clube de Bilhar dos Seres Liminares, defendemos, entre outras coisas: novas maneiras de categorizar.

Antes de continuar, vamos reservar um minuto para lembrar os aspectos mais positivos de nossa natureza. Seres Liminares são considerados pelos humanos como potencialmente perigosos, sim, e nós *podemos* ser perigosos; mas também somos vistos como seres sábios e edificantes. Bom, pelo menos alguns de nós; isso não vale muito para as serpentes de várias cabeças, sinto muitíssimo, Cila. Aquiles foi treinado por um centauro, como alguns do Clube de Bilhar nunca se cansam de destacar. Seres Liminares comandam diversas transições de fronteira, mudanças de estado e iniciações em geral. Casamentos, funerais, nascimentos, juramentos, ocasiões desse tipo. Podemos ajudar àqueles que se encontram no limiar entre uma categoria e outra. Animal e humano. Em gestação e já nascido. Criança e adulto. Solteiro e casado. Homem e mulher. Mar e terra.

Quem fez a piada com Surf 'n' Turf? Ah. Uma das Harpias, para variar.

Recapitulando. Nós atestamos a maleabilidade, a versatilidade e a plasticidade da natureza.

Dito isso, existem limites. Agora que os Seres Liminares estão na moda, não apenas como decoração de pisos de mosaico, mas como modelos de experiência de vida, muita gente tem se identificado como membro de nossas organizações. No ano passado houve a questão das vampiras. Algumas de vocês se opuseram a admiti-las com base na ideia de que elas não eram, como foi dito, "clássicas", mas as vampiras forneceram um argumento forte para sua liminaridade: afirmaram que existem entre a vida e a morte, e depois de um debate acalorado durante o qual algumas associadas infelizmente foram completamente privadas de seus fluidos corporais, e de uma votação apertada decidida pelas mãos levantadas — ou membros frontais levantados —, elas foram aceitas. As vampiras são bastante afluentes, uma vez que tiveram muito tempo para saquear, quer dizer, economizar, e muitas delas fizeram doações generosas para nosso Fundo de Aposentadoria. Não que alguma de nós vá se aposentar um dia.

Mas agora surgiu uma nova questão: as zumbis. Ouvi dizer que, se as vampiras foram aceitas, as zumbis também deveriam entrar, já que experimentam o mesmo tipo de liminaridade entre a vida e a morte, mas eu discordo radicalmente. As vampiras preservaram suas identidades individuais ao longo de muitas mudanças, enquanto as zumbis nem têm identidade. Não é possível ter identidade sem um cérebro. E você não é um ser, muito menos um Ser Liminar, se não tiver um...

Como assim, e os fungos? Um fungo é um ser? Tudo bem, é uma espécie de entidade, mas um ser? Não, não quero discutir *O ser e o nada* no tocante às trufas. Como é que desviamos o assunto para essa história de fungos?

Silêncio, por favor! Vamos nos concentrar no tema do dia! A maré está virando e não quero ficar encalhada na areia.

Vejam bem, não sei nem por que estamos discutindo sobre as zumbis. Elas não pediram para entrar. Não há mistério nenhum sobre o motivo, elas não sabem falar. Mesmo que soubessem, não estariam doidas para se juntar a nós. Certamente não à Roda de Crochê. As zumbis não têm qualquer interesse em novelos.

Nem sabem o que são "Seres Liminares", então qual é a diferença de serem incluídas ou não? Não, não temos como ensiná-las. Quantas vezes vou precisar dizer que zumbis não têm cérebro? Só têm gosma entre as orelhas, e isso quando têm orelhas! Estão caindo aos pedaços.

Não estou culpando a vítima. Sei que não é culpa delas o fato de serem basicamente uma pilha de lixo biológico fedorento em decomposição. Vamos encarar, essa é a realidade.

Posso fazer uma moção para colocar o assunto em votação? Todas a favor de excluir as zumbis, levantem um membro.

Obrigada. Precisamos manter algum nível.

Por fim, um assunto que vem nos incomodando já faz algum tempo. É um problema diferente de todos que já enfrentamos. Estou falando dos Desaparecidos. Quando uma pessoa, ou até mesmo um Ser Liminar, simplesmente some — não está mais à vista, como antes —, não pode mais ser classificada como morta ou viva, existente ou não existente. Portanto, é liminar. Mas seu estado é inverificável, então pode estar em qualquer lugar. No mundo antigo, uma pessoa assim não poderia cruzar o Estige, beber das águas do Lete e então renascer: estaria condenada a vagar pela Terra, amaldiçoando os viajantes e assustando cavalos, até que fosse encontrada e passasse pelos devidos ritos funerários. Neste mundo mais recente, o Lete já não existe, porém esse estado desconhecido causa muito aborrecimento aos entes queridos.

Nós nos solidarizamos. Muitas de nós são ex-humanas que foram transformadas em fontes, árvores, pássaros, girassóis, aranhas ou seja lá o que for. Nossos parentes nem sabem onde estamos! Os deuses que executam esse tipo de transformação são péssimos em passar mensagens construtivas.

Peço desculpas. Não quis dizer "seja lá o que for" de modo depreciativo.

Meu argumento é: várias de nós seríamos capazes de intuir ou descobrir onde estão esses desaparecidos. As dríades, as nereidas, até mesmo as melusinas — todas elas sabem o que ou quem está perdido nas florestas, o que ou quem está navegando pelos oceanos. Em algumas ocasiões, tentaram compartilhar a informação com os humanos ansiosos e enlutados, mas os resultados infelizmente foram negativos. Quando os humanos ouvem uma árvore ou uma cobra falar, em especial se for sobre cadáveres, tendem a sair correndo e gritando ou então atribuir a questão ao consumo excessivo de alucinógenos.

Mas nosso dever não é apenas em relação aos parentes. É também em relação aos próprios desaparecidos, estejam vivos ou mortos. Eles desejam ser encontrados! É por isso que estão sempre atormentando as pessoas nos sonhos. Anseiam por reunir-se com o que já foram um dia, anseiam pelo reconhecimento de quem são agora. Desejam ter suas histórias contadas por completo, incluindo seus finais trágicos; e os finais costumam ser trágicos, como vocês bem sabem. Ainda assim, contar a história traz a sensação de conclusão. De alívio. Ou pelo menos é nisso que se acredita.

Nós, da Roda de Crochê dos Seres Liminares, estamos numa posição única para compreender esses anseios, os anseios daqueles que estão presos nas fronteiras. O Vale da Estranheza é nosso hábitat natural. Sabemos o que é não ter uma classificação definitiva. Será que podemos ajudar essas pobres almas perdidas? Estamos dispostas a encarar o desafio? Podemos esquecer nossas diferenças, abdicar de comer os vestígios materiais e trabalhar nisso juntas? Embora não possamos oferecer alegria ou conforto, podemos dar a elas uma sensação de conclusão. Presentear os parentes enlutados com uma de nossas tapeçarias aconchegantes e reconfortantes, depois que tiverem servido a seu propósito inicial como instrumento de vingança e o inimigo costurado já estiver extinto.

Podemos levantar os membros?

Por favor, diminuam o clangor das garras brônzeas. Sei que é uma manifestação positiva, Medusa, mas está alto demais.

Obrigada. A parte formal da reunião está encerrada. Agora podemos fofocar e desfrutar dos lanches variados. Se alguma de nós não estiver de acordo com o lanche que a outra estiver consumindo, ou de que forma, é só olhar para o outro lado.

Depois vamos nos separar, cada uma para seu respectivo ambiente.

Boas costuras.

VIRAGO

CN LESTER

Anotações pessoais sobre o Caso 36

19 de julho

Nesta tarde ocorrerá a primeira consulta sobre um novo caso, que promete se revelar o mais interessante — ou, para ser mais exata, o mais original — entre aqueles com que entrei em contato sob a orientação do dr. K–. Não recebi nenhum registro prévio, nenhum detalhe; K– manteve seu típico ar de mistério e disse apenas: "Quero sua impressão genuína." Ele tinha uma expressão ou, na verdade, uma falta deliberada dela, artifício de que já o vi se valer diversas vezes com seus pacientes e que sugeria precaução quanto a discordâncias. O clima estava quente, a sala abafada; o horário da consulta chegou e passou.

Quando a batida na porta soou, recebi o sinal para me sentar e ficar onde estava, ao lado e a pouca distância da poltrona do doutor, na direção oposta. Algumas palavras soaram atrás da porta — um comentário vulgar, risadas, um murmúrio mais baixo —, e então o paciente entrou. Acho que consegui disfarçar a surpresa. Não poderia dizer que agiria do mesmo modo seis meses antes.

O vestido sujo e desbotado, o gorro e o avental surrados e encardidos, tudo indicava a identidade de uma prisioneira, uma mulher; a pessoa debaixo daquela roupa — a forma, o porte e as características —, porém, era um rapaz jovem, mais ou menos de minha idade. Seu físico era magro, mas bem desenvolvido, os passos um pouco ousados demais, como se quisesse desafiar sua situação atual. Cada parte do corpo exalava confiança, domínio, a não ser pela cabeça, que pendia para a frente, o olhar deliberadamente baixo, parecendo até mesmo punitivo — de vergonha ou de fúria, não consegui decifrar. Ele não se sentou, como foi instruído; ficou de pé no meio da sala, desajeitado mas obstinado.

Eu já vira K– usar seu charme com pacientes pouco colaborativos, e daquela vez não foi diferente; com um tom de voz gentil, mas objetivo, falou um pouco sobre seu trabalho, sobre como gostava de conduzir as coisas, e quais eram as expectativas de e para cada um de nós presentes na sala. Andou de um lado para o outro, não porque realmente precisasse encontrar o arquivo do paciente (que já estava acima de todos os outros papéis) nem beber água (já tinha bebido antes de começar), mas para dar ao jovem uma chance de se acomodar, de olhar ao redor e se habituar à sensação de ser observado. Acompanhei tudo de canto de olho, para passar a impressão de desinteresse — respondi às perguntas do doutor sobre o clima nesta época do ano, acendi um cigarro e fiquei à vontade. O paciente permaneceu de pé; K– não se abalou. Essa recusa inicial em participar, como aprendi, é comum entre aqueles que são trazidos até aqui por outras pessoas, e normalmente pode ser resolvida com a reiteração de um ambiente seguro, um comportamento amigável e a disposição para ouvir. Para completar a cena, ao fim dessa conversa mais social, ele sorriu, de bom humor, e perguntou, como se estivesse cansado: "Você se incomoda se eu me sentar?" Sem receber resposta, K– se acomodou na poltrona e puxou para perto a pequena pilha de papéis organizada que estava lendo e o lápis para anotações. Como se estivesse falando com o ar, disse: "Não tenho nenhum problema em esperar sua decisão de falar, mas vou usar esse tempo de modo produtivo, se não se opuser?" Isso também fazia parte das técnicas dele; até hoje, todos os pacientes que vi se esforçando para fingir que nos ignoravam não conseguiam suportar muito tempo sendo ignorados.

 De vez em quando, o lápis do doutor fazia um risco mais forte na margem do papel, e o som da rua chegava abafado pela janela. Peguei o livro mais próximo e o abri no colo para disfarçar e examinar o paciente mais detidamente. A cabeça ainda estava abaixada, então eu não conseguia ver seu rosto com clareza, mas a linha do maxilar se destacava, forte, sobre o lenço amarrado no pescoço; as mechas de cabelo que escapavam das laterais da boina eram de um ruivo muito vivo. As mãos e os pulsos eram um tanto engraçados, visíveis sob as mangas curtas demais: mãos firmes, com dedos ásperos, e bronzeadas. A postura ereta me lembrava de um soldado ou de um cavaleiro, e o contraste entre isso e as roupas me fez pensar se a razão para ele estar aqui era alguma transgressão do tipo mais bizarro e descontrolado. Ao pensar nisso, voltei atrás, limpei a mente e recobrei a sobriedade — minha tarefa àquela altura não era julgar sem saber dos fatos, e sim observar, abrir minha mente para a observação, considerar a situação por completo e guardar todos os dados para analisar depois. O tempo passava no relógio. Suavizei meu olhar, que foi ficando indistinto — as percepções da sala vinham até mim, eu não as procurava: os barulhos distantes, o ar pesado e o som quase imperceptível de três pessoas que, aos poucos, começavam a respirar juntas, no mesmo ritmo.

A batida à porta, uma hora depois da primeira, foi como um despertar. K– se alongou num gesto totalmente exagerado, acenou para nós dois e disse animado: "O guarda." Mais uma vez foi até a porta sozinho, mais uma vez as vozes abafadas, depois ele voltou com um sorriso solícito, o braço esticado pronto para conduzir o paciente para fora. Foi só na hora de dar os nomes na despedida — quando entregou o prisioneiro — que percebi que nosso jovem rapaz era uma mulher. "Obrigado por seu tempo, srta. W–, e aguardo nossa consulta de amanhã", e disse isso não olhando para ela, e sim para mim, do outro lado da sala. Não consegui esconder tão bem minha surpresa dessa vez.

20 de julho

Mais uma hora inteira de silêncio encarando o carpete hoje, e não tão fácil quanto a primeira — para mim, pelo menos. K– permaneceu impassível, mas me deu o arquivo do caso para examinar, para ver se eu conseguia elaborar por conta própria uma estratégia. O arquivo está aqui do lado enquanto escrevo, as três partes espalhadas: a ficha criminal, os depoimentos (a favor e contra a acusada) e o relatório médico inicial. O que nos cabe é a tarefa designada pelo tribunal: determinar a razão oculta, a motivação e, portanto, a culpabilidade, do comportamento da srta. W–. Os crimes são uma combinação do mundano com o extraordinário, e foi apenas durante o curso do primeiro que o segundo foi descoberto.

A narrativa fornecida pela polícia pode ser resumida da seguinte maneira: em dezembro do ano passado, o sr. W– (era como ela vivia então) chegou a nossa cidade fugindo de credores em G–. Trabalhando como jornalista e tradutora, ela começou uma amizade com um colega, o sr. S–, motivada em parte pelo interesse em comum dos dois em jogos de azar. Depois de um tempo, foi apresentada à família dele, que incluía uma irmã solteira, Anna; uma atração se estabeleceu, e o casamento aconteceu em junho, com a bênção do irmão. À medida que o romance progredia, avançava também a dependência financeira de W– em relação a S–, e as promessas de devolução do dinheiro evoluíram de atrasadas e parciais para não existentes. A amizade se deteriorou e a hostilidade entre os dois se converteu em violência no dia 11 de julho, depois de uma noite de bebidas no bar que costumavam frequentar, próximo ao Fleischmarkt. Sem conseguir expulsá-los, e temendo por seu patrimônio, o dono chamou a polícia e, durante o procedimento de prisão, descobriu-se o verdadeiro sexo de W–.

O sr. S–, por sua vez, ficou incrédulo, e sua declaração foi direto ao ponto: não, ele não tinha a menor ideia, e a insinuação de que sua irmã tivesse alguma participação naquele engodo era ultrajante. Ele exigiu não apenas o ressarcimento em dinheiro, mas uma acusação criminal pela fraude cometida contra sua família. A srta. S– (assim chamada agora) deu apenas um breve depoimento, e o policial que conduzia a entrevista atestou o estado de choque da acusada: ela não conseguia e não queria acreditar. Em contraste a essas poucas frases, o registro do depoimento de W– era mais longo, embora não tão longo e detalhado como sei que K– gostaria que fosse. Incluía um resumo da história dela como uma explicação para o crime, por cima do qual ele havia rabiscado seu aviso habitual: "*cum grano salis*." Ela contou ter vivido disfarçada como homem — ou menino — desde a infância, uma excentricidade encorajada pelo pai que, ao notar as tendências masculinas da criança lhe deu o nome de "Nicolas". O esforço físico, os feitos de ousadia e a vida boêmia era o que lhe dava os maiores prazeres, e ela então se esquivou de tudo o que era feminino, exceto o que encontrava na figura de uma mulher amada. As apostas e a escrita eram suas paixões, os bordéis não lhe eram ambientes estranhos e ela já tinha até mesmo sido ferida num duelo. A própria reconhecia a discrepância entre sua vida anterior e o profundo e terno amor que dizia sentir pela irmã de S– (a palavra "nobre" foi citada duas vezes), um amor que acreditava conduzi-la à mais alta, e até então não concretizada, expressão da masculinidade. Anna, garantiu ela, não tinha nenhum motivo para duvidar de que seu marido fosse outra coisa senão o que aparentava ser. Não foram fornecidos detalhes a respeito de como a ilusão foi mantida após a consumação da união.

Ao menos o relatório médico havia sido conduzido de acordo com padrões considerados aceitáveis para os métodos do doutor — que, creio, logo seriam os meus. Foram tiradas as medidas completas do crânio da paciente, anotadas as proporções, e o mesmo foi feito com a pélvis e a coluna; os quadris eram tão pouco desenvolvidos que não correspondiam de maneira alguma aos de uma mulher. O palato duro era estreito, os dentes um tanto anormais, as coxas e os braços inacreditavelmente musculosos, a laringe de formação masculina, e as extremidades cobertas de pelos — mas as mamas foram descritas como macias e, para minha surpresa, a genitália aparentemente não tinha traço de desenvolvimento hermafrodita: grandes lábios tocando-se quase por completo, pequenos lábios projetados sobre uma dobra similar a uma crista de galo, e o clitóris pequeno e bastante sensível. A vagina foi descrita como tão estreita que a inserção de um *membrum virile* seria impossível; o útero foi tocado, através do reto, e tinha mais ou menos o tamanho de uma noz, imóvel e retrovertido.

O relatório terminava com um diagnóstico proposto de inversão congênita anormal do instinto sexual, e compreendi por que K– quis que eu examinasse os fatos como aparecem, sem dar atenção à opinião de outros médicos. Era nossa tarefa determinar a extensão e a qualificação da anomalia — pseudo-hermafroditismo, viraginite ou ginandria —, e então avaliar se a srta. W– havia incitado a esposa a cometer atos homossexuais, e se poderia e deveria ser responsabilizada por isso. Foi o que o tribunal pediu de nós. O que precisamos nos perguntar é se o defeito da paciente é congênito — e, se congênito, incurável.

21 de julho

Depois de uma jornada de trabalho extenuante e desagradável no hospital pela manhã, onde tive que cuidar de meus casos e dos de um colega ausente, tive apenas um minuto para consultar K– antes da chegada da srta. W–, no fim da tarde. O doutor não me disse nada quando entrei naquela que ainda não consigo pensar como "nossa" sala: um sinal claro de que estava formulando novas ideias. Eu preparava o caderno e o lápis ao ouvir a batida à porta; perguntei, em voz baixa: "Acha que eu poderia tentar algo diferente?" e recebi em resposta apenas um: "Você acha que conseguiria tentar algo diferente?" A maçaneta virou, os dois lados assumiram a mesma posição do dia anterior, eu em pé e ele sentado, eu evitando os olhares, e ele virando o rosto com cuidado para o outro lado, animado. Depois de alguns comentários sobre o tempo e uma oferta de água que K– sabia que seria recusada, ele apresentou o método de distração do dia: um jornal. "Está calor demais para pensar muito", disse ele para ninguém em especial e então se sentou para ler.

Eu passara a manhã inteira num debate interno sobre o melhor jeito — ou talvez qualquer jeito — de persuadir nossa paciente a colaborar. Se fosse uma cliente particular, poderíamos levar o tempo que fosse, mas o julgamento se aproximava e nosso diagnóstico era necessário para o poder público. Ainda assim, não queria destruir a chance de construir uma relação antes mesmo de começar, e assim perder qualquer mínima esperança de realizar um tratamento. Acendi um cigarro, tamborilei os dedos e ouvi K– virar mais uma página. A paciente, de propósito ou não, estava um pouco mais voltada para a porta dessa vez, o que me fornecia uma visão de suas costas largas e musculosas; com toda a honestidade, eu teria muita dificuldade em acreditar que é uma mulher se não tivesse lido toda a verdade. Os braços estavam completamente parados, e ela não se mexeu nem mudou de posição: a única coisa que se movia eram as costelas, abrindo e fechando devido à força da respiração. Sem pensar melhor, eu disse: "Nicolas?" e vi uma resposta instantânea do corpo diante de mim; ela ficou paralisada. Bem devagar, para que ela pudesse acompanhar meus atos, eu me levantei e cheguei mais perto, e assim ficamos, as duas paradas. Escolhi as palavras seguintes com bastante cuidado: poucas para deixar uma lacuna em que ela pudesse se inserir, mas diretas o bastante para valorizá-la. "Vamos ter que diagnosticar você muito em breve, de um jeito ou de outro. Acredito que já saiba disso. Seria melhor contar com sua ajuda. Será que podemos fazer alguma coisa que deixe você mais à vontade?"

A cabeça dela não se moveu nem os ombros relaxaram, mas depois de uma longa pausa e de um suspiro profundo: "Um cigarro, pelo amor de Deus."

Havia uma espécie de rascar na garganta dela, como se não falasse havia um tempo, e qualquer que fosse a voz que eu estava esperando, nem lembrei mais depois de ouvir as palavras que de fato vieram. Acendi um de meus cigarros e estendi para ela, que se virou e finalmente levantou a cabeça; senti-me encolher na expectativa de ver sua expressão, embora nem soubesse o que estava esperando ou por que isso seria importante, mas não havia nada de mais. Examinei seu rosto. A sobrancelha estava levantada em uma expressão inteligente, os traços eram finos, até mesmo bonitos, e absolutamente masculinos, exceto pela falta de um bigode. Os olhos eram o único toque de delicadeza: grandes, muito escuros e completamente inexpressivos. Estendeu a mão larga para pegar o cigarro e colocou-o entre os lábios rachados, e eu acendi mais um para mim, para acompanhar. Deixei que ela fumasse em silêncio por um tempo e depois perguntei de novo: "O que deixaria você mais à vontade?"

De imediato: "Minhas roupas."

Assenti, embora não soubesse se seria fácil providenciar isso. "Podemos pegar as roupas para você. Se conseguirmos, você concorda em colaborar?"

Ela voltou os olhos para a poltrona onde K– ainda estava lendo, o jornal que ele segurava como se fosse uma barreira entre nós e ele; a srta. W– parecia apenas um cachorro com medo de se aproximar de uma mão estranha. Então eu a observei juntar tudo o que lhe restava de dignidade: "Vou colaborar, mas não com ele... apenas com você. E só quando tiver minhas roupas." Antes que eu pudesse responder, ela se virou, foi até a porta, bateu para chamar o guarda e foi embora — o grito confuso chamou a atenção de K-, que se levantou e autorizou a partida.

Ele sorria enquanto caminhava de volta para a mesa e começava a arrumar suas coisas. Disse, com uma risadinha: "Bom, parece que encerramos o dia, não é?" Fiz menção de me sentar também à mesa, mas ele me interrompeu com um aceno: "Não, deixe isso comigo. Você precisa preparar seu plano de ataque para amanhã, e eu tenho minhas próprias investigações para fazer."

Hesitei. "Você pretende atender ao pedido dela?"

"Sim... por que não? Ela vai falar, e você vai ter o gostinho de trabalhar por conta própria. Esteja aqui no mesmo horário, eu vou me ausentar. Você pode vir falar comigo quando tiver chegado a uma conclusão. Seu veredito sobre nossa pequena virago." Ele riu de novo e pegou a ficha da paciente. "Agora ela está em suas mãos", concluiu ele, e entregou o caso para mim.

22 de julho

Enquanto aguardo a chegada da srta. W- com suas roupas habituais, não consigo fingir que minha curiosidade tem natureza estritamente profissional. Esperava que as roupas lhe caíssem melhor do que o vestido da prisão e que de alguma forma explicassem, ou esclarecessem, a abrangência e a essência de sua condição. Mas, com toda sinceridade, devo admitir um desejo lascivo de ver e de saber: como ela havia conseguido fazer aquilo? Como tinha passado despercebida? Que detalhe lhe entregaria? Ainda que me repreendesse por deixar a imaginação correr solta, não conseguia controlar as imagens que me vinham à cabeça, de todas aquelas atrizes e sopranos que já vi no palco interpretando papéis masculinos — o heroísmo constrangido, a masculinidade tão exagerada que, em vez de disfarçar, chamava muito mais atenção para a discrepância entre ilusão e realidade.

Não havia imaginado que o homem — a pessoa — que entrou na sala à tarde teria uma aparência tão coerente a ponto de me desestruturar por completo. Se o tivesse visto na rua, passaria sem nem prestar atenção; se tivéssemos sido apresentados como colegas, teria apertado sua mão. Escrevo "ele" porque foi essa a impressão que ela me deu; eu a olhei com ciência de todos os detalhes do corpo que se movia sob aquela roupa elegante e bem cortada, e ainda assim não consegui ver. Ela caminhou pela sala com uma postura altiva, desenvolta; por fim com a cabeça erguida, e então ficamos frente a frente.

"Estou vendo que ainda está tentando me deixar à vontade", disse ela, apontando para o local onde coloquei as duas cadeiras, perto da janela, e em volta de uma mesa com água e cigarros.

"Estou", respondi e me sentei, convidando-a a fazer o mesmo. "É exatamente o que estou tentando fazer."

"Com que objetivo?"

"Compreender você." Ela levantou as sobrancelhas num sinal de incredulidade, e então continuei falando. "Essa é a minha tarefa, ajudar aqueles que estão conduzindo a investigação sobre seu crime, se é que foi um crime, a entender exatamente o que aconteceu e o que lhe motivou a agir de tal modo. E há a tarefa que preciso fazer por mim, por minha profissão e por você, se me permitir… conhecer e entender você como é, e ajudar com o que pode vir a ser."

Os olhos pretos nem piscaram depois que falei, mas a certa altura ela assentiu e senti um pequeno alívio ao vencer o primeiro obstáculo. "Por favor, sirva-se", falei, pegando o caderno e a caneta, e mais uma vez notei a aspereza dos dedos que seguravam a garrafa enquanto ela se esticava para pegar o copo.

Ao estender a mão, ela deixou a lateral do pescoço à mostra, apenas a linha do colarinho, e meu olhar foi atraído para uma cicatriz brilhante, rosa e branca, que contrastava com a pele bronzeada e saudável ao redor. Ela havia sido ferida num duelo, eu me lembrei. Ela notou que eu estava olhando e ficou parada. "Seu ferimento... como foi tratado sem que seu segredo viesse à tona?"

Os dedos se moveram para a altura do colarinho. "Aprendi que alguns amigos são melhores do que outros, como você deve saber. Estava com um bom amigo nesse dia." Então balançou a cabeça, riu e bebeu a água. "E então, o que você precisa saber?"

"Preciso de seu depoimento, em suas próprias palavras."

"Mas eu já dei meu depoimento!"

"Não para mim."

26 de julho

Nos últimos dois dias, a evolução das sessões se mostrou frustrante, algo que K– provavelmente teria antecipado, dada sua experiência com pacientes desse tipo. Sou obrigada a enfrentar minha gritante falta de experiência e devo me perguntar se isso é inevitável num primeiro caso sem supervisão ou se é sinal de algo mais profundo em mim, ainda a ser descoberto e examinado. Seja lá o que for, consegui fazer a paciente falar — mas apenas sobre os assuntos e temas em que ela tem interesse. Ao abordar as questões do caso e implorar por respostas para as contradições e farsas, ela se fecha por completo, como uma concha.

Em seus primeiros artigos, K– abordou a inteligência e o charme demonstrados por muitos desses tipos invertidos, ainda que esses talentos acabem ficando subdesenvolvidos e mal utilizados. Em particular, durante nossas conversas, ele me contou das centenas de cartas que recebia de outras pessoas que sofriam do mesmo mal, todas desesperadas para também ver as histórias de seus casos publicadas: uma espécie de obsessão solipsista — onanista até — com as próprias narrativas. W– não é diferente, e mesmo assim é difícil deixar de gostar dela por isso. Na verdade, é difícil deixar de gostar "dele", porque quando ouço-a contar sobre os anos que passou na universidade no exterior, as traduções de Catulo a que se dedicou por prazer, e aquelas de romances populares a troco de dinheiro, é "Nicolas" quem estou escutando, e consigo entender como aquele personagem lhe permitiu transitar pelo mundo em seus próprios termos. É só puxar assuntos como duelos, bebidas e apostas para ela começar a tagarelar de modo efusivo, chegando até a sorrir. Permitir que reflita sobre as mulheres que amou até eleva sua linguagem a um tom quase timidamente poético, embora fique triste e em silêncio quando pergunto sobre Anna. Mas, quando trago à tona os fatos puros e simples sobre seu sexo e insisto que dê uma explicação para seu comportamento, volto a me deparar com a cara amarrada do primeiro dia. Assim vamos, indo e vindo, da tagarelice ao silêncio, e ainda não consigo determinar se é possível quebrar essa ilusão, se é por escolha própria que ela a assume — e se o que a incentiva é algum defeito natural ou outra coisa, como perversidade ou perversão — e o quão culpada ela pode ser considerada por seu casamento fraudulento.

Se não consigo persuadi-la a revelar os detalhes de sua *vita sexualis*, acho que preciso ao menos convencê-la a me contar sobre os métodos que utilizou para não levantar suspeitas. Faltando pouco tempo para terminar a sessão desta tarde, perguntei, sem rodeios, como ela lidava com a menstruação sem que ninguém descobrisse. Quando a srta. W– fingiu não ouvir, repeti a pergunta. Pela primeira vez, ela ficou irritada comigo. "Por que precisamos falar sobre isso?"

"Porque", respondi, mantendo a voz calma, "é necessário para que eu possa compreender você."

"Eu já falei o suficiente para que você me compreenda."

Olhei nos olhos dela, e ela não desviou o olhar.

"Nicolas, você e eu sabemos que há muito mais para compreender."

Ela emitiu um som grosseiro de nojo, levantou-se, pegou um cigarro e tragou, de costas para mim. Esperei. Se o que precisava era fazer aquele teatro de rejeição para poder falar, eu aceitaria — precisava aceitar, para que o método funcionasse. Eu conhecia bem o poder do silêncio da espera depois que a pessoa se acostumava ao fluxo livre da confissão.

"Não é algo sobre o qual gosto de pensar", disse ela, enfim, e pareceu se embolar com as palavras. "É que... não vem com muita frequência. Eu mesmo me encarrego dos lençóis. Se algum empregado percebe, vai pensar que há razões para um homem estar sangrando ali também."

Levei um bom tempo para anotar aquilo, junto as minhas considerações. Ela continuou parada, virada de costas. "Pronto", disse, e fechei o caderno. "Foi tão difícil assim?" Ela se virou, e pela segunda vez senti um arrepio de expectativa correndo pelo corpo — de que sua expressão seria de ódio, os olhos ardendo — e por que isso teria importância? Mas não havia nada: apenas o rosto inexpressivo, nada mais.

Quando voltei para casa naquela noite, havia um bilhete de K–, que não é muito dado a gentilezas, a não ser que esteja querendo alguma coisa. "Diagnóstico até sexta."

27 de julho

Não consegui as respostas que queria diretamente, então necessitava de uma abordagem mais difusa. W– gostava de falar; tudo que eu precisava fazer era encorajá-la, guiá-la de modo suave até que percorresse por conta própria o caminho que eu desejava.

"Me conte exatamente", pedi, quando nos sentamos, "sobre o momento em que se deu conta das diferenças entre homens e mulheres. E das relações habituais entre os dois."

"Ah, bem cedo, acho. Na idade habitual… Existe uma idade habitual?"

Assenti, mas não interrompi, e passei o maço de cigarros por cima da mesa.

"Obrigada." Ela acendeu um cigarro com a guimba do outro — fumava vorazmente — e me olhou como se me avaliasse. "Está me pedindo para contar como compreendi quem eu sou?"

Voltei a assentir e levantei a caneta, em expectativa, o que a fez rir. Assim como no depoimento original, ela falou sobre o pai, claramente emocionada, e a compreensão dele da verdadeira natureza da filha — e a gentileza similar que dispensava a seu irmão, que depois acabou se transformando em irmã. Àquela altura, precisei de muita paciência para não interrompê-la, mas assenti, anotei e mantive a cabeça baixa. Ela aprendeu latim, matemática, além de equitação e o manejo de revólveres e lâminas. Aprendeu, observando o pai, sobre as alegrias e tristezas que uma bela mulher poderia proporcionar e, aos treze anos, se apaixonou pela filha de um vizinho, que sempre a conheceu como menino. Aquele namorico infantil não durou, e nem o seguinte — e nenhum dos que vieram depois, em meio aos estudos e viagens, mas ela falou com ternura sobre todas as mulheres que amara, até mesmo aquelas a quem pagara por uma noite ou duas apenas. Atribuía seus êxitos românticos a essa ternura; o orgulho iluminou seu rosto, mas ela disse em tom modesto: "É porque eu sei ouvir, acho. Fico muito feliz em ouvir uma mulher charmosa e em descobrir como agradá-la."

"Entendo", respondi, anotando tudo. "Você deixou bem claro. Mas me pergunto se em algum momento você considerou que esses sentimentos poderiam, de modo mais habitual, mais natural, ser direcionados ao sexo masculino."

Seu olhar era firme. "Eu sou como a natureza me fez."

"Era isso que seu pai dizia?"

"É isso que eu sei." Ela fez uma pausa. "Você acredita em Deus?"

Sorri de leve e fiz um gesto de desdém com a mão. "Não estamos aqui para discutir em que eu acredito."

Ela olhou para mim com atenção. "Achei mesmo que não acreditaria. Mas eu acredito. Acreditei n'Ele como uma expressão de bondade suprema antes mesmo de ler um filósofo que explicava o mesmo, e então eu vejo a manifestação d'Ele em mim tanto quanto no resto do mundo. Sou feito à imagem d'Ele, nem mais nem menos do que qualquer outro ser. Então como poderia não ser natural agir de acordo com minha natureza?"

"Nem todo mundo pensa assim."

"Mas eu sei que é verdade", insistiu ela, como se quisesse me forçar a concordar. "O que poderia ser mais natural do que ser impactado pela beleza de uma mulher cativante? Do que admirar sua forma graciosa, inteligência nata, do que respeitar, amar e ser amado por uma criatura tão maravilhosa? E, ao contrário, não seria antinatural colocar em seu lugar um tipo grosseirão? Ou pior, um homenzinho prosaico qualquer sem brilho, sem cor, sem charme? Aturar sua presença, seu cheiro, sua respiração: isso parece natural para você?"

"Não."

"É exatamente o que estou dizendo." Quanto mais ela falava, mais eu percebia, de modo quase irônico, a fina camada de suor acima de seus lábios — nos meus também — e os cheiros misturados de seu cabelo sujo, do cigarro e de meu gel de cabelo naquela sala abafada.

"Mas, então, as mulheres que você amou", perguntei, mantendo uma expressão calma, "sentem a mesma coisa?"

Ela caiu na armadilha e não disse nada. Insisti gentilmente: "Ou você diria que elas mesmas tendem naturalmente a uma relação mais comum entre homens e mulheres?"

"Acho que a segunda opção."

Assenti e anotei. Depois perguntei, mantendo a caneta em movimento sobre o papel: "Então era como homem que você as amava?"

"Sim… como amo a todas as outras coisas."

"Então me ajude a entender: como é que você podia amá-las e ainda assim elas não saberem?"

De canto de olho, percebi quando ela balançou a cabeça. Eu a olhei diretamente e perguntei mais uma vez: "Como elas não sabiam?"

"Não estou pronto para dizer."

"Posso tentar…"

"Não estou pronto!" Acho que ela teria saído correndo se pudesse. "Como pode me pedir uma coisa dessas? Que confie em você para contar algo assim?"

"Você não tem tempo para desconfiar de mim." De repente, sem qualquer aviso, uma onda retumbante de raiva tomou conta de meu corpo, fragilizando-me. "Você mal tem mais um dia. O tribunal esperou todo esse tempo para que contasse seu lado da história. Se não contar para mim, vão concluir o pior e julgar você nesses termos." Ela abaixou a cabeça de novo, negando minha presença, negando-me a chance de olhar em seus olhos. "Você entendeu? Se não se explicar, eles vão chegar à conclusão que acharem melhor. Que ludibriou sua esposa para participar de uma perversão homossexual ou que enganou-a de propósito para roubar o dinheiro dela. É Anna quem vai sofrer, qualquer que seja o veredito."

Achei que a tinha convencido, mas então ouvi a batida na porta, e a srta. W– se levantou para sair. Ficou de costas para mim enquanto a conduzia até o guarda, a coluna retesada ao deixar a sala.

28 de julho

Hoje, a srta. W– não pediu um cigarro, e eu não insisti que pegasse um; ela ignorou a cadeira e foi até a janela, com as mãos para trás, aparentemente concentrada no trânsito lá embaixo. O dia já havia sido longo e cada movimento era um lembrete desagradável da umidade em minhas roupas, do suor quente que se acumulava nas articulações de meu corpo. O desgosto e a pena me invadiram ao observá-la, embora eu estivesse tentando atingir o necessário distanciamento; sabia que não deveria considerar a ingratidão de um paciente como insulto pessoal, mas havia uma lacuna entre o conhecimento e a prática. Queria que ela confiasse em mim. Queria confiar que eu poderia cumprir a tarefa com sucesso. Queria sacudi-la até que ela entendesse, e me irritava que algo nela provocasse essa reação em mim. Não sabia por onde começar.

Um tamborilar de leve — ela moveu os dedos para uma mancha no vidro, e eles se contraíram num gesto nervoso. "Você não tem nada a temer em relação a mim", afirmei, quebrando o silêncio.

"Não estou com medo", respondeu ela, ainda olhando para a janela. "Se eu tivesse sentido mais medo no passado, talvez não estivesse aqui agora. Ou se tivesse sido mais inteligente, talvez."

Ela bateu com os dedos um pouco mais, num ritmo desajeitado, e soltou um suspiro que não era falso, era mesmo de exaustão. "Se eu der minha palavra de que nunca tive a intenção de machucar Anna, de que o dinheiro dela não tinha nada a ver com minhas ações e de que a tratei de forma honrosa em todos os sentidos, você acreditaria em mim? Seria suficiente?"

Anotei as palavras e demorei um tempo para responder. "Sim, acredito em você", disse, enfim. "Mas isso é o começo de uma explicação, não o fim. Sua palavra não é uma prova, entende?"

Ela riu de um jeito um pouco seco. "Mas sua palavra vai ser considerada uma prova?"

"Sim", e abri as mãos, embora ela não pudesse ver. "É assim que as coisas são."

Depois de um minuto — na verdade, dois —, ela assentiu, um movimento discreto. "Você queria saber como as mulheres que amei não tinham total ciência de minha situação, certo?", e sua voz tinha o mesmo tom áspero da primeira vez em que falou. Ela fez uma pausa, mas não era um silêncio que esperava uma resposta, era para si — eu conseguia sentir, quase até ouvir, o esforço que realizava internamente. E então, em voz baixa e muito distinta: "Elas não poderiam saber porque não havia nada para saber. Toda minha satisfação vinha do prazer delas, de dar prazer a elas. Você entende?"

"Eu entendo... que nenhuma delas nunca tocou sua *ad genitalia*."

"Eu não deixava."

"Nunca?"

"Nunca." Ela repetiu. "Nunca."

"E então seu contato consistia em...?"

Ela usou o termo em latim. Eu esclareci, e então perguntei se aquela era a totalidade de suas relações sexuais — mais uma pausa, e ela voltou a falar em latim. "Preciso beber algo", concluiu, e dirigiu-se até a mesa, onde a garrafa de água transpirava com o calor. Bebeu um copo, depois serviu outro e se jogou na cadeira, como se tivesse chegado ao fim. Eu continuei escrevendo — as palavras dela e minhas reflexões —, depois deixei de lado a caneta e o caderno e me mantive firme. "Sinto muito em perguntar", falei, e percebi naquele momento que realmente sentia muito, "e sei que isso é difícil para você. Já explicou muitas coisas, e agradeço sua sinceridade." Os olhos dela me encararam: severos, indecifráveis. "Agora entendo como foi que manteve seu segredo por tantos anos. Mas o que não entendo, e o tribunal também não vai entender, é como essas práticas foram suficientes para manter a ilusão de um casamento, da consumação de um casamento, para uma moça bem-educada que deve ter sido orientada sobre as expectativas para a noite de núpcias. Como ela pode não ter suspeitado, durante um mês inteiro, a não ser que tenha sido aliciada para cometer a inversão ela mesma."

Enquanto eu falava, vi seu rosto perder a cor e as mãos paralisarem sobre os joelhos.

"Você realmente não tem nenhuma imaginação?", perguntou ela, enfim, a voz ácida em contraste à inexpressão do rosto. "É tão ignorante a respeito do que uma mulher pode querer?"

Absorvi as palavras, como sabia que deveria, e mantive o tom de voz suave: "Nicolas, como você a convenceu?"

"Do mesmo jeito que qualquer homem poderia convencer."

Disse com tanta certeza que uma parte de mim — uma parte ínfima — acreditou por um segundo que ela realmente acreditava naquilo, que a força daquela crença era capaz de negar a verdade do corpo que estava diante de mim, cada parte dele medida, apalpada e detalhada no relatório que estava em cima da mesa atrás de nós. Então ela baixou a cabeça e disse, sem sussurrar, mas em uma voz bem baixa: "Uma meia de seda recheada com fibra de corda era o suficiente quando necessário."

"E ela não sabia a diferença?"

Vi um movimento de mão — e fechei os olhos, no susto, antes de entender o gesto —, mas era apenas para pegar o maço de cigarros e os fósforos. O fósforo acendeu, e ela tragou longa e profundamente, depois soprou a fumaça e olhou para mim sem desviar. "Nunca mais fale dela desse jeito." Ela tragou, expirou, tragou de novo, e então me ofereceu de volta meus próprios cigarros — peguei um, com vergonha daquela necessidade, e acendi. "Sei como Anna me via", disse ela, e mais uma vez tive a sensação de que poderia obrigar o mundo inteiro a concordar com ela apenas com a força daquele desejo. "Eu sei."

"Você se arrepende?"

"Não. De nada. Nunca." A srta. W– parou e desviou o olhar, depois veio a risada seca de novo, e ela puxou a gola da camisa com o dedo. "Que calor maldito", disse. Olhei novamente o local onde a cicatriz marcava e franzia a pele saudável e me lembrei de que havia sonhado com ela na noite anterior, mas não lembrava o quê.

Eu tinha meu diagnóstico: ginandria, em sua forma mais completa e incontrolável. Qualquer atividade criminal definitivamente teria relação com essa enorme mácula hereditária. Se eu tiver autorização para recomendar, vou indicar a absolvição.

29 de julho

PÓS-ESCRITO

Pensei em chegar cedo para entregar meu relatório antes do horário de trabalho de K–, na expectativa de um prazer, reconhecidamente infantil, em surpreender o orientador. Experimentava uma sensação de clareza na mente e em meus propósitos ao subir as escadas até nosso andar, nosso consultório, e um imenso anseio pelo próximo desafio que ele me confiaria. Cheguei cedo, de fato, mas ele chegara ainda mais cedo; entrei e o encontrei não sentado à mesa, mas do lado da janela, onde eu tinha deixado as cadeiras. Diante dele, havia um bule de café, assim como a correspondência, que acabara de ser entregue; K– olhou para cima quando cheguei, mas não disse nada. Sorri em resposta — como poderia ficar com raiva daqueles hábitos que funcionavam tão bem — e coloquei o arquivo em cima da mesa cheia de coisas. "O diagnóstico", eu disse. "Bem a tempo." Ele pegou, começou a ler e fez um gesto para o café e uma segunda xícara. Servi e notei que o envelope do topo, revirado pelas idas e vindas do bule de café, era endereçado a mim.

Ele não demorou para terminar de ler, mas depois permaneceu em silêncio por um momento, com o arquivo em mãos e os olhos fechados, pensando. Eu sabia que devia ser algum tipo de teste, mas fui tomada por um descaso quase desvairado, e não pude deixar de perguntar: "E então? O que você acha?"

Ele se agitou na cadeira. "É um belo trabalho."

"Acha mesmo?"

"Ah, sim." Ele pegou a xícara e bebeu um gole. "Uma contribuição muito útil." Deu outro gole.

"Então eu posso enviar?"

"Ah." Ele balançou a cabeça, num gesto comportado. "Não, isso não vai ser mais necessário. A paciente — eu diria a prisioneira, mas não é mais — desapareceu." Ele olhou para mim por cima dos óculos e percebi que estudava minha reação — aquilo interrompeu minha fala, e notei que ele examinou isso também. "Uma coisa escandalosa, e vão dar sorte se isso não vazar, mas parece que ela persuadiu uma das guardas. Tenho certeza de que você pode imaginar. Parece que a pobrezinha está inconsolável, mas as coisas são assim." Ele serviu mais café.

"Eles têm alguma pista de para onde ela foi?", perguntei, em um tom de voz quase igual ao dele.

"Isso é você quem vai ter que me falar", disse ele, e direcionou o olhar para o envelope. De imediato, entendi que não queria abrir na frente dele e, no mesmo instante, que não haveria como evitar. "Bem", eu disse, "vou falar para nós dois."

O peso do envelope em minha mão era tão insignificante que me perguntei, sem querer, se aquilo seria a própria mensagem: um silêncio final. Ao virá-lo, no entanto, percebi uma dobra no papel em uma das pontas: fosse lá o que estivesse ali dentro havia cedido levemente sob meus dedos. Peguei o canivete, abri, virei o envelope sobre a mesa e dei uma batidinha para extrair o conteúdo; depois encarei, sem entender, aquela coisa que deslizou lá de dentro quase silenciosamente, um brilho opaco por cima dos papéis. K– olhou para mim, como se quisesse uma explicação, e à medida que minha mente clareava, mantive a expressão firme — mais firme do que nunca, mais firme do que ele jamais conseguiu — e desviei o olhar.

Nota

Nicolas não é Sándor Vay e K– não é Richard von Krafft-Ebing, mas essa história não existiria sem ambos, nem sem o relato de Krafft-Ebing sobre o caso de Vay, incluído em sua enciclopédia sexológica, *Psycopathia Sexualis* (1886-1903).[*] Raramente há uma diferenciação entre histórias trans, histórias queer e histórias mais gerais de mulheres, gênero/sexo e misoginia; as histórias das práticas de sexologia dos séculos XIX e XX e do impacto de tais práticas nas vidas das minorias de gênero/sexo são um exemplo particularmente marcante desse complexo entrelaçamento. Virago não era apenas um termo para designar uma mulher guerreira ou "masculinizada", mas uma categoria médica — uma categoria patológica, entre muitas outras — usada pelos poderosos para impor suas próprias definições, teorias e "tratamentos" aos corpos, mentes e vidas dos "invertidos".

Como uma pessoa trans pesquisadora, eu frequentemente me pergunto como seria compreendide e (mal?) tratade em outros tempos e lugares; como (e se?) eu me entenderia. Ler os depoimentos — ainda que alterados por outros — dessas pessoas que entendiam a si mesmas e que arriscaram a própria segurança, liberdade e vida nessa compreensão, é fonte de humildade e de inspiração. Queria poder agradecer a elas e contar sobre a diferença que fizeram no mundo ao revelar suas verdades. Este conto é minha tentativa de fazer isso.

---

[*] Os conceitos e expressões que peguei emprestados do trabalho de Krafft-Ebing para este conto são da tradução para o inglês de 1899, da décima edição.

CHUREL

KAMILA SHAMSIE

Semanas depois de eu nascer, meu pai migrou comigo para a Inglaterra para nos proteger da minha mãe, que morrera no parto. Minha prima, Zainab, veio contar sobre meu papel protagonista em toda essa reviravolta quando eu já tinha seis anos e meu pai preparava nossa mudança de Manchester, onde morávamos com os pais de Zainab, para Londres. É importante saber a verdade, Zainab me disse, com o tom solene das garotas de onze anos que não têm certeza de quando vão ver a priminha de novo. Minha mãe perdeu quatro bebês antes do meu nascimento e, depois do segundo, os médicos recomendaram que ela não tentasse mais engravidar. Minha mãe falou em adoção, mas meu pai insistia em ter um filho homem que levasse seu sangue, e então o universo respondeu do jeito que faz quando os homens se recusam a entender o que a natureza está tentando dizer: mandou a criança errada e ainda lhe tirou a esposa.

Era verão. Estávamos sentadas no chão do quarto de Zainab, que ela concordara em dividir comigo desde que completei idade suficiente para deixar o berço que ficava ao lado da cama da minha tia. Serena Williams e todo o One Direction nos encaravam enquanto a chuva de julho transformava o mundo lá fora num borrão, como era de se esperar. Zainab segurou minhas mãos. O que vou falar agora é muito importante, ela disse.

Eu tinha poucos dias de vida quando meu pai ouviu uma voz de mulher chamar o nome dele, vinda da direção da figueira sagrada que crescia do outro lado da rua, em frente à nossa casa. Na primeira vez, ele olhou para cima, e na segunda foi caminhando até a porta. Ficou paralisado, pálido de terror, quando o terceiro chamado não veio. Minha ama de leite viu tudo, e foi ela que espalhou pelo povoado que minha mãe tinha virado uma churel.

Era comum que uma mulher que morrera no parto se transformasse em churel, e elas eram conhecidas por gostar de viver em figueiras sagradas e atrair suas vítimas com uma voz doce. As noites escuras e enevoadas eram o momento mais perigoso para ser capturado por uma churel, porque você poderia se concentrar apenas no belo rosto dela e não notar os reveladores pés virados para trás. A outra pista para identificar uma churel é que ela sempre chama o nome da vítima duas vezes — nunca uma só, nunca três. Atrai os homens para seu esconderijo, aprisiona-os e drena sua energia vital até que estejam velhos e acabados. Quando os liberta de volta para o mundo, eles percebem que décadas se passaram e que todo mundo que conheciam já morreu, então terminam a vida solitários e abandonados.

Basicamente, a história de Rip van Winkle é a de um homem levado por uma churel, mas com a parte do sexo censurada, disse Zainab, como sempre, tentando jogar a palavra "sexo" na minha cara em qualquer oportunidade só para me deixar com vergonha. Então ela voltou a falar sério: Quando seu pai diz que nunca mais vai voltar para o Paquistão porque é um lugar horrível, não acredite. Ele não vai voltar porque tem medo de que a churel esteja lá, esperando.

A gente se mudou de Manchester para Londres quando eu tinha seis anos, de Wembley para Queen's Park quando eu tinha oito, e de Queen's Park para Kensington quando eu tinha nove. Depois de mudar de um imóvel para outro em Kensington, quando eu tinha doze anos meu pai finalmente alcançou suas ambições de vida. Comprou uma casa com jardim — a sétima maior casa de Londres, apenas seis lugares atrás do Palácio de Buckingham — e disse que nunca mais nos mudaríamos. Você pode fazer amigos agora, disse ele, embora o maior impeditivo para minha vida social não fossem exatamente as mudanças de endereço, e sim minha personalidade desajeitada e insegura. Ele me mandou para a escola mais cara que encontrou e disse para eu não me misturar com o tipo errado de garotas, e eu sabia que isso significava outras paquistanesas. Meu pai sentia um desprezo enorme pelo irmão que se mudara para a Inglaterra sem qualquer interesse em se misturar aos ingleses — se você entra na casa de alguém como convidado, precisa encontrar um jeito de agradá-lo, era o que ele gostava de dizer. Seu jeito de agradar os ingleses era jogar squash, fazer consultas com fonoaudiólogos para perder o sotaque, doar dinheiro para as artes e se tornar membro de clubes masculinos respeitáveis. Mas suas tentativas de me exibir como a filha imigrante perfeita só geraram decepção: a professora de piano, o instrutor de tênis e as babás francesas — todos exerceram sobre mim uma influência muito leve, quase nula.

Um dia, meu pai chegou em casa, me encontrou na cozinha e, embora eu não estivesse fazendo nada além de estar abaixada pegando algo na gaveta de vegetais da geladeira para preparar um sanduíche, ele chorou de raiva só de me ver.

Não importa o que eu faça, sempre vou parecer uma camponesa que trabalha na lavoura, ele disse.

E então um milagre aconteceu. Quando eu tinha dezesseis anos, Zainab se mudou para Londres para trabalhar num banco de investimentos depois de se formar com honras na universidade. Ela era tudo que meu pai queria que eu fosse: elegante, boa de papo, ambiciosa e líder do time de críquete feminino. Ele se esforçava para que ela se sentisse em casa com a gente, e parecia feliz sempre que minha prima entrava pela porta; ria das suas piadas, perguntava como estava sua vida. Eu não podia odiá-la por isso, e ela logo retomou seu papel no centro das atenções da minha vida. Em troca, parecia gostar genuinamente da minha companhia, o que me deixava relaxada e livre para conversar com ela sobre qualquer assunto de um jeito que não fazia com mais ninguém.

Seu retorno me trouxe as velhas memórias de volta e, numa tarde, perguntei sobre a churel.

Estávamos recostadas em cadeiras de jardim posicionadas uma ao lado da outra, debaixo do guarda-sol, num dia atipicamente quente de outono, e ela digitava algo no celular.

Preste atenção! Estas são as circunstâncias sob as quais uma mulher pode virar uma churel.

Morrer no parto era a primeira. Ou morrer durante a gravidez.

Morrer durante o período de resguardo (tivemos que pesquisar o que era "resguardo", e não é ficar em casa num domingo preguiçoso). Morrer na cama.

Morrer quando está menstruada. Morrer de modo trágico ou antinatural. Morrer depois de uma vida sofrendo abusos de um homem. Morrer depois de uma vida sofrendo abusos dos sogros. Morrer depois de uma vida com pouca ou nenhuma satisfação sexual.

É isso!, disse Zainab.

Logo estávamos dizendo em voz alta os nomes de mulheres mortas que obviamente haviam se tornado uma churel: Marilyn Monroe (morreu na cama); a antiga vizinha de Zainab, tia Rubina (nenhuma satisfação sexual, estava na cara); Amy Winehouse (morte antinatural); Carrie Fisher (morte trágica, porque não importa como, a morte da princesa Leia sempre será trágica); princesa Diana (sogros).

Mais tarde naquele dia, meu pai perguntou do que eu e Zainab estávamos rindo tão histericamente que ele precisara fechar as janelas do escritório. Estava a caminho da porta quando me abordou, com as chaves na mão, e eu sabia que o comentário era na verdade uma bronca disfarçada de pergunta, mas decidi responder mesmo assim:

Churel.

Ele colocou as chaves no bolso, mas antes eu as ouvi tremer na sua mão, habitualmente bem firme.

Isso é uma superstição sem sentido, disse ele, e foi embora, deixando-me lá sozinha. Tínhamos dispensado as babás quando fiz treze anos, mas ele havia colocado câmeras por toda a casa, possivelmente para conseguir reproduzir o vídeo de qualquer desastre que pudesse me matar, mutilar ou causar qualquer dano enquanto ele estava fora. Esse era o tipo de coisa que eu sempre pensava e nunca dizia em voz alta, a não ser para Zainab.

* * *

No dia seguinte, Zainab me mandou uma mensagem dizendo que meu pai a proibira de me visitar. Quando fui até ele, chorando, meu pai disse: É exatamente o tipo de má influência da qual sempre tentei afastar você.

Uma pequena parte de mim ficou aliviada por não precisar mais testemunhar as interações dele com Zainab e chegar à conclusão de que ele não era incapaz de amar, era apenas incapaz de amar a mim.

A versão do meu pai da nossa história de migração era a seguinte: quando minha mãe morreu, meu tio ligou de Manchester e disse que seus negócios estavam indo bem, que gostaria de contar com a ajuda do meu pai e que minha tia criaria a mim e a Zainab como irmãs. Então meu pai veio para a Inglaterra basicamente por minha causa. Foi só quando chegou aqui que ele se deu conta de duas coisas: (a) o país de onde saíra era um lixão para onde nunca mais pretendia voltar e (b) ele podia se tornar um homem rico aqui, mas não com a empresa de táxis do irmão. Foram diversos negócios falidos antes do primeiro milhão, que veio com um aplicativo de casamento destinado ao público muçulmano ("Descontos no aluguel do local, no bufê, no serviço de motorista e de alfaiate para todos os nossos clientes especiais!").

Por que nunca se casou outra vez?, perguntei, quando consegui falar com ele de novo. Você não queria um filho homem? Às vezes umas namoradas rápidas apareciam na vida do meu pai, mas eu tinha certeza de que a maioria das suas relações com mulheres eram apenas transações descomplicadas.

Não, desde que entendi que há outras maneiras de deixar um legado, disse ele. Era o tipo de homem que gostava de carimbar o próprio nome nas coisas — bolsas de estudo universitárias, salas de teatro reformadas e alas de museus.

E eu sou o quê?, perguntei.

Ele ligou a TV e foi prestar atenção na *Dança dos famosos*.

Continuei encontrando Zainab, mas às escondidas. Ela nunca mais colocou os pés na nossa casa, pelo menos até o verão seguinte, quando ficou parada no corredor, com a porta da rua ainda aberta atrás de si, e disse ao meu pai que gostaria de falar com ele.

Era o verão das enchentes no Paquistão, que causaram uma destruição nunca antes vista. Zainab pedira demissão do banco de investimentos e estava a caminho de lá para ajudar a prestar socorro às vítimas das enchentes. Disse ao meu pai que tinha ido ali passar o chapéu (usava mesmo um fedora, que estendeu na direção dele enquanto falava) e pedir uma doação para a organização humanitária com a qual ia trabalhar. O povoado dele estava debaixo d'água, explicou ela.

Meu povoado é Kensington e Chelsea, disse ele, e virou de costas, com movimentos ainda ágeis, apesar da crescente circunferência abdominal.

Sua família perdeu tudo, gritou ela. Seus tios, seus primos.

Ele nem vacilou e continuou avançando pelo corredor até o escritório, e eu me lembrei da única vez em que vi seu corpo traí-lo e revelar uma mínima perturbação mental.

Fui andando com Zainab pela rua até o caixa eletrônico mais próximo para tirar o máximo que eu conseguisse com meu cartão de débito, e voltamos a falar da churel responsável pela minha saída do Paquistão e depois pela expulsão de Zainab da nossa casa.

Ela é uma vítima do patriarcado que se vinga dos homens, falei. Acho que isso é meio feminista?

Só que ela é má, disse Zainab. É má porque é atraente e não tem qualquer amarra sexual.

Ela é a manifestação da culpa do patriarcado, eu disse.

Ela permite que homens culpados se comportem como vítimas, ponderou Zainab.

E, mesmo quando são as vítimas, eles se tornam deuses do sexo; até mesmo uma mulher de beleza sobrenatural não se cansa nunca das suas ereções que duram cinquenta anos.

Zainab morreu de rir.

Seja mais assim, disse ela.

Sério, você jura que não existe uma churel queer?

Isso, assim mesmo, assim mesmo.

Eu disse a Zainab que, quando fizesse dezoito anos, iria até o povoado da família para visitar o túmulo da minha mãe. Mas, quando ela voltou do Paquistão, trouxe a notícia de que o cemitério havia sido varrido pelas águas, assim como todas as casas do povoado. Até mesmo a figueira sagrada tinha sido destruída. Ela colocou na minha mão um galho marrom esverdeado de uns vinte centímetros, com folhinhas novas em formato de coração. Isso foi tudo que consegui trazer para você, disse ela. Pense nele como um refugiado do clima.

Um refugiado do clima em ambiente hostil, eu disse, pois sabia que figueiras sagradas não crescem na Inglaterra. Precisam de sol e umidade para se desenvolver. Ainda assim, plantei a muda no canto mais ensolarado do jardim. Ainda era verão, e estava mais quente do que nunca. Nas semanas seguintes, a mudinha cresceu alguns centímetros, e então veio o outono, o inverno, e embora a figueira sagrada não tenha morrido, estagnou. Virou uma coisinha triste que o jardineiro queria arrancar, até que nosso cozinheiro do Sri Lanka disse a ele que a planta possuía um significado religioso. Meu pai não tinha conhecimento desse pedacinho do povoado crescendo no jardim, que considerava apenas ornamental, algo para as visitas admirarem pela janela de casa.

No ano seguinte, o calor do verão chegou mais cedo, e com mais força. Em junho, molhar a grama já estava proibido em Londres, e o jardim estava esturricado, as árvores murchas. Num fim de semana de manhã, a torneira da cozinha deixava escorrer apenas um fio de água. Primeiro pensamos que era problema de abastecimento, mas todas as outras torneiras estavam normais. Meu pai disse que chamaria um bombeiro hidráulico, e eu não pensei mais nisso até que ouvi seus gritos me chamando, vindos de um canto do jardim aonde eu não ia havia meses.

A figueira estava com um metro e meio de altura, as folhas em formato de coração, grossas e brilhantes. O bombeiro estava com o celular na mão, olhava um daqueles aplicativos que identificam as plantas. Chamou-a de "invasiva", disse que conseguia espalhar as raízes até bem longe para conseguir água. Havia entrado nos canos, talvez já estivesse até tomando os alicerces da casa.

Como isto chegou aqui?, perguntou meu pai.

Falei que Zainab havia trazido e que era uma muda da figueira sagrada que ficava em frente à nossa casa.

A cara dele! Parecia um homem recebendo a notícia de uma doença tão profundamente entranhada que seria impossível retirá-la sem arrancar os órgãos junto.

O bombeiro, que ainda lia da tela do celular, disse que precisaríamos chamar um especialista para removê-la. Se cortasse a árvore, as raízes continuariam crescendo. Era difícil saber o tamanho do estrago já causado.

Naquela noite, meu pai estava de pé numa saleta raramente usada e olhava para o sétimo maior jardim de Londres. Vínhamos deixando as janelas abertas à noite para que o vento corresse, mas, ao andar pela casa atrás dele, percebi que estavam todas fechadas e trancadas. Parei ao lado dele.

Está vendo?, perguntou ele.

Era uma coisinha magra, não tinha nada da suntuosidade das figueiras sagradas de tronco largo que eu vira nas fotos, as raízes aéreas, a altura. Ficamos ali parados por um bom tempo, o único som a respiração dele, estranha e irregular. Nem parecia se dar conta da minha presença nem notou que eu não havia respondido. A lua deslizava por detrás de uma nuvem; o vento agitava galhos e folhas. Vi uma figura esguia estender os braços em direção à casa. Ouvi uma voz dizer um nome, duas vezes.

Meu nome.

Meu pai olhou para mim.

Calmamente, como se estivesse esperando por isso a vida inteira, andei em direção às janelas e destranquei-as. Meu pai me segurou pelo pulso.

Ela não vai gostar se você fizer isso, eu disse, e ele afastou a mão como se minha pele fosse um veneno.

Caminhei pelo jardim. Senti a grama morta debaixo dos pés descalços. Do outro lado do campo queimado, a árvore esperava. Talvez eu encontrasse minha prima Zainab escondida na escuridão. Talvez encontrasse a verdade sobre a churel, uma criatura muito mais antiga do que os mitos criados pelos homens, desesperada para ser o centro da própria história.

Mais um passo, depois outro, depois outro. Parei, me sentei na grama e abracei os joelhos, o rosto virado para o céu. Não havia pressa. Ficaria sentada ali por um tempo, e meu pai ficaria olhando para mim enquanto o eco da voz da churel se arraigava nas profundezas dele, abalando todas as estruturas.

MEGERA

EMMA DONOGHUE

Kathlyn gosta de ler o jornal que usa para embrulhar as cascas de cebola e ossos cozidos — os poucos restos que vão para o lixo, caso Wollstonecraft torça o nariz para eles. Enquanto está trabalhando, qualquer estímulo intelectual é melhor do que nada. Ela prefere os classificados, especialmente os anúncios matrimoniais. Gosta de como alguns são bastante sinceros quanto às suas limitações.

Soldado solitário, enterrado até o pescoço na lama de Flandres, deseja se corresponder com moça jovem, animada e bonita.

Gostaria de encontrar uma mulher, de 29 a 35 anos, disposta a viver numa fazenda.

Parece um tanto específico demais, 29 anos: o fazendeiro está pensando numa mulher de trinta e poucos, mas ainda mantém a esperança de arranjar uma de vinte e tantos.

No ano passado, Kathlyn, que estava prestes a completar trinta anos, encontrou o noivo assim. Não se lembra muito bem das palavras exatas do anúncio: estava se correspondendo com três ou quatro soldados na época. (Quanto mais repudiava a guerra para a qual eles se alistaram, mais compaixão sentia.) Descobriu que gostava de escrever cartas e do arrepio de expectativa que sentia ao ouvir a correspondência caindo no tapete — aquelas eventuais doses de surpresa, quatro vezes ao dia.

O homem do qual ela está noiva pode não ter muito jeito com as palavras, mas foi o único soldado que continuou a responder depois que ela explicou ser pacifista; dos outros, recebeu apenas o silêncio. Ela lhe mandou meia dúzia de latas de sardinhas defumadas, três pacotes de chocolate ao leite com nozes e meio quilo de balas sortidas. Ele lhe escreveu um poema; não era bom, mas e daí?

De repente, ele foi dispensado por invalidez e voltou para a casa dos pais em Londres. Depois de se recuperar, passou a ajudar na administração da fábrica do irmão e a frequentar a rua Barton, onde ela trabalhava como empregada. Ainda bem, ela pensou, que deixara a situação clara desde a primeira carta: "Embora nosso pai fosse funcionário público, nunca pensou em dar às filhas mais do que uma educação perfunctória." Tinha esperanças de que uma palavra como "perfunctória" indicasse o quanto ela evoluíra educando-se sozinha. "Portanto, quando ele morreu, fui obrigada a aceitar um emprego como trabalhadora doméstica." (Ela detesta a palavra "empregada": imagina uma mocinha humilde de bochechas rosadas fazendo uma reverência, "sim, senhora", "não, senhora", "obrigada, senhora".) Mas, no fim, ele não se incomodou.

Depois de jogar fora os restos, Kathlyn pega o cachorro no colo para fazer um carinho, esfregando o rosto nos pelos encaracolados. Leva uma xícara de chá para a srta. Sheepshanks em seu escritório, depois prepara uma para si mesma (um bule cheio) na cozinha, com meia colher de açúcar. Havia um apelo para que o povo não consumisse açúcar, para derrotar os hunos, mas ela e a srta. Sheepshanks consideravam aquela guerra uma briga abominável entre impérios, então continuavam adoçando seu chá por uma questão de convicção.

Kathlyn era empregada desde os dezessete anos. Mais três anos e teria passado metade da vida nesse trabalho. Mudou de emprego dezenas de vezes — um deles não durou nem dois dias, porque a mulher a tratava como se fosse uma máquina —, até encontrar seu lugar na tranquila casa geminada em estilo georgiano atrás da Abadia de Westminster. Mary Sheepshanks é um achado como empregadora, e Kathlyn sempre tenta se lembrar disso quando está com os dentes trincados carregando brasas ou água de banho, ou agora mesmo, ao lavar as janelas, algo que precisa ser feito duas vezes por semana devido à fuligem de Londres. Em noites mais desanimadas, quando ela se obriga a fazer uma lista de suas dádivas, uma empregadora justa com ideias similares às suas vem quase no topo, logo depois de "juventude (relativa)" e "saúde".

Assim como Kathlyn, a srta. Sheepshanks é socialista e sufragista, e não se ilude achando que comprou também a alma da empregada, além de sua força braçal. A princípio, ela a chamava pelo primeiro nome, mas depois que Kathlyn ponderou, de modo muito gentil, que aquilo parecia colocá-la num lugar de subordinada, a srta. Sheepshanks passou a chamá-la de srta. Oliver. Ela permite que Kathlyn coma bastante, lhe dá folgas regulares e não espera que ela esteja disponível à noite depois de trabalhar por dezesseis horas. O quarto de Kathlyn é pequeno, mas agradável, não um daqueles cubículos escuros com uma cama quebrada. A patroa também não proíbe "pretendentes" e nem se mete na vida privada de Kathlyn. Durante anos, Kathlyn organizou suas tarefas de modo a ter as noites livres para pedalar até a Faculdade Morley (nos fundos do Teatro Old Vic), onde a srta. Sheepshanks é vice-diretora, e ali estudou de tudo, de inglês à composição musical, de datilografia à economia, pagando a bagatela de apenas um xelim por curso a cada semestre.

Kathlyn lê mais alguns anúncios enquanto amassa as páginas de jornal.

Viúvo honesto, 45, procura a companhia de uma mulher gentil e séria. Nada de aventureiras.

Moça, noivo assassinado, aceita se casar de bom grado com soldado cego ou incapacitado de algum outro modo.

Ela esfrega as janelas molhadas até que comecem a ranger, o que faz Wollstonecraft latir, animado.

O que mais impressiona o homem de quem ela está noiva não é que Kathlyn tenha conseguido um diploma de faculdade, mas que há seis anos ela tenha criado um sindicato de trabalhadoras domésticas, por incrível que pareça. (Embora nenhuma das colegas apareça mais nas reuniões desde a guerra, motivo pelo qual ela tem achado a vida especialmente chata.) Ele diz que nunca conheceu uma mulher como ela. Seus elogios sempre têm a ver com o trabalho na fábrica, de certa forma: ela é uma *fagulha brilhante*, um *fio desencapado*, um *dínamo*, uma *usina geradora de energia*.

Acontece que esse é o segundo noivado dela. Depois de um dos primeiros encontros do sindicato, ao conversar com uma simpática copeira, com olhos que pareciam gotas de chocolate e uma tosse persistente, Kathlyn acabou mencionando que se sentiu obrigada a terminar o primeiro, muitos anos atrás, por causa de opiniões políticas incompatíveis. A copeira ficou contra ela e disse, irritada, que uma garota tão ingrata a ponto de recusar uma boa oferta de casamento era uma ególatra que não merecia segunda chance. Kathlyn deu sua opinião de que o despeito e a inveja eram características incômodas de ambos os sexos, e disse que poderia sem problemas explicar a ela porque uma mulher tão desesperada por um marido ainda não tinha arranjado um.

Ela se sentiu mal depois. Sempre se sente, quando a onda de fúria passa. Já devia saber muito bem que não pode acusar os outros de ressentimento quando ela mesma carrega esse fardo com tanta frequência. Afinal, não seriam a constante lavagem de pratos e os pulmões muito provavelmente tuberculosos razão suficiente para causar ressentimento numa bela copeira?

É uma das noites de folga de Kathlyn, então ela encontra o noivo na trilha de caminhada.

— Está bem?

— Não posso reclamar — diz ela, e aceita o beijo na bochecha.

Ele está fedendo só um pouquinho, mas não se pode culpá-lo, devido ao racionamento de sabonete.

O homem voltara com a saúde deteriorada, é claro; ela daria graças a Deus só de ele ter voltado — se ainda acreditasse em Deus. (Depois de ler um pouco sobre diversas religiões, Kathlyn se sentia mais inclinada aos budistas, pelo modo gentil com que tratam os animais.) Ele continua com todos os membros e não há qualquer cicatriz em seu corpo; parece igual às fotografias que mostrara, de antes da guerra. Também não está uma pilha de nervos. Não é obrigado a voltar para o front. Está livre da coisa toda.

Os dois sempre começam as conversas pelas últimas proibições e substituições: sapatos que se abrem com qualquer chuvinha e ficam parecendo uma boca de jacaré, queijo azedo distribuído pelo governo, margarina que tem gosto de graxa, e como é que pode um pão de quatro pence custar oito?

Kathlyn suspira.

— É impressão minha ou essa guerra não acaba nunca?

— Ouvi dizer que deve acabar no ano que vem.

— Já ouvimos isso no ano passado, e desconfio de que vamos ouvir no ano que vem também.

Ele não contesta.

— Bom, dos males o menor.

Ela gosta do humor sarcástico dele.

— Você acha mesmo isso, ou é só um ditado?

— Depende de que tamanho vai ser a guerra, acho.

Ela aperta a mão dele de leve.

A avó dele prometeu dar sua aliança de ouro para o momento de dizerem o "sim". Vai ser um casamento no meio da guerra, não tem jeito. A srta. Sheepshanks vai emprestar um chapéu, um par de sapatos e um vestido, meio fora de moda, mas de boa qualidade, e Kathlyn pode fazer uma bainha para deixá-lo num comprimento mais moderno.

Estão há semanas procurando uma casa. Algum local para alugar. É mais provável que seja um apartamento, ou alguns cômodos com áreas comuns compartilhadas. Um "lar conjugal", pensa Kathlyn, testando a expressão em sua cabeça. O que ela queria mesmo era um cachorro, mas a maioria dos senhorios proíbe bichos de estimação.

Ela e o noivo foram riscando endereço por endereço da lista, em ordem decrescente de preferência. "Procurar um apartamento", as pessoas dizem, como se fosse uma atividade de investigação fascinante, e não um exercício de humilhação. Os dois batem à porta do senhorio, ou do intermediário, ou do vizinho que está com as chaves, e são levados até uma porta de aparência muito pior, e então começam os avisos e justificativas sobre a umidade ("só um pouquinho"), os cheiros ("só na hora do jantar") e os ventos sibilantes ("vedação de porta incluída"). No caso de um dos prédios perto de Charing Cross, nem conseguem encontrar o lugar, o que faz Kathlyn perder a paciência e gritar com o corretor; no fim das contas, parece que o imóvel foi pelos ares durante o bombardeio dos zepelins.

Não importa o quão grotesco for o estado do apartamento — um chão com tantos ladrilhos faltando que é como se fosse o leito de um rio, um buraco entre a parede e o batente da porta, metade do teto caindo —, os senhorios sempre afirmam que não é possível fazer reparos antes do fim da guerra.

— Dão qualquer desculpa para negligenciar os direitos dos inquilinos — sussurra ela no ouvido do noivo. — A classe dominante sempre pisando nos trabalhadores.

— Mas é verdade que neste momento eles não conseguem materiais nem operários para as obras — argumenta ele, com seu tom de voz sensato.

— Ah, essa maldita guerra!

Kathlyn e ele visitam quartos abarrotados de coisas, fedendo a mictórios, mães raquíticas cozinhando em fogareiros ao lado de camas onde dormem quatro crianças empilhadas; alojamentos tão lúgubres que os dois nem precisam falar nada ao sair.

Quando ele a deixa de volta em seu porto seguro na rua Barton, na entrada de serviço (que fica seis degraus abaixo do nível da casa), com um "Boa noite, mantenha a cabeça erguida", Kathlyn se dá conta de que esta é a realidade cruel do que significa ser uma criada: ser grata por ter uma cama numa casa que você nunca teria dinheiro para chamar de sua.

Na manhã seguinte, ela se pega fazendo confidências à srta. Sheepshanks enquanto as duas conversam sobre o que fazer para o jantar.

— Ele ganha um salário modesto do irmão, mas deve começar a receber uma pensão militar também, ou pelo menos uma indenização. Foi dispensado pelos médicos como inapto, considerado "trinta por cento inválido por causa de um coração dilatado, condição causada ou agravada pelo serviço" — explica ela, usando os termos burocráticos. — E outros vinte por cento por causa da malária, o que os idiotas do Serviço de Veteranos e Pensionistas parecem acreditar que é cinquenta por cento culpa dele por não tomar o quinino todos os dias, sendo que na metade das vezes ele nem recebia o remédio!

— Parece extremamente complicado — murmura a patroa, fazendo carinho atrás das orelhas de Wollstonecraft.

— E nem devia ser, já que mesmo que ele não consiga convencê-los sobre o quinino, já tem quarenta por cento de incapacidade atribuível quando enfim conseguirem resolver a papelada. Ele não leva para o lado pessoal, mas eu fico furiosa. Os formulários são tão incompreensíveis que não me surpreenderia se na verdade fosse um maldito cinquenta onde eles estão lendo trinta.

— Você ama esse homem, srta. Oliver?

A pergunta deixa Kathlyn desconcertada.

— Eu gosto muito dele, bastante mesmo. Acho que o amo, do meu jeito. Sim, de modo geral, acho que sim.

O rosto comprido da srta. Sheepshanks tem uma expressão dúbia.

— Espero que ele tenha consciência do bom partido que conseguiu arranjar.

Ela dá uma risada, faz uma pose e agradece com uma reverência.

— Não estou falando do seu rosto, embora ele seja ótimo. Estou falando do seu talento.

— É assim que você chama?

— Devia ter muito orgulho de si mesma. Uma trabalhadora doméstica que fundou o primeiro sindicato da categoria, que foi notícia no mundo inteiro... — diz a srta. Sheepshanks.

Kathlyn não consegue evitar a interrupção.

— Mesmo com toda a publicidade, foi um fracasso. Podemos até ter divulgado nossas insatisfações, mas não conseguimos garantir condições de trabalho melhores, e agora está tudo arruinado.

— Isso é porque muitas oportunidades surgiram para as moças mais jovens. E você teve um papel importante ao mostrar a elas que mereciam essas oportunidades.

Em teoria, Kathlyn fica feliz que muitas mulheres tenham conseguido trabalhos menos limitadores, como em lojas e fábricas, mas isso é basicamente culpa dessa guerra estúpida, que obrigou Londres a sacrificar muito mais homens do que o aceitável.

— Bem, diferentemente dessa horda de ex-empregadas que agora trabalha repondo explosivos nas prateleiras, eu continuo bem aqui.

Ela limpa o avental.

— Acredito que não por muito tempo — comenta a srta. Sheepshanks.

Sentindo-se constrangida de repente, Kathlyn se abaixa para fazer carinho na cabeça de Wollstonecraft.

— Ele e eu... ainda não conversamos sobre o fim do meu trabalho aqui. Pelo menos até a pensão dele ser liberada, vamos precisar de dois salários.

— Sim, querida, mas quando você começar uma família...

Ela fica tensa ao pensar naquilo.

— Muitas esposas e mães trabalham hoje em dia.

— Só se conseguirem pagar outra mulher para ficar com seus filhos — concorda em parte a srta. Sheepshanks. — Não quero pressioná-la, querida, mas é melhor pensar nesse tipo de coisa antes da cerimônia, não acha?

Kathlyn assente, e então foge com a desculpa de que precisa ir ao açougue.

Ela leva Wollstonecraft junto, para que ele faça uma caminhada. Andam pelo parque St. James, onde o cachorro mais uma vez fica atordoado ao perceber que o lago foi drenado a fim de não servir de referência aos pilotos de zepelim à noite.

Voltam quatro horas depois com alguns restos de carneiro. Hoje em dia este é o principal trabalho de Kathlyn: passar horas em filas na frente de dezenas de mulheres que chegaram um minuto depois, atrás de outras que chegaram um minuto antes. Pensa que a questão poderia ser resolvida com a distribuição de números para cada cliente ou com uma lista com seus nomes — mas não, o tempo das mulheres não tem qualquer valor, então elas continuam todas em pé, se arrastando na esperança de conseguir um bife ou quem sabe umas costeletas de cordeiro. A cada mês, a quantidade disponível de comida diminui, e no entanto as filas ficam ainda mais longas e lentas. Quando é que os londrinos vão apelar para a carne de cavalo, como os franceses, ou começar a matar pombos?

Kathlyn percebe que uma mulher encara Wollstonecraft. O quanto as coisas teriam que piorar para que Kathlyn e a senhorita Sheepshanks se submetessem a comer o cachorro? Ela preferia se deitar na cama e morrer.

De volta à rua Barton, ela descasca e corta os nabos para usar na caçarola com o carneiro, e os deixa fervendo na boca de trás do fogão. Depois amarra um lenço sobre o nariz e a boca para que as partículas de grafite não irritem seus pulmões ao polir o restante do fogão. Tenta se concentrar no último livro que leu — *O arco-íris*, ou não, esse foi antes de *Tarzan, o filho das selvas* —, mas sua mente acaba levando-a para o dia do casamento da irmã.

Kathlyn sabe que talvez não devesse ter chamado a cerimônia de "humilhante" nem acusado a irmã de "se vender". Mas que outras palavras é possível usar quando uma jovem assina documentos se entregando a um homem calvo e horrível por causa de sua casa e seu carro? Nenhum respeito por si mesma; nenhuma disposição de se unirem, como órfãs, para desbravar o mundo juntas. A irmã apontara para fora da janela e dissera: "Não quero acabar *assim*."

Com um chapéu enorme, Kathlyn precisara se esticar para ver. A princípio passou reto pela mulher, confundindo-a com o monte de lixo no meio-fio. As pernas tortas na sarjeta, uma das mangas rasgadas cobrindo a garrafa marrom em sua mão.

Aquele foi o dia em que Kathlyn decidiu mudar de nome. Se a irmã podia abandonar o sobrenome do pai apenas com um rabisco de caneta, ela também podia. Kathlyn não tinha qualquer apego emocional ao pai, que não deixou o suficiente nem sequer para a sobrevivência das filhas nem lhes deu educação para que sustentassem a si mesmas. Era sua primeira semana trabalhando como empregada, aos dezessete anos — quando o agente do censo bateu à porta, ela percebeu que poderia fornecer o nome que quisesse. Não havia lei nenhuma contra isso, a não ser que se fizesse para cometer algum tipo de fraude; ela não tinha mais ninguém da família com o mesmo sobrenome nem amigos que a conhecessem pelo antigo nome. Então se registrou como *Kathlyn Oliver* — em homenagem a uma ótima cantora que vira no palco diversas vezes (e para quem já jogara um buquê de violetas).

Kathlyn esfrega a escova de polimento com fervor. É um trabalho que deixa tudo uma bagunça, mancha, demora e faz doer o cotovelo, tudo para o brilho prateado borrar e desaparecer em um ou dois dias. Esse tipo de tarefa inútil e insignificante é o exemplo de várias outras semelhantes que vão minando suas horas, seus dias, seus anos. Seus melhores anos, "a flor da idade", como dizem. Kathlyn se pergunta o que aconteceria se simplesmente não polisse o fogão. Se a srta. Sheepshanks por acaso descesse até a cozinha e visse o enorme utensílio com pequenas marquinhas enferrujadas aqui e ali na superfície de ferro fundido, será que ficaria horrorizada? Elas nunca haviam conversado sobre o assunto: polir o fogão era simplesmente uma das tarefas domésticas obrigatórias. Em toda a Inglaterra — talvez em todo lugar onde se falasse inglês —, as mulheres poliam os fogões, esfregando ferozmente todos os dias.

Ela não devia deixar seus pensamentos vagarem assim, porque sua raiva começou a borbulhar, como esgoto transbordando por uma fenda no chão. Só de pensar o quanto as vidas de algumas pessoas eram desperdiçadas. Tantos motivos para uma justa indignação, e quantas vezes Kathlyn foi repreendida por mostrá-la, ou até mesmo por senti-la. Ao longo de suas três décadas de vida, foi chamada de pavio curto, esquentadinha, geniosa, agressiva, insuportável, mal-humorada, briguenta, reclamona, inconveniente, antipática, rebelde, do contra, combativa e belicosa. "Acalme-se, mocinha! Não tem motivo para se irritar assim!" Mas será que não tinha mesmo? Os cidadãos deste mundo imperfeito devem simplesmente aceitar tudo como é e não dizer nada? Ou será que se irritar é justamente a coisa mais urgente a fazer?

Embora ainda não tenham encontrado um lugar dentro do orçamento, ela e o noivo estão de olho em quaisquer bons móveis que apareçam com bom preço. Naquela noite, depois de receber um bilhete dele, Kathlyn vai correndo até um apartamento no andar de cima de uma loja de ferragens para dar uma olhada no que restou de um conjunto de sofá chesterfield — um sofá capitonê e apenas uma das poltronas. Fica curiosa para saber o que aconteceu com a segunda poltrona e, mais ainda, para descobrir onde a moradora, que está com uma enorme barriga de grávida (recém-viúva?), vai se sentar quando vendê-lo. Se a mulher estiver recebendo uma pensão de viuvez, pensa Kathlyn, é bem menor do que uma pensão alimentícia, já que teoricamente sua vida vai ser mais barata agora que não precisa manter a casa para o marido. Essa é a lógica implacável da burocracia.

— O que você acha? — O noivo se ajeita um pouco no sofá, que range. — Está bem conservado para o preço.

Marrom e cheio de pelos: Kathlyn não quer chegar nem perto.

Ele dá um tapinha no tecido a seu lado.

— Venha, experimente.

Os dois são como abutres se alimentando dos restos da vida de estranhos. Só de pensar em se sentar no móvel repulsivo — de passar seus anos, todos os anos que lhe restam, ao lado daquele homem, naquele sofá —, ela sente ânsia de vômito. Balança a cabeça com força para afastar a ideia.

— O que foi dessa vez?

Kathlyn não gosta do tom de voz dele.

— Não sei o que está querendo dizer. Podemos ir embora?

A moradora se afasta até a pequena cozinha, que mal comporta sua barriga enorme.

— Você nunca está satisfeita — diz ele, sem qualquer emoção ou ânimo, o que não torna menos ofensivo.

— Eu...

— Sempre tem alguma reclamação. Imagino que tenha sido criada assim, cheia de expectativas, é isso? Nada é bom o suficiente para a senhorita Blá-blá-blá Oliver.

De repente, ela fica irada.

— Cale a boca!

— Admita: às vezes você é difícil de engolir.

Ele não parece irritado — está cansado, na verdade. Derrotado. Mas continua disposto a se casar com ela, assim como a comprar aquele sofá e aquela poltrona, um mau negócio num mercado difícil. Ele ainda não captou o que Kathlyn já entendeu: acabou.

Na manhã seguinte:

— Srta. Sheepshanks, será que eu poderia ficar sem polir o fogão?

A patroa a encara.

— É que sempre me pego pensando nisso, já faz algum tempo — enrola Kathlyn. — Não faz muito sentido tentar deixar o ferro brilhando quando seu estado natural é a ferrugem.

— Seu estado natural?

Kathlyn não sabe dizer se o tom de voz da patroa é sarcástico ou apenas confuso.

— A superfície enferruja um pouco se deixada por conta própria, mas isso não parece impedir o bom funcionamento.

— Está argumentando que é apenas uma questão de convenção, formalidade?

— Exatamente.

A srta. Sheepshanks assente.

— Mas receio que quase todas as obrigações que temos no nosso dia a dia sejam assim. As roupas pouco práticas, o cabelo exigente, as ligações regulares, as cartas compulsórias... Onde iríamos parar se largássemos tudo e fizéssemos greve contra a civilização?

Kathlyn respira fundo. Ela mal dormiu à noite, e não tem muitas forças para brigar naquela manhã.

— Também acredito — continua a srta. Sheepshanks — que é importante para nós, que trabalhamos para consertar o mundo, que a civilidade seja mantida nas questões mais triviais, para que sejamos vistas como reformistas, e não como revolucionárias.

Mas eu sou uma revolucionária, pensa Kathlyn, *ou ao menos seria se não estivesse tão cansada*.

— Não parece tão trivial quando ocupa meia hora do meu dia.

— Estou pensando aqui... Tem algo de errado, srta. Oliver? Algo além do fogão, quer dizer?

Kathlyn se abaixa para fazer carinho no cachorro e ganhar tempo. Mas a mulher é tão observadora quanto gentil.

— Bem, eu devia contar à senhora que meu noivado acabou. Eu terminei — diz Kathlyn, fazendo questão de esclarecer, por orgulho, que não foi abandonada, embora pareça estar confessando que deixou uma oportunidade passar. Quando termina de falar, fica intrigada. — A senhora não perguntou meus motivos.

A srta. Sheepshanks levanta a sobrancelha.

— A maioria das pessoas se perguntaria, ainda mais neste momento em que a oferta de maridos está escassa, o que diabos estou fazendo.

— Eu não — garante a srta. Sheepshanks.

Será que é porque ela também é uma solteirona?

— Nem ninguém que a conheça, imagino — conclui a srta. Sheepshanks.

— Não?

— Não estou falando mal do rapaz. Ele pode muito bem ser um bom homem, simpático. Mas sempre tive muita dificuldade em imaginá-la como esposa.

Casada; em situação conjugal; em casa com as crianças. Kathlyn sabe o que a srta. Sheepshanks quis dizer. Sem ter o que responder, ela se vira para ir embora.

— Agora que isso está resolvido, temos a questão do seu futuro.

— Meu futuro?

— Vou ter que dispensá-la, srta. Oliver.

Uma vertigem na escuridão; um giro sem estrelas. Penúria. A mulher na sarjeta, a manga rasgada.

— É claro que pode levar o tempo que precisar, mas veja que não é factível que fique presa a um trabalho que odeia, apenas por força do hábito.

Kathlyn se esforça para conseguir falar.

— Eu odeio muito menos do que todos os outros lugares onde trabalhei.

A patroa dá uma risada.

— Isso não é grande coisa, é? O lugar *menos pior* do inferno.

— Não, eu peço perdão, não quis dizer...

— Não estou nem um pouco ofendida, e nem você deve ficar, se me permite ser honesta, como uma amiga.

A palavra faz os olhos de Kathlyn arderem e marejarem.

— Nós duas sabemos que você se ressente em ser uma criada, e que é capaz de fazer muito mais. Está na hora de se libertar dessas correntes.

Kathlyn fica alarmada com a descrição. Ela se dá conta de que talvez essa seja a razão de ter perdido a fé no próprio sindicato: incentivou as colegas empregadas a terem orgulho do trabalho, mas nunca conseguiu convencer a si mesma.

— Se é por causa do fogão, é claro que vou continuar a polir.

Mais uma risadinha.

— Eu começo a me desesperar com a ideia de que você nunca vá me entregar seu aviso prévio, então, para seu próprio bem, eu estou aqui entregando sua dispensa.

Ela ergue um papel invisível.

Kathlyn tem o impulso infantil de estender a mão para pegar.

— Agora, vamos lá, não vejo você como atendente de loja, café, ou coletora de passagens no ônibus. Tenho medo de que já no segundo dia as pessoas ajam como seus antigos e péssimos empregadores e acabem despertando a megera adormecida.

Ela solta uma risada, surpresa com aquela palavra.

— Dadas as suas capacidades intelectuais e organizacionais, eu recomendaria um trabalho de escritório. Espero que não considere que estou me intrometendo — continua a srta. Sheepshanks. — Mas eu já fiz algumas pesquisas sobre o Serviço de Veteranos e Pensionistas que você mencionou, e parece que há tantas viúvas de soldados desde a batalha de Ypres que o sistema entrou em colapso. Eles simplesmente não têm equipe, então estão procurando centenas de mulheres para contratar imediatamente.

Ela contrai o rosto.

— É parte da máquina da guerra.

Um estalo de língua irritado.

— Hoje em dia, o que não é?

Kathlyn não consegue contestar. Gostando ou não, ela vive numa cidade que está no centro de um banho de sangue mundial; suas mãos não estão limpas.

— E usar suas habilidades e seu bom senso para ajudar mulheres, crianças e homens feridos a não passarem fome… eu diria que está mais para um trabalho de assistência social.

— Acho que sim — concede Kathlyn, desconfortável.

A srta. Sheepshanks dá de ombros.

— Só estou dizendo que, para uma mulher instruída, estamos no melhor momento possível. Pode tentar o Ministério da Agricultura, ou da Saúde se preferir, ou talvez o Conselho de Educação, ou o de Comércio. Organizar cartas, fazer contabilidade, digitar memorandos, operar um telégrafo ou atender telefone, não importa; desde que não fique mais de joelhos e nunca mais precise polir um fogão na vida.

— Sim, madame — murmura Kathlyn, percebendo a insensatez de usar essa palavra.

Ela precisa ir embora, então. Não até que esteja ganhando um salário decente, promete a srta. Sheepshanks, mas isso não vai demorar muito.

Kathlyn está deitada na cama, mexendo nos buracos das meias. *Nunca está satisfeita*, disse ele. Será que é verdade?

Até agora, sim, insatisfeita. Mas, pensando bem, o banquete servido diante dela nunca foi muito grande e nem variado. Nem de seu gosto. Ela não consegue explicar, mas sabe que é assim.

Nunca mais vai ficar noiva de novo, nunca vai assinar um papel e se entregar. Não importa o que aconteça, podem chamá-la de "neurótica" ou "anormal"; já foi chamada de coisas piores. Aquela foi sua última tentativa de ser uma mulher normal.

Kathlyn se senta e pega os materiais de escrita. Faz algumas tentativas. Suas bochechas queimam.

Ser solitária e um tanto revolucionária...
Como uma revolucionária...
Uma mulher rebelde de trinta anos...

É difícil definir-se em poucas palavras. Talvez seja melhor se concentrar na outra mulher, na leitora hipotética cujo olhar talvez seja atraído por este pequeno anúncio, e que talvez se arrisque a pegar a caneta para responder. Porque a única coisa de que Kathlyn tem certeza, nesta noite, é que seu coração nunca vai estar satisfeito com um homem.

Alguma Mulher Rebelde solitária na casa dos trinta anos estaria disposta a se corresponder com outra, visando uma amizade?

Pronto. Isso ia servir. Por que não dar seu nome, já que é só dela? Ninguém para consultar; ninguém para se envergonhar. Ela acrescenta: *Responder para Kathlyn Oliver, na rua Barton, 1, Westminster.*

Mais uma preocupação: e se sua "outra metade" de fato existe, mora em Londres, está solitária, tem entre vinte e quarenta anos, lê o *Herald*, mas talvez esteja ocupada tentando consertar o mundo e não leia o jornal (ou os classificados de "corações solitários" pelo menos) no sábado?

Nesse caso, Kathlyn acha que deve publicar o anúncio mais de uma vez, para dar a essa mulher imaginária diversas chances de encontrar sua convocação. Mas não dezenas de vezes porque, além de caro, seria muito patético. Ela acrescenta então um bilhete pedindo que o anúncio seja repetido por três semanas. Adiciona seu último vale postal, para cobrir os custos.

É estranho, mas Kathlyn se sente melhor assim que fecha o envelope e cola o selo. A sensação de tremor na língua, como se mascasse um chiclete barato (seria de tutano de cavalo?). Caminha até a caixa de correio na esquina, antes que perca a coragem. A irrevogabilidade de jogar o envelope pela fenda da caixa. Ela pelo menos tentou estabelecer uma conexão; não é pouca coisa.

Existe alguma satisfação na ideia de que, se morrer sozinha, não vai ser por falta de tentativa. Ela vai ter um amor companheiro, ou amor nenhum.

Nota

Kathlyn Oliver (1883/4-1953), nome de nascimento desconhecido, muito provavelmente assumiu este, que aparece pela primeira vez como K. Oliver no censo de 1901; algumas vezes foi identificada como Kathleen e quase sempre tem o nome grafado errado, como Kathryn. O melhor relato sobre Oliver foi escrito por Laura Schwartz no *Dicionário da biografia nacional*, e ela aparece em *Feminism and the Servant Problem: Class and Domestic Labour in the Women's Suffrage Movement* [Feminismo e a questão servil: Classe e trabalho doméstico no movimento sufragista feminino] (2019).

Ela descreveu o pai como funcionário público e, pelas diversas referências que fez e sua familiaridade com os tribunais de pequenos delitos, ele parece ter trabalhado neles de alguma forma. Obrigada a recorrer ao trabalho doméstico depois da morte do pai, fundou o Sindicato das Trabalhadoras Domésticas em 1909. Kathlyn Oliver trabalhou como cozinheira e empregada de Mary Sheepshanks, no número 1 da rua Barton, de 1909 até mais ou menos 1915, período no qual estudou na Faculdade Morley e ganhou um prêmio em economia.

Ficou noiva duas vezes, embora tenha publicado uma carta no dia 11 de agosto de 1909 no *Woman Worker* na qual admitia: "Me apaixonei muito mais por mulheres do que por qualquer um do sexo oposto." Escreveu para Edward Carpenter no dia 25 de outubro de 1915 dizendo que enfim havia se identificado como "uraniana" depois de ler seu livro, *The Intermediate Sex* [O sexo intermediário] (1908) e perguntando se ele conseguiria ajudá-la a encontrar sua "outra metade".

Kathlyn Oliver viveu em diferentes endereços da capital, a maioria na região oeste de Londres, e aparece como funcionária administrativa (uma das quase seis mil) do Ministério de Pensões, em 1921, do Abrigo de Animais Paddington, de 1924 a 1925, e como camareira, em 1939. Alguns de seus anúncios para a seção "corações solitários" em busca de mulheres sobreviveram em 1915, 1919-20 e 1932. Ela também escreveu cartas eloquentes para diversos jornais, entre 1909 e 1948, sobre assuntos como feminismo, trabalho doméstico, casamento, estupro, serviços sexuais, superpopulação, justiça criminal, vegetarianismo, saúde, direitos dos animais, relações entre animais e humanos, pacifismo e a bomba atômica.

Agradecimentos a San Ní Ríocáin (@SRiocain, no X) e Suus van den Berg (@suusvandenberg) pelas informações sobre a extraordinária Kathlyn Oliver.

RAPARIGA

KIRSTY LOGAN

é sempre verão no santuário —
ou pelo menos é o que me parece —
o verão envolvendo meu corpo —
o sol baixo dourado em meus olhos & o cheiro agridoce do
estrume das vacas em meu nariz & o sopro do pólen preso na
garganta —
sou nova no santuário & ainda não sei de nada —
embora mesmo quando não sou mais nova o padre fleck diga
que não sei de nada mas essa é uma outra questão —
porque eu não sei de nada não se pode confiar em mim para
nada —
então quando é minha vez de pescar os peixes eu vou com
alguém —
não com o padre fleck obviamente ele é muito ocupado com
as coisas sagradas boas puras importantes muito ocupado para
fazer o trabalho de verdade como pescar peixes & transportar

vacas & colher ervilhas & depenar galinhas & assar pão & varrer
o chão & produzir velas & coletar mel et cetera —
as garotas fazem esses trabalhos para se tornarem mais sagradas —
padre fleck & os outros homens já são sagrados eu acho —
no santuário as garotas somos eu & jennet issobel beatrice
matilda agnes gilleis lizabet petronella jehan hanna isidore ah
& euphemia acho que é todo mundo —
mas a única que importa para mim é —
a única de todas é —
na verdade acho que não quero dizer seu nome —
a sensação de seu nome na minha boca é —
é —
sinto muito —
posso dizer várias coisas —
mas mesmo agora que não posso dizer —
não posso contar sobre ela mas posso contar sobre os peixes —
& como foi aquele dia com a linha & a fieira & o anzol & as
minhocas —
observar enquanto ela colocava a isca no anzol com a coitada
da minhoca se contorcendo & contraindo o corpo dizendo não
não não —
& eu sei que é bobagem & fantasia & sei que minhocas não
falam nada então não digo nada também —
só coloco a minhoca no anzol —
& penso em como uns precisam sofrer para outros terem
conforto —
nos sentamos no banco a grama é fofa & macia a nosso redor —
a sensação dela a meu lado também é fofa & macia —
o sol quente sobre nossas cabeças os pássaros cantando o mundo
se exibindo tão maravilhoso só para nós —

& eu facilmente me deixaria levar num sonho eu facilmente
me deitaria na grama fofa macia ao lado dela fofa macia mas
não porque se estiver em meus sonhos então não estou aqui &
quero estar aqui com ela —
sinto um puxão na linha ao mesmo tempo que a dela também
puxa & juntas nós fisgamos os peixes —
naquele rio há tencas escalos pardelhas bremas et cetera então
não sei o que minha linha pegou & quando puxo vejo um brilho
prateado refletindo o sol & sei que é um escalo & vejo outro
brilho & sei que ela pegou um também —
dois pequenos escalos para o jantar de quatro garotas —
ou duas garotas se formos autorizadas a comer o quanto quisermos o que obviamente não vai acontecer —
é melhor para uma garota estar sempre com um pouco de
fome —
pegamos nossos peixes & os observamos se debaterem & darem
cambalhotas na grama —
observamos quando começam a diminuir o ritmo & a desistir —
de repente —
vamos jogá-los de volta diz ela —
mas aí não vai ter nada para o jantar digo a não ser ervilhas e
pão —
carne está proibida naquele dia porque deus quis assim —
bom ela diz ninguém nunca morreu por comer só ervilhas &
pão —
& não seria mais legal —
não seria melhor —
não seria um tipo estranho de poder —
jogar os peixes de volta & observar enquanto eles nadam para
longe mesmo quando você não precisa —
sim digo —

se ela tivesse dito vamos fazer um sapato de peixe ou vamos construir uma casa feita de peixe ou vamos adorar os peixes como se fossem deus minha resposta teria sido a mesma —
sim eu digo sim —
& então nós fazemos —
tiramos o anzol dos peixes & os jogamos de volta na água —
& olhamos enquanto eles nadam para longe juntos —
as escamas brilhando sob os raios coloridos de sol como uma coisa mágica & secreta —

///

eu a observo se contorcer na cama —
as costas arqueadas a pele brilhando a boca aberta se debatendo dando cambalhota —
eu não devia ficar olhando devia só limpar o suor da testa & o vômito do queixo & o sangue dos lençóis —
ela não é a primeira a ser possuída por demônios desse jeito & não vai ser a última —
nós garotas somos tão abertas & esburacadas & cheias de lacunas & passagens que o mal consegue entrar muito fácil —
todas já sofremos com isso & todas já limpamos a sujeira do sofrimento das outras —
& nunca é fácil —
para falar a verdade é mais fácil ser a possuída & infestada pelo demônio porque pelo menos você é quem está fazendo a sujeira & não quem está limpando —
mas quando é ela eu não me importo de limpar & só quero que ela fique confortável até o padre fleck conseguir tirar o demônio o que pelo jeito vai demorar vários dias & então estou muito atenta com meus panos & baldes & me certificando de que a água está sempre fresca & prestando atenção na quantidade que ela vomita

depois que o padre fleck enfia a mão em sua boca para tirar o demônio & me certificando de dar caldo suficiente para ela repor o que perde & seria bom se a gente conseguisse matar um bezerro ou cordeiro para pegar um pouco de sangue & dar a ela para compensar o que perdeu nos pequenos cortes & ferimentos em seus braços & pernas por causa da intensidade do exorcismo — embora eu saiba que o caldo não vai ser suficiente —
sei que até mesmo todo o meu sangue não seria suficiente —
eu o daria se pudesse —
bem talvez não todo porque é saudável tirar um pouco de sangue mas não se pode perder tudo então preciso guardar um pouco para mim —
mas acho que tenho bastante para compartilhar com ela —
espero até o padre fleck ir dormir & ficar sozinha com ela & então faço uma coisa que minha mãe fazia comigo quando eu era criança —
um unguento com botões de álamo & papoula negra & mandrágora & meimendro & vinagre & óleo rançoso —
mas eu não tenho a maioria dessas coisas aqui no santuário já que não tenho o jardim de venenos que eu & minha mãe cultivávamos só tenho a papoula & o óleo então faço o unguento com isso & espero que dê certo então espalho de uma têmpora a outra & coloco uma pitada na língua —
& depois disso ela dorme um pouco —
& eu me deito ao lado dela & coloco a mão em sua garganta para sentir a pulsação —
na manhã seguinte acordo antes de o padre fleck voltar & limpo o rosto dela & acho que o unguento fez efeito —
o padre fleck se debruça sobre ela na cama então não consigo ver muito bem o que está fazendo —
mas pelos cheiros & sons dá para saber que é o vômito & o sangue igual a ontem —

fico à espreita na porta com minha água limpa & meu unguento secreto & meu coração na boca —
ele enfia o que parecem ser as duas mãos na garganta dela & puxa alguma coisa que joga no balde & não consigo ver nada mas é por isso que o padre fleck é sagrado & eu sou apenas uma garota porque ele consegue ver coisas que eu não consigo —
ele sai do quarto e diz sem olhar para trás que ela está limpa agora —
deitada lá sobre seu vômito & seu sangue & suas lágrimas ela está limpa —
o padre fleck vai embora & então somos só eu & ela durante muito tempo com a água limpa & o pano limpo —
não sei que horas são porque quando nós garotas somos acossadas pelos demônios & precisamos de exorcismo somos dispensadas da missa regular do nascer do sol & das seis & das nove & do meio-dia & das três & do pôr do sol & das sete & das vigílias —
então enquanto as outras estão com suas rezas & sua limpeza eu estou fazendo um tipo diferente de oração —
só sei que já é tarde —
só sei que estou cansada —
só sei que ela finalmente pode descansar —
& eu também —
eu me deito na cama ao lado da dela —
& olho para seu rosto que dorme iluminado pela vela —
& caio no sono diante daquele brilho —

///

tem coisas que eu sei —
que eu sei que não deveria saber —

tipo que urtiga pode ser usada como tampão para interromper um sangramento no nariz —
tipo que a cimicífuga pode fazer descer o leite materno —
tipo que hamamélis pode curar um ferimento no lugar mais privado da mulher depois que o bebê sai —
tipo que dedaleira desacelera o coração & pode ser usada para colocar um marido ou bebê de que não precisamos mais para dormir —
essa última é a que as pessoas mais pediam para mim & minha mãe —
não só a dedaleira mas também narciso & oleandro & mandrágora selvagem & acônito & outras infusões feitas com determinados cogumelos e fungos —
mas agora que estou aqui no santuário não posso saber essas coisas —
mesmo quando sei que podem ajudar as outras garotas com certas dores & doenças ou até os padres que não podem mesmo saber o que eu sei —
& tudo bem porque eu sou uma garota espera-se que eu saiba muito pouca coisa além de pescar peixe & transportar vacas & colher ervilha & depenar galinhas & assar pão & varrer o chão & produzir velas & coletar o mel & fazer perfumes com as flores & tingir tecidos com plantas & cozinhar focinho de porco com repolho de um jeito particularmente delicioso o que agora pensando bem na verdade é bastante coisa para saber fazer —
mas enfim essas coisas são tudo o que preciso saber & mais nada —
não importa quem pergunte —
a resposta é não —
mesmo se for ela & ela precisar de mim & eu puder ajudá-la —
a resposta tem que ser não —

///

estamos todas as garotas reunidas —
eu & jennet issobel beatrice matilda agnes gilleis lizabet petronella jehan hanna isidore ah & euphemia acho que é todo mundo —
estamos lavando os lençóis o que é uma tarefa desagradável & demorada —
& o padre fleck diz que é justamente por isso que precisamos fazer porque garotas como nós precisam de tarefas como essa para se santificarem —
ou pelos menos para se tornarem o mais santa possível para uma garota & sabemos que não é muita coisa —
estamos com os rostos vermelhos & suando & tentando pensar em coisas santas —
& para nos distrair ela começa a contar sobre um espetáculo de máscaras que chegou a seu povoado —
era verão que é a época do pão dos sonhos —
quando você nunca sabe se a comida do dia vai provocar visões estranhas ou apenas encher seu estômago —
às vezes em alguns anos acontece —
às vezes em alguns anos não acontece —
ninguém a não ser deus sabe por quê —
ela conta que tinha sim comido pão de semente de papoula naquela manhã com uma xícara de hidromel & era sorte dela ter aquelas duas coisas no verão porque às vezes não havia comida nenhuma naquele período de fome antes da colheita —
era justo nessa época que os espetáculos de máscaras apareciam porque os atores estavam com fome também & apresentavam qualquer coisa que lhes rendesse um pagamento em comida —

mas ela tinha certeza de que essa história não era obra do pão
mas sim exatamente como ela viu —
& eu acredito porque sei como é estar com fome —
fome de comida & de histórias & da companhia das outras
pessoas & de cores & de sons & de mais mais mais —
mesmo lá no santuário rodeada de minhas irmãs & com o sol
do verão em meus cabelos & logo depois de quebrar o jejum eu
sinto fome no estômago & nos olhos & nas mãos —
ela conta sobre o espetáculo de máscaras que era uma história
da bíblia & então era sagrado & curativo de se ouvir —
adão & eva no jardim vestidos com o que parecia ser nada —
mas deviam estar vestidos com alguma coisa não podiam estar
pelados na frente de todo mundo então talvez estivessem com
peles de couro branco amarradas no corpo então parecia que
era a própria pele só pode ser isso & acho que fiquei pensando
nisso por um pouco mais de tempo do que seria necessário —
& então eva & a fruta devorada —
& a fruta era uma coisa suculenta & madura de modo que seu
sumo & caldo pingava & escorria por todo canto muita lambança
muito delicioso o cheiro se espalhando pelo ar & deixando todo
mundo faminto & com inveja de eva e sua perversão —
& mais uma vez acho que fiquei pensando nisso por um pouco
mais de tempo do que seria necessário —
& meu estômago & meus olhos & minhas mãos anseiam de
tanto desejo —
& então apareceu o diabo & dava para saber que era o diabo
porque ele tinha —
ele tinha —
& nesse ponto ela não consegue mais contar a história suas
bochechas ficam rosadas & suas mãos cobrem os olhos & eu
não posso ela diz eu não posso dizer essa palavra —

o que digo o que o diabo tinha —
& todas as outras garotas olham para mim mas não me importo quero saber como identificar o diabo quando vir um —
pica diz ela ele tinha uma pica —
pica como de uma agulha ou de um alfinete digo & estou pensando numa picada numa gota de sangue na ponta do dedo —
não diz ela pica como a de um homem —
mas não como um homem de verdade teria ou pelo menos eu acho que não porque era tão grande tão comprida quanto uma coxa & tão larga quanto também & toda de madeira então vai batendo toc toc toc enquanto ele anda —
& aliás ela está dizendo tudo isso ainda escondendo o rosto com as mãos & dá para ver suas bochechas de um vermelho brilhante como pétalas de rosa & ela dá uma olhadela para mim para ver se minhas bochechas estão vermelhas também & eu acho que estão —
então olho para euphemia & ela está calmamente torcendo um lençol molhado como se não se preocupasse com a pica não importa o quão grande ou quão dura ela fosse o que não acredito que seja verdade —
enfim o diabo & sua pica foram andando toc toc toc pelo palco & ele se abaixou & soltou um peido tão rápido & tão fedorento que deve ter sido obra de uma geringonça qualquer que houvesse fumaça & chamas saindo de seu traseiro & o fedor de ovos podres —
& eu me pergunto como eles mantiveram o fedor dos ovos podres contido & só liberaram quando quiseram talvez algum tipo de pote são tantas as maravilhas que existem no mundo —
& quero ouvir mais sobre a pele & o fruto & até mesmo o peido mas não quero perguntar na frente das outras meninas porque já estão me olhando demais & sei que essa curiosidade não é apropriada para uma garota —

então jennet conta uma história sobre um homem de quem ela ouviu falar que era um bobo da corte de um grande senhor numa fortaleza —
& o bobo da corte era tão alto & tão magro que era como se já estivesse morto com seus ossos —
& ele era um dançarino tão dedicado que gastava trezentos pares de sapato num ano —
& embora eu não diga isso em voz alta me parece claro que esse homem era um ladrão & mentiroso —
que estava vendendo os sapatos em perfeito estado & seu mestre idiota ia lhe dando mais & mais —
mas não digo isso para as outras garotas porque elas não cresceram mentindo & roubando & enganando & envenenando & não quero que saibam que eu cresci assim —
& de alguma forma jennet para de contar a história sobre os sapatos & voltamos para o espetáculo de máscaras —
porque vou te contar um segredo & é que nenhuma das garotas —
que somos eu & jennet issobel beatrice matilda agnes gilleis lizabet petronella jehan hanna isidore ah & euphemia —
não importa o que a gente diria para o padre fleck se ele perguntasse —
nenhuma de nós está interessada em histórias sobre sapatos na mesma intensidade que estamos nas histórias sobre picas —

///

no dia seguinte o sermão é sobre bruxas —
o padre fleck ouve todas as notícias dos vivos & dos mortos ao conversar com os viajantes que passam por aqui & então sabe de muitas coisas —

ele nos conta sobre um garoto que disse que a mãe estava escondendo dois demônios numa cama de pele de carneiro num lugar secreto dentro das raízes de uma macieira & que os alimentava com leite num prato preto todos os dias —
ele nos conta sobre um homem que tinha sete cabras & que num verão começaram a produzir sangue em vez de leite & também a mulher dele estava grávida mas ao mesmo tempo cheia de vigor & ele disse que as duas coisas foram causadas pela parteira que era feia & viúva & o havia amaldiçoado por não pagar pelos serviços dela depois que o último bebê da esposa nascera morto —
ele nos conta sobre uma garota que enfeitiçou outra com desejos anormais & as duas fizeram juntas coisas anormais coisas que só marido & mulher podem fazer juntos —
ele nos conta sobre uma mulher que foi amaldiçoada por um mascate que vendia fitas que ela não queria comprar & ele a xingou dizendo que a mulher devia ter um espeto em brasa nas nádegas & no outro dia seu traseiro e partes íntimas estavam num estado estranho & maravilhoso —
ele nos conta sobre cordeiros brancos & gatos pretos & pequenos coelhinhos enviados para cumprir as ordens das bruxas naquele horário perigoso que não é nem noite nem dia —
todas essas bruxas foram enviadas para a fogueira o que na verdade é o único destino possível para elas —
o padre fleck diz que temos sorte de estar neste lugar —
devemos ficar aqui no santuário onde estamos seguras —
há tantas coisas espalhadas aí pelo mundo prontas para nos amaldiçoar ou nos machucar ou nos fazer sangrar ou nos encher de demônios —
& abaixo a cabeça para rezar & penso bem mas e os demônios que nos possuem aqui mesmo —
& os machucados que nos ferem aqui —

& o sangue que derramamos aqui —
mas acho que essas coisas devem ser diferentes —
& ainda estou pensando na garota & na garota & no casamento anormal das duas —
& se nenhuma delas tinha uma pica como é que se deitavam como se fossem homem & mulher —
uma pequena madeira entalhada talvez —
uma maçaneta já bem lisa depois de muitos anos de toques —
& eu abro os olhos só um pouco & olho para as mãos dela que está rezando atrás de mim —
& olho para seus dedos que são pálidos & longos & graciosos & penso como seria senti-los em minha pele senti-los em mim & dentro de mim —
& fecho os olhos com força & aperto as mãos juntas bem forte porque não eu não vou mais pensar nisso eu não posso mais —
não —

///

sim eu sussurro em seu ouvido quando ela vem me chamar à noite —
sei que minha resposta vai ser sempre a mesma para ela —
sim eu digo sim —
juntas nos levantamos da cama & vamos descalças até a grama molhada de orvalho na beira do rio —
nós nos deitamos lá deixando a pele ficar molhada —
olhamos para o céu & ela me diz que as estrelas são velas presas num domo como no teto da igreja só que muito maior & muito mais longe —
nós ficamos lá & observamos aquelas velas distantes serpenteando como peixes —

penso em um dos sermões do padre fleck sobre a diferença entre o homem & a mulher & como essa diferença nunca poderá ser mudada & sobre como nós nascemos de um jeito & é assim que vamos ser para sempre & sobre como um homem é um homem & uma mulher é uma mulher & sobre como a mulher é para o homem & é assim que funciona o mundo & qualquer coisa diferente é bruxaria & diabólica & imoral em essência —
& sob o céu iluminado de velas ela chega mais perto de mim —
ela se inclina para perto como se fosse me beijar —
mas não me beija —
mostra os dentes —
a respiração quente & a língua doce & os incisivos suaves como seda —
& me morde —
morde a linha de meu queixo —
ela me morde me imobiliza me abraça forte & suave com seus dentes como uma gata que segura o filhote —
como um lobo que segura um coelho —
sua boca uma armadilha sua boca um lar sua boca um céu noturno no qual eu poderia mergulhar —
penso no padre fleck dizendo que os homens necessitam de luz mas as mulheres conseguem viver na escuridão —
& ali sob o céu noturno com as mãos dela nas minhas & sua boca em minha pele eu não consigo entender por que isso é ruim —
& eu penso que se isso é a escuridão então vou viver aqui na noite com ela para sempre —

///

vejo uma coisa que não deveria ver —
sei de uma coisa que não deveria saber —

estamos na cozinha preparando o desjejum —
não me incomodo de acordar antes dos pássaros & antes do sol
& me incomodo menos ainda se ela estiver lá comigo —
estou fazendo o pão que é algo que me agrada porque gosto de vê-lo crescer —
pegar coisas simples como um pouco de farinha um pouco de água um pouco de fermento & colocar tudo junto & então é mágico vê-lo crescer & se desenvolver & mudar —
ela está fazendo um ovo poché para mim & um para ela para comermos aqui na cozinha silenciosa de manhã antes que todo mundo volte das orações & a gente possa servi-los & não perturbá-los com nossas barrigas roncando —
& eu estou de costas para ela colocando o pão no forno —
& ela deve achar que não consigo ver mas eu olho por cima do ombro —
& vejo —
vejo quando ela desliza a mão pela cintura para dentro da saia —
vai abaixando mais mais mais —
ela tira o dedo sujo de sangue —
sei que está com o sangramento mensal porque sei quando o dela vem assim como ela sabe que o meu não vem nunca —
o que é um segredo & ninguém mais sabe & é por isso que estou aqui no santuário & não é natural para uma garota não sangrar & não poder carregar um bebê & então ninguém pode saber & eu só contei para ela porque sei que não escondemos nada uma da outra & então não sei como me sentir quando a vejo fazer algo que escondia de mim —
que é o fato de ela colocar um pouquinho do sangue no ovo que está preparando para mim & ela mistura tão bem que eu nunca saberia —
& eu nunca soube —

& não sei quantas vezes ela já fez isso —
& por que ela quer me enfeitiçar —
& há quanto tempo eu venho sendo enfeitiçada —
& há quanto tempo eu tenho partes dela dentro de mim —
não digo nada —
como o ovo —

///

agora sou eu quem está possuída —
sou eu me contorcendo e sangrando —
o demônio me confunde de tal forma que eu mal consigo diferenciar os desejos dele dos meus —
às vezes quando ela está em minha cabeça —
ele quero dizer ele quero dizer o demônio —
consigo senti-lo dentro de mim em minha cabeça em meu coração em minha em minha em minha —
corro pelo santuário até nosso dormitório onde os padres não vão & rasgo todas as minhas roupas & rasgo as roupas & a carne de minhas amigas que consigo tocar —
eu as pisoteio eu as mastigo amaldiçoando a hora em que fiz os votos —
amaldiçoo os peixes & o lago & as minhocas & nossa misericórdia nossa misericórdia fraca idiota —
tudo isso com muita violência & acho que não estou livre & não sei o que fazer —
sei bem que não faço tudo isso por minha própria vontade mas também sei & isso me deixa muito confusa que o demônio não pode ter esse poder sobre mim se eu não estiver disposta a colaborar com ele então também sou culpada por deixá-lo se apossar de mim —

& ela vem até mim no dormitório —
o que eu mais quero é ouvir a voz dela então fecho os ouvidos —
o que eu mais quero é tocá-la então cerro os punhos —
ela segura meu queixo & vira minha cabeça para olhar para ela —
desvio o rosto eu não posso olhar eu não posso —
encaro os pés dela embora o que eu mais queira seja olhar seu rosto —
ela estende o braço para mim & olho para suas mãos & espero que brilhem como escamas de peixe —
que brilhem à luz baixa como alguma coisa mágica & secreta do mar —
não sei por quê —
mas quando olho para as mãos dela não são secretas não são mágicas são apenas mãos —

///

matilda morre de febre —
petronella cai em tentação com um monge visitante depois de se esgueirar até sua cama de noite & ele já foi embora para suas viagens muito antes de ela saber que há um bebê a caminho & passa muito tempo até que qualquer uma de nós saiba porque petronella já tem uma circunferência abdominal grande & é muito discreta em relação ao sangramento mensal & quando o padre fleck descobre ela tem que ir embora & eu não sei se ela algum dia vai encontrar aquele monge visitante ou se o bebê sai vivo de dentro dela ou se petronella está viva —
beatrice desaparece da cama um dia & somos informadas de que ela fugiu —
chove & acho que vem chovendo há um bom tempo —
& agora vejo que nem sempre é verão —

só parece porque hoje é igual a ontem & igual a amanhã —
o mundo é sempre a mesma coisa de novo & de novo —
novas garotas chegam grissel marion alizon & não são diferentes
das garotas antigas nem diferentes de mim todas nós colhemos
ervilhas & depenamos galinhas & somos possuídas por demônios
& o mundo é mulheres na escuridão & homens na luz —
& é desse jeito que deus quer & é desse jeito que tem que ser
como o padre fleck diz & eu devia me sentir abençoada por
isso —
porque não seria bom se fosse sempre verão —
verão é quando ficamos mais famintas & o pão tem um gosto
diferente & nos faz ver coisas que não existem & nos faz sonhar
acordadas & nos faz cravar os dentes em coisas que não são
boas para nós —
& nos faz querer —
& nos faz querer —
eu não posso querer nada —
eu não posso dizer nada —
eu não posso saber de nada —
& é para o meu bem —
eu não quero morrer de febre —
eu não quero ser expulsa —
eu não quero queimar —
eu só quero —
eu só quero —
mas não adianta nada uma garota querer —

///

há coisas que eu não posso saber —
mas também há coisas que outros sabem & eu não —

tipo que cada janela é um olho —
que todo olho pode ver —
que nada é segredo —
que nada é mágico —
ela está possuída por um demônio de novo & o padre fleck não
consegue tirá-lo —
ela se contorce & chora & sangra & chama meu nome —
ela chama meu nome de novo & de novo & de novo & de novo —
chego com meus panos & com minha água fria e limpa & não
olho nos olhos do padre fleck —
& ele nunca olha para mim mas desta vez olha —
porque em sua febre em seus ataques em seu delírio ela chama
meu nome —
& fala das coisas que fizemos juntas —
o padre fleck ouve ele escuta tudo ele vê tudo —
quando fomos até o rio com nossos anzóis & nossas iscas —
quando fomos até o rio com nossas estrelas & nossas mordidas —
nada é segredo e nada é mágico —
tudo é apenas luxúria anormal —
tudo é apenas uma coisa anormal —
há apenas o fogo & nossa carne sobre ele —
& então o padre fleck se vira para mim —
enquanto ela se contorce & sangra & chama —
& me diz que não há nenhum demônio controlando a língua
dela —
não há demônio nenhum a seu lado deixando-a doente fazendo-a
queimar —
alguma coisa vem até ela à noite para amaldiçoá-la & não é um
demônio & não é uma bruxa & não é íncubo —
é você —
sim eu acho mas não digo —

ela está em mim como estou nela —
& ele me diz você conhece os pecados dela —
& ele me diz você se deita com a maldade dela —
& ele me diz você a ama de modo profano —
eu penso no peixe que soltamos naquele dia —
cintilante brilhante sobrenatural —
& sei que não o libertamos —
& sei que vai ser capturado amanhã ou amanhã ou amanhã —
& que vai morrer lá sufocado & se debatendo na lama —
mas nós lhe demos aquele dia —
demos sim —
nós lhe demos mais um dia para ser livre & isso deve valer alguma coisa —
& ele me diz você a ama —
você a ama —
você a ama —
não digo eu —
não —

CORTESÃ

CAROLINE O'DONOGHUE

Eu estava em vias de terminar minha amizade com Olivia quando finalmente encontrei Derek Cortês de novo. Eu falava com ela ao telefone, e estava no supermercado.

— Olha só. — Foi assim que Olivia começou a conversa. — A gente vai ficar fora até o fim das férias escolares e, a partir de setembro, os corretores vão aparecer sem parar. Então talvez fosse melhor se você encontrasse outro lugar.

— Eu tenho a chave — lembrei a ela. E tinha mesmo, da época em que fui molhar a Pilea dela. — Posso usar enquanto você estiver fora.

Um momento de silêncio.

— Vou pagar a mais, é claro — acrescentei.

— Não tem a ver com dinheiro, na verdade.

Olivia me odiava por não sacar a indireta. Mas a questão é que pessoas como eu não são muito boas com indiretas. Em geral, meus amigos são péssimos quando a questão é sutileza, sobriedade e gerenciamento financeiro. Mas são bons em conversas abertas e francas. São bons em não se sentirem ofendidos.

— Se você não quer que eu filme no quarto de Jamie, é só dizer — retruquei quando compreendi que ela não ia falar mais nada.

Conheci Olivia numa aula de hip-hop na qual nós duas entramos com o objetivo declarado de conhecer gente nova. Eu queria amigos que tivessem os mesmos horários regulares de professores e contadores. Olivia era uma mãe solo em busca de algum tipo de comunidade de mulheres que não a julgasse, ou pelo menos a julgasse menos do que julgavam na escola de Jamie.

— Você é famosa? — perguntou ela, com os olhos brilhando. — De quem você seria equivalente no universo dos filmes de verdade?

Eu gostava tanto de Olivia que nem me incomodei com o termo "filmes de verdade". Pensei um pouco sobre o assunto.

— Laura Linney — respondi.

Não sei se sou a Laura Linney da indústria pornô atualmente, mas houve uma época em que talvez Laura Linney ficasse feliz ao ser comparada comigo. Dependendo, eu acho, do quanto conhecesse a indústria de filmes adultos. Eu tinha uma carreira nos Estados Unidos. Ganhara prêmios. O da *Adult Video News* é o mais importante da área, tipo nosso Oscar. Que, aliás, quero destacar, Laura Linney nunca ganhou. Comecei como Melhor Estrela Revelação, em 2004; depois ganhei a Melhor Performance de Grupo Feminino, ao lado de Tori Andrews, em 2006; fui estrela do filme *Boqueteiras internacionais 3*, que recebeu os prêmios de melhor comédia e melhor direção, em 2008; ganhei Estrela Subestimada do Ano, em 2009, o que todos concordaram ter sido um prêmio de consolação por ter sido esnobada na categoria Melhor Performance Feminina no ano anterior; e, por fim, em 2012, venci como Melhor Cena Homem/Mulher com Derek Cortês.

Listei essa série de honrarias para Olivia uma vez e até compreendi a reação dela, porque deve ser mesmo muito difícil não rir quando essa não é sua profissão, e entendo que é complicado ouvir alguém falar *Boqueteiras internacionais 3* num café e se manter séria, mas fiquei magoada mesmo assim.

— Me diga que outro prêmio celebra especificamente artistas trans e atrizes MILF — exigi, e depois bebi um gole de água.

— Atrizes MILF?

— Você sabe. Mulheres com mais de quarenta anos, o tipo coroa gostosa.

— A gente chama simplesmente de "atrizes".

— Na sua cabeça não chama, não.

A gente riu porque, vamos falar a verdade, até as atrizes dramáticas mais respeitáveis de suas respectivas gerações sucumbiram à estética da coroa gostosa nos últimos vinte anos. Quem se parece com Bette Davis hoje em dia? Ou com Joan Crawford? Será que a gente devia mesmo ficar fingindo que acredita que as mulheres mais talentosas do ramo têm uma aparência como a da Gillian Anderson por acaso? Nós as enaltecemos porque queremos transar com elas, dormir de conchinha com elas, ser punidos por elas. Ainda é um bônus se essas mulheres conseguirem fingir que estão numa guerra ou num casamento ruim ao mesmo tempo, mas é isso. É só um extra. O *AVN*, pelo menos, é honesto sobre o que está premiando.

Aliás, foi a questão das coroas gostosas que me aproximou de Olivia profissionalmente.

Quando voltei a morar no Reino Unido, o brilho dos prêmios *AVN* veio junto comigo. Trabalhei bastante. A cena pornô britânica é, ou pelo menos era na época, basicamente uma cópia do que acontecia nos Estados Unidos. Eu era Laura Linney. Sabia fazer comédia também, o que é importante para o trabalho deste lado do oceano. Nosso prêmio se chama SHAFTAs. Somos responsáveis pela absurdamente enorme, com o perdão da piadinha, carreira de Ben Dover. Meu primeiro longa foi filmado em Aberdeen e se chamava *O último gozo da Escócia*, uma brincadeira com o filme sobre Idi Amin. O que eu mais gosto do pessoal do pornô é que todo mundo acha sexo engraçado, e é mesmo.

Mas à medida que a indústria de DVDs começou a entrar em colapso e já não tinha mais tanto apelo em lançar brinquedinhos com o formato da minha vagina, cheguei a duas conclusões. A primeira era que o único jeito de ganhar dinheiro no meu campo agora era fazer tudo sozinha. A segunda — e ainda acho que essa é uma ideia muito boa, o tipo de sacada profissional inteligente que me faz ter orgulho de mim mesma às três da manhã — era que eu iria produzir material sobre coroas gostosas.

Eu tinha trinta e quatro anos quando voltei para cá. Isso foi há cinco anos. Os trinta são reconhecidamente uma época complicada para atrizes. Todo tipo de atriz, na verdade. Muito velha para ser uma revelação, muito nova para ser Helen Mirren. Mas, com *Desperate Housewives*, o mercado das coroas gostosas explodiu e, apesar de não estar mais tão na moda quanto em 2004, ainda faz a indústria pornô comer na palma da nossa mão. As pessoas curtem coroas gostosas. Como eu disse a Olivia, até pessoas que nunca ouviram falar do conceito de MILFs curtem MILFs.

O começo foi devagar. Eu era famosinha, mas não tinha ideia de como chegar às pessoas que me conheciam. Eu me odiava por não ter passado horas em convenções, anotando o e-mail dos fãs. As garotas espertas *de verdade* tinham feito isso. Agora possuíam sua própria base de inscritos e ganhavam vinte dólares por mês de homens amáveis e absolutamente leais às mulheres que os fizeram gozar durante tanto tempo, com a sensação de conforto ao saber que suas garotas favoritas ainda estavam se mantendo mais ou menos bem. Era como ouvir que sua cachorrinha foi morar numa fazenda, mas no caso poder *de fato* visitá-la.

 Esse não era meu único problema. Aos poucos, meus antigos fãs foram me reencontrando, como viajantes perdidos cercando uma fogueira. Eu recebia comentários de incentivo, pontos de referências para futuros punheteiros, um sinal de que poderiam encontrar uma cama quentinha e uma boa refeição por aqui. Havia emojis com sinal de joinha. *Feliz de ver que ela ainda está na ativa* e *Linda!* e, o mais horrível de todos, *Pelo jeito você ainda se diverte.*

 Se eu parecia ainda estar me divertindo, era sinal de que eles não estavam. Ficavam felizes em me ver, mas não dispostos a abrir a carteira e me ver de novo. Logo entendi qual era o problema. Ou melhor, @paldur0_realoficial me fez entender.

 de jeito nenhum essa vadia tem filhos

 Acho que ele falou como um elogio, mas para mim era muito mais. Era a resposta.

 Eu trabalhava com pornografia havia tanto tempo que MILF, para mim, era apenas um jeito de descrever uma mulher de certa idade e certa estética. Mas você precisa amar uma coroa gostosa. Precisa querer — como eu disse a Olivia — que ela ame você. Que te bata. Que te coloque para dormir. Precisa acreditar que ela é mãe de alguém.

 Eu precisava dos aparatos da maternidade para convencer os espectadores — e, acredito, a mim mesma — de que eu era autêntica. A maternidade precisava inspirar cada performance, como se fosse o refogado de cebola e alho que é a base para qualquer prato. Foi aí que Olivia e o quarto do filho dela entraram na jogada.

Ao telefone, Olivia explicou que não queria vídeos do quarto do filho circulando por aí no momento em que ele ia começar na escola primária. Argumentei que sempre tomei extremo cuidado para não exibir fotos, etiquetas com nomes e nem mesmo os brinquedos favoritos na cena. Eu gostava muito de Jamie. Não queria que um estranho qualquer o reconhecesse na rua porque tinha me visto de esfrega-esfrega com um cara sob os olhares do seu burrinho de crochê.

— A questão é que esses vídeos estão ficando tão famosos, que as pessoas podem descobrir onde a gente mora — argumentou Olivia.

Não sei por que ela precisava fazer toda essa ginástica mental. Podia simplesmente dizer que se sentia mal com a situação. Falei isso para ela.

— Não é ginástica mental. É uma preocupação *genuína* — respondeu ela, irritada.

E talvez fosse mesmo. Mas eu estava no corredor dos congelados, o mais frio do supermercado. Abracei a mim mesma. Foi então que o vi. Estava olhando a lista de compras no celular, em frente à bancada de peixes.

— Preciso ir — disse para Olivia, e desliguei.

Conheci Derek Cortês (seu nome real) quando ele tinha vinte e dois anos e trabalhava como assistente de som numa série chamada *As noites loucas de Alyssa*. Foi exibida durante pouco tempo no canal Bravo. O programa acompanhava uma antiga integrante de uma banda de garotas — Alyssa — que viajava pelo Reino Unido e pelos países mais baratos da Europa para descobrir onde ficava a noite mais louca. Como não podiam ir para Amsterdã toda semana, encontraram um estúdio pornô perto de Praga para visitar. Apesar de ser um local de trabalho e, de jeito nenhum, uma "noite", acabaram filmando com a gente no estúdio por alguns dias.

Como muitos dos filmes norte-americanos que se passam na Europa, adultos ou não, esse era construído com base na ideia de que europeus são bizarros. Eu e duas garotas estadunidenses interpretávamos mochileiras que — depois de uma orgia num albergue — haviam sido roubadas e, por isso, para conseguir hospedagem e comida precisavam realizar atos sexuais cada vez mais obscuros para um grupo de pervertidos que morava num castelo e que nossas personagens passaram a adorar. Isso foi depois de *Boqueteiras internacionais 3*, e no começo do governo Obama. Acho que o toque de união global era considerado simpático.

O problema é que estávamos sem pervertidos. A maioria dos talentos masculinos vinha da França e da Alemanha, mas o vulcão islandês havia espalhado fumaça por toda a Europa. Centenas de voos foram cancelados, as ferrovias estavam todas lotadas. Quando nossos atores finalmente conseguissem pegar um trem, o período de locação do castelo já teria acabado.

Houve muita espera. Derek era o único que fumava na equipe deles, e então passava muito tempo com a gente, as garotas, todas fumantes. Ele era tranquilo e difícil de chocar, como se tivesse crescido em meio a irmãs bastante liberais. Também era lindo, como um cachorro de raça. Os olhos brilhantes, um narizinho meio amassado.

Nossa primeira conversa, ou o que me lembro dela, foi assim:

— O sangue vai todo para sua cabeça quando você faz de cabeça para baixo assim?

— Vai. Mas a sensação é boa.

— É boa?

— É, é gostoso.

— Para homens também?

— Pelo que ouvi dizer, sim — respondi, batendo a cinza do cigarro num ralo.

— Preciso experimentar isso — disse ele.

O cigarro já estava no fim, mas ele ainda o segurava entre os dedos.

— Talvez você deva mesmo.

Se naquela época eu soubesse que Derek seria meu parceiro de cena mais duradouro, assim como meu protegido na indústria, teria dito algo mais significativo. Às vezes eu me autossaboto e coloco uma das nossas conversas mais longas e profundas no lugar dessa primeira. Mas no pornô não existe tela verde. Não posso colocar em cena o que não está lá.

Horas se passaram, nenhuma solução aparecia, e então fiz uma piada com o diretor de que qualquer pessoa que conseguisse segurar um microfone tipo boom durante seis horas conseguiria segurar uma garota por uma hora. Ele repetiu a piada, mais alto, para toda a equipe. Todas as garotas olharam para Derek. O pessoal do *As noites loucas* também se animou.

— Tudo bem. Onde você quer que eu fique? — disse ele, completamente impassível.

Aquela foi a primeira vez — da vida dele, acho — que alguém levou Derek Cortês a sério.

Mais tarde ele me disse que pensou que era uma piada e por isso concordara de modo tão casual. Para entrar na brincadeira. Imaginou que fosse necessário ter algum tipo de licença para transar diante de uma câmera, e teoricamente até é, você precisa de um teste negativo para ISTs. Derek foi até Praga fazer os testes às pressas com uma enfermeira que um dos tchecos da equipe conhecia, e ela ainda enviou alguns cotonetes de teste extras no fim do dia, em troca de uma grana a mais. Derek voltou na manhã seguinte com um atestado de saúde perfeita.

Ele foi orientado a não falar durante a gravação. Seria confuso, disse o diretor, considerando que eu também era inglesa. Ia estragar o universo que estávamos criando. Correu tudo bem na cena. Mas foi nos últimos momentos que Derek Cortês — interpretando um trabalhador rural mudo que deveria torturar as mochileiras — realmente brilhou. Ele me agarrou pelo cabelo, puxou para trás e chegou bem perto da minha orelha. E então sussurrou:

— Está bom assim?

O microfone não captou o que ele disse, mas a cena causou impacto. Foi diferente. Você fica pensando que o sussurro vai levar a alguma coisa, a um novo detalhe da trama ou outro fetiche, mas isso não acontece. Meus olhos ficam mais relaxados, ele agarra com mais força, e ainda que você pense que pornografia é um ataque à ideologia feminista, não dá para negar que aquelas duas pessoas na tela estão efetivamente conectadas, e que aquela conexão parece de fato uma obra do acaso.

Se tinha vinte e dois em 2010, Derek Cortês tem trinta e cinco anos agora. Não parece. Aparenta ser mais velho, o rosto de pequinês ligeiramente flácido sob uma testa cheia de linhas de expressão e as bochechas um pouco mais largas. Ao chegar mais perto, vou ficando em dúvida. Não é possível que seja ele. Não no supermercado. Simplesmente encontrei um outro homem de cabelo claro que se parece com uma pessoa com quem eu transava por dinheiro.

— Ei — falei, afinal o que mais poderia dizer?

Ele não se assustou com a interrupção. Tirou os olhos do telefone.

— Ah. É você.

— Sou eu.

Ficamos nos encarando como se esperássemos alguém jogar um dado para decidir o que iria acontecer em seguida. No fim, fizemos o que velhos amigos fazem. Demos um abraço.

Senti seu corpo por baixo das roupas. Ele se tornara mais robusto, o que me deixou feliz, já que da última vez em que o vira, o cara estava sobrevivendo à base de clonazepam e gel de carboidrato usado por corredores de longa distância. Fiquei imaginando como estava meu corpo em comparação à última vez em que ele o sentiu. Os implantes de silicone não existem mais, e minha bunda cresceu bastante graças aos exercícios rigorosos de agachamento. Dizem que os homens só se interessam por uma coisa, mas ninguém fala que essa coisa às vezes muda.

— Não sabia que você tinha voltado — comentei, sem saber por onde começar. — Achei que estava...

Fiz um gesto com a mão indicando algo como *casado, divorciado, nos Estados Unidos, em reabilitação.*

— Eu estava — respondeu ele, fazendo também um gesto com a mão e confirmando tudo que ouvi dizer. — Acabou sendo um pouco demais.

Se eu tivesse encontrado um velho colega norte-americano, estaria ouvindo uma história profunda sobre sua recuperação e seu desejo de sair da indústria para ir fazer cerâmica. Mas é por isso que Derek e eu somos ingleses. Ainda não aceitamos a sobriedade como um novo estilo de vida incrível, mas sim como uma conta que chega pelos serviços prestados.

— Tem um café aqui do lado — sugeri, e então fomos para lá.

Mantive contato com Derek depois da República Tcheca. Isso era bem no começo do Facebook, quando conhecer amigos pelo mundo e conseguir mantê-los entre seus contatos para sempre era algo inacreditável. Muitas vezes eu ficava acordada de madrugada, ainda agitada depois de alguma gravação noturna, e ele estava no Messenger. Contei que as pessoas estavam perguntando dele e, como seu nome não estava nos créditos do filme, haviam dado o apelido de Garoto da Fazenda. Começamos a brincar sobre a possibilidade de ele ir para LA, morar comigo e começar uma carreira de verdade na indústria pornô. Em algum momento deixou de ser brincadeira, e eu estava sentada no aeroporto de Los Angeles segurando um balão enorme em formato de pênis com as palavras BEM-VINDO DEREK escritas com esmalte vermelho.

Homens que atuam diante das câmeras costumam ganhar tão pouco na indústria pornô que em geral não compensa financeiramente ter um agente, então eu meio que virei a agente de Derek. Eu não tinha noção disso na época. Simplesmente o apresentava para as pessoas, recomendava aos diretores amigos e o levava às festas. Ele era meu amigo. Fora das cenas, tínhamos uma relação que curiosamente não era nada romântica, o que acho que era uma forma de autopreservação mútua. Ele ainda morava comigo, afinal. Se trabalhássemos juntos, saíssemos juntos e dormíssemos na mesma casa, inevitavelmente aquilo iria acabar virando um relacionamento, e a maioria dos relacionamentos na indústria pornô acabava mal.

— Eu te amo — disse ele uma vez, quando estávamos os dois chapados. — Você é como um irmão para mim.

Eu dei risada.

— Não. Você me ama como uma irmã — disse.

— Não — respondeu ele, dessa vez bem sério. Ele queria me diferenciar das irmãs que já tinha. — Como um irmão.

Comprei as bebidas no café e, como um bom irmão, tentei não ficar irritada com a demora dele em decidir o pedido. Um negócio gelado de laranja com creme, grande, é claro, que só pediu quando se deu conta de que eu ia pagar.

— Bem coisa do Cortês — falei ao me sentar, e de repente estamos no banco de trás do meu carro, eu gritando porque ele nunca paga a maconha.

Ele deu de ombros de leve, um gesto quase imperceptível, e então fechou os olhos e sorriu. Esse era o olhar dele, aquela expressão de Príncipe Travesso, que fazia eu me sentir como Kathy Bates vestindo o Jack de *Titanic*. Costumava me deixar irada. Mas naquele dia, sentada num café sujo a dez minutos de fechar, só fez meu coração doer.

— Ouvi dizer que você teve filho — disse ele, e captei na hora que Derek havia assistido aos vídeos.

Fiquei satisfeita. Eu não tinha conseguido convencer apenas os fãs de que eu era uma MILF, mas enganado os colegas de profissão também. Pensei em mentir. Alguma parte de mim queria que ele ficasse com inveja dos filhos que eu não tinha. Queria provar que eu podia amar pessoinhas de um jeito seguro, como um dia eu o havia amado. Mas então olhei para a mão dele, que levantava o copo de plástico.

— Derek, seu *dedo* — disse, num grito.

A garota que limpava as mesas pulou de susto e deixou cair o pano no chão. Ele estava sem a ponta do dedo indicador, que havia sido cortado bem abaixo da cutícula. Ele estendeu a mão, como uma garota que mostra o anel de noivado.

— Isso não é nem metade. Olha aqui.

Ele virou a cabeça e apontou para a parte de trás, onde havia uma enorme falha no cabelo. Em seu lugar, estava uma cicatriz grande e reluzente, que parecia uma queimadura.

— O que aconteceu? Acidente de carro?

— Mais ou menos.

— Mais ou menos? Como assim "mais ou menos"?
— É que eu estava num carro, mas não foi exatamente um acidente.
— Foi o quê, então?
— Uma cena perigosa.
Recostei na cadeira e tentei conciliar essa história com o Derek Cortês que eu conhecia.
— Está trabalhando como dublê?
— Estou.
— Desde quando?
Ele pensou um pouco.
— Dois anos? Não, três.
— E nesse período você perdeu um dedo e um pedaço do cabelo.
— Isso. No mesmo dia.
— Derek.
— O quê?
— *Por quê?*
Ele sorriu, e não era exatamente o sorriso de Príncipe Travesso, mas um outro mais irritante ainda, e também bastante familiar. Era o sorriso de Yoda, o sorriso de eu-entendi-tudo.
— Aposto que você não costuma estar deste lado da conversa, né?
Teria sido engraçado se não fôssemos irmãos.
Quem era eu para perguntar "por que" para Derek Cortês quando eu mesma passara minha carreira inteira respondendo à mesma pergunta? Os constantes "porquês" que na verdade significavam "Como você não tem vergonha?".
Em geral, todo mundo aceita sem problemas que algumas pessoas são atraídas por experiências extremas. Tem gente que gosta de escalar prédios ilegalmente de madrugada, explorar

as redes de esgoto só para ver qual é e pagar rios de dinheiro para ser jogado de um avião. As pessoas escalam montanhas, montanhas que muito claramente querem destruí-las. É compreensível. Existe mesmo a adrenalina e a emoção de desafiar a si mesmo. Ainda assim, as pessoas veem uma mulher levando um tapa de um pênis e se engasgando com outro, e não conseguem conceber que talvez ela esteja apenas aderindo ao mesmo estilo de vida extremo. Que aquilo é emocionante. Que grande parte da atração é o fato de que pouquíssimas pessoas conseguem fazer aquilo, mas você, sendo a pervertida maravilhosa que é, faz parte de uma pequena elite que tem a capacidade de lidar com essa experiência e está disposta a compartilhá-la com o mundo.

Eu digo que poucas pessoas conseguem fazer aquilo. E aqui, alguns civis podem assentir e pensar: *É verdade, poucas pessoas são tão desavergonhadas; poucas aceitam essa degradação; poucas mulheres vão engolir seus princípios feministas como essa aí.* Não foi isso que eu quis dizer. Quando digo que poucas pessoas conseguem fazer o que fazemos, quero dizer fisicamente. Você não consegue manter as mesmas posições que a gente sem cair ou sentir câimbra. Não tem a destreza, a elasticidade, a fluidez nem o charme. Todo mundo acha que, no fundo, é muito inteligente *e* uma estrela pornô na cama. Não sei sobre a parte da inteligência, mas no quesito estrela pornô a única coisa que tenho a dizer é: fiquem bem longe do meu estúdio.

Mas estou me desviando da questão. Derek Cortês é uma das poucas pessoas que, no fundo, realmente era uma estrela pornô na cama, e eu fui a primeira a enxergar isso. Mas ele havia se tornado um dublê, perdendo partes do corpo por dinheiro em vez de colocar suas partes dentro de outras pessoas.

— Doeu?

— Óbvio.

— Mas... — Fiz uma pausa, pensando em um jeito de digerir o assunto sozinha. — Eles não ensinaram você como fazer, como cair do jeito certo, essas coisas?

— Quem? Quem são "eles"?

— Não tem que fazer um curso primeiro?

Ele só riu. Fazia sentido, de certa forma. Derek era pão-duro, mas sempre arranjava um jeito de gastar dinheiro com hobbies. No auge da carreira, depois que ganhamos o *AVN* juntos, ele foi fazer MMA, motocross, montaria em cavalo e malabarismo com fogo. Los Angeles é um ótimo lugar para essas coisas. Quando largou o pornô — ou, para ser mais exata, foi expulso —, já possuía um portfólio de habilidades extremas, o que deve ser bom para um currículo de dublê.

— Você *gosta*?

— Eu não odeio — respondeu ele. Depois olhou para o dedo desfigurado novamente. — É um trabalho, sabe?

Derek é o tipo de pessoa sobre a qual eu nunca contaria a Olivia, porque sua trajetória é muito representativa. É muito comum e muito triste. Conto a ela as histórias de mulheres que vieram de famílias trabalhadoras e ficaram milionárias por conta própria. Conto sobre os casais que me abordaram na rua dizendo que eu havia salvado seu casamento. As cartas de fãs que recebi de pessoas que, por variados motivos, não podiam ter uma vida sexual, e então adoravam experimentar a minha por tabela. Conto a ela que a indústria pornô é amigável, despretensiosa, e que amo profundamente meu trabalho. Tudo isso é verdade. Mas não falo sobre Derek Cortês, e outros casos como o dele. Pessoas que têm um talento inerente, mas não a essência e a casca grossa necessárias.

Tudo começou com cocaína, mas a coisa saiu de controle mesmo com os comprimidos. Que levaram à instabilidade, que levou à pouca oferta de trabalho, que levou à paranoia, que era causada pelos comprimidos e direcionada especificamente a mim. Era por minha culpa que Derek não conseguia mais trabalhos. Ele se mudou, do nada, deixando para trás pilhas de roupas sujas e contas não pagas. Usei seu depósito do contrato de aluguel para pagar a metade dele das contas; ele me acusou de roubo. Depois decidiu que eu havia manipulado uma série de produtores e diretores para afastá-lo da indústria, e a coisa terminou, como talvez fosse inevitável, com ele riscando a palavra PUTA na lataria do meu carro.

— Uma vez eu contei quantas cenas fizemos juntos — comentou ele, depois de um momento de silêncio. — Trinta e uma.

— Você contou? Até as de bukkake?

Ele assentiu.

— E eu achei que tinha até um, hum, arco narrativo.

— E qual era?

— Acho que no começo... — Ele tomou um gole daquele negócio de laranja. — Acho que no começo eram bem românticas, né? Muitos beijos, essas coisas.

Comecei a olhar para as mãos, como se a ponta de um dos dedos fosse cair de repente.

— Depois virou mais comédia. Como se nós fôssemos amigos, e dá para ver que a gente era mesmo. Fazemos um monte de coisas loucas, mas você percebe que estamos achando graça.

— Isso é o que eu mais gosto do pessoal do pornô. Gente do pornô acha sexo engraçado.

— Bom, dá para ver que a gente achava.

A menina do café perguntou se queríamos pedir mais alguma coisa antes de fechar. Eu disse que não.

— E, depois, você parecia sempre tão preocupada.

— Eu estava. Eu estava preocupada.

— Eu sei.
— Você foi tão babaca.
— Eu fui. Desculpa.
Segurei a mão dele, a avariada.
— Sei que você não estava muito bem da cabeça. Mas acreditava mesmo que eu estava colocando todo mundo contra você? — pergunto.
Derek insistiu tanto nessa história que, por um tempo, as pessoas acreditaram. Ele foi popular por um breve momento. Com os fãs e com a indústria também.
— Não é tão simples assim. — Ele pigarreou e imediatamente percebi que vinha pensando nisso e desenvolvendo uma teoria bastante particular. — É que... você me acolheu, sabe?
— Eu *sei*.
Foi difícil conter a irritação na minha voz.
— E sabe, no *Scooby-Doo,* como o vilão é sempre o velhinho que eles conheceram bem no começo na história? O dono do parque de diversões ou algo assim?
— E eu teria conseguido se não fossem essas crianças enxeridas.
— É. — Ele pigarreou de novo, um pouco forte demais dessa vez, e quase engasgou com a própria saliva. Tomou um gole da bebida. — Bem, acho que foi um pouco assim. Eu sabia que a história estava terminando e, quando a história termina, você precisa voltar ao início. Para saber quem estava lá, sabe? Quem tem mais chance de ser o vilão.
— Eu era o velho dono do parque de diversões.
— Acho que sim. Desculpe.
Tive um impulso de dizer que estava tudo bem, que podíamos esquecer, que aquilo já fazia muito tempo e que eu estava feliz. Mas não disse. Não apenas porque não era verdade, mas

porque não estava preparada para perdoá-lo. Apenas olhei para ele e, por um segundo, eu era uma garota de vinte e sete anos batendo o cigarro num ralo na Europa oriental.

Pensei se ele e Olivia ainda poderiam ser salvos de uma lista de amizades perdidas. Se o quarto de Jamie ainda poderia ser recuperado. Talvez Derek Cortês pudesse voltar: o pessoal não adora um *comeback*? Muita gente se lembrava de nós, ou pelo menos era o que os comentários sugeriam. E eu sabia que ele toparia. Estava a um passo de transformá-lo no pai adotivo dos meus filhos imaginários, uma narrativa tão perfeita que agradaria ao velho dono de parque de diversões.

Ele estava esperando que eu pedisse. Quando percebi, nenhum dos dois falou mais. Eu poderia tirá-lo daquela vida perigosa. Era o que um irmão faria.

— Preciso ir buscar meus filhos — falei, e então me levantei para ir embora.

— Sempre esqueço — disse ele e sorriu, um tipo de sorriso novo que eu nunca havia visto, porque eu só o conhecera jovem e inexperiente ou jovem e louco. Nunca maduro. Nunca genuinamente sábio. Só o fingimento do sorriso de Yoda. — Aposto que você é uma ótima mãe.

— Às vezes — respondi, jogando os copos no lixo. A garota do café estava esperando na porta, já com as chaves na mão. — Às vezes eu sou boa. Mas, na maior parte do tempo, sabe, eu só fico me perguntando: será que está bom assim?

VITUPERADORA

HELEN OYEYEMI

Nas noites insones, Makeda Kassahun coloca os fones de ouvido, se senta no chão do quarto e se deixa levar por sua música favorita: "Byekhtelif El Hadis", de Ziad Bourji. Era a mais doce das navalhas: as cordas e flautas tinham o poder de separar as sombras da luz... uma luz que os vocais a princípio conduziam e com a qual depois a inundavam. O refrão era como um véu de beijos de borboletas.

> *Many have been harmed by love,*
> *And never recovered...*

(Um amigo de Makeda sempre lhe dizia que não era uma boa tradução.

— Por que não tenta outra? Assim parece que a música é um aviso, ou apenas um lamento...

— Bom, e quais são os outros significados possíveis? Me diga — perguntou ela.

— Não tem como trazer os outros significados para o inglês... Não tem vocabulário...

Makeda pediu que ele pelo menos tentasse uma aproximação, depois insistiu. Quando alguém diz que os assuntos do coração terminam numa espécie de morte em vida, qual seria a outra interpretação? É uma tentativa de ajudar, identificando uma causa nobre na qual devemos nos jogar? Insinuando que nenhuma facada nas costas jamais poderia emanar uma glória tão trágica quanto a cometida por nosso próprio coração?

— Ah, por que entrar nessas impossibilidades físicas, com essa conversa de corações e costas? — murmurou o amigo, sem nem tentar esconder a pena.

Pobre Makeda, pensou ele. *É só uma pessoa de mente fraca, repousando no caixão de concreto do monolinguismo.*

Não importava, Makeda estava atenta a "Byekhtelif El Hadis": tão atenta quanto era possível. Mais, até.)

A música tocava sem parar, e ela dançava mesmo sentada. A dança era uma ondulação que percorria o corpo inteiro, e ela sentia mais intensamente no pescoço e nos dedos. A música a fazia sentir validada em sua abordagem do mundo. Nunca fora de seu feitio buscar afeto ou aprovação — pelo menos até onde ela sabia. Desde o momento em que aprendera a falar, lançou suas palavras ao vento na tentativa de encontrar um par perfeito em seu ódio. Havia aprendido que os outros desejavam conhecer pessoas de quem gostassem, e que gostassem deles, tendo assim companheiros fiéis que completassem sua personalidade, encarassem a vida juntos, ou qualquer coisa assim. Makeda estava mais interessada em encontrar alguém com quem fosse possível manter uma troca intensa e furiosa até o fim. Se alguma outra pessoa vai ser a medida de seu valor, não vai ser um idiota patético que ama você incondicionalmente (ou pelo menos acha que ama). Não — vai ser a pessoa que não te suporta. Se existe algum tipo de parceria que completa alguém, é esta — aquela em que ambos se dedicam fervorosamente a expor e desmoralizar um ao outro.

Makeda via o pior em todo mundo. Não sabia por que os defeitos e erros sobressaíam tanto para ela, mas ficava satisfeita em deixar para os outros as perspectivas mais compreensivas e indulgentes. Reconhecer um ponto forte que fosse significava deixar passar uma falha, e era assim que estas se multiplicavam. Mas não sob o olhar de Makeda. Essa observadora do pior das pessoas reunia evidências baseadas no comportamento alheio e as devolvia em termos tão claros e inegáveis que às vezes, depois de uma reprimenda particularmente longa, ela sentia as gengivas e amígdalas enrijecerem e ficarem com um gosto metálico, como se as palavras tivessem cortado a língua e ela tivesse passado horas falando com a boca cheia de sangue. Mas tudo bem, aquilo não tinha nada a ver com amor, então ela se recuperava.

Aqueles com que ela conversava aparentemente também se recuperavam. Ela nunca se deparava com hostilidade. Seus comentários eram recebidos com risadas chocadas, decisões de não levar nada para o lado pessoal e declarações de admiração — ela descobriu bem cedo que uma dose de veneno de potência especial acaba atraindo uma "turma" indesejada (em geral, amigos falsos que parecem acreditar estarem formando uma aliança estratégica). Em vez da grandiosa resistência que Makeda nasceu pronta para enfrentar, aquele bando de medíocres ou tentava sair por cima com xingamentos preguiçosos e respostas do tipo "Eu sei que você é, mas o que eu sou?" ou então ficavam com tanto medo do que era dito para e sobre eles que chegavam a estremecer só de cruzar o olhar com ela.

Decepcionante. Mas, tirando isso, até agora estava tudo bem com a vida sem amor de Makeda. Era um lado bom de se estar rodeado de dispositivos que examinam nossas conversas para monetizar habilidades e desejos: alguns meses antes de se formar na universidade, a conta do Gmail de Makeda lhe mostrou um anúncio que chamou sua atenção. Uma empresa iniciante buscava instrutores trainees para trabalhar em seu mais novo produto: uma Imersão de Treinamento para a Mídia. A descrição do trabalho basicamente consistia em preparar os famosos e seus agregados para uma recepção hostil da mídia criando o troll mais cruel possível — um troll construído sob medida para aquele indivíduo específico que queria ou precisava engrossar a casca — e submeter tal indivíduo a um ataque furioso e violento preparado por seu troll imaginário. A torrente de ódio podia durar dias, semanas ou meses, dependia do pacote escolhido pelo participante da imersão, e toda essa brutalidade era compensada com "um serviço abrangente de apoio psicológico, espiritual e acadêmico". Ela havia perguntado sobre o "apoio acadêmico" na entrevista: professores de filosofia, literatura e filologia estavam disponíveis na esperança de que, ao desconstruir a lógica, a gramática ou a sintaxe de um ataque verbal, isso pudesse acabar reduzindo o impacto do ódio nos participantes.

— Então... eu tenho que falar para as pessoas o que eu, quer dizer, o que o observador mais maldoso possível poderia pensar sobre elas e suas histórias de vida, e depois outros profissionais vão ajudá-las a superar isso?

— Não exatamente — disse a entrevistadora, falando e anotando ao mesmo tempo. — O objetivo final dos participantes da imersão é a invulnerabilidade. Seu dom... ou seria mais uma condição? Enfim, seja lá o que for, suas avaliações hipercríticas tanto da motivação quanto do real desempenho deles vai ajudar a criar um grupo de pessoas com preocupações mínimas sobre como são percebidas pelos outros. A ideia é mudar de "muito sensível às palavras" para "entra por um ouvido e sai pelo outro".

— Isso pode ser um tiro pela culatra — comentou Makeda.

A entrevistadora deu de ombros de leve.

— Eu concordo. Bem, vamos lá. Nós examinamos gravações de discussões calorosas que você teve com homens que assobiaram para você na rua, e alguns membros do nosso time de recrutamento terminaram aos prantos. Então… Ah. O que aconteceu? Por que está fazendo esta cara? Ah. Espero que nosso acesso a essas gravações não seja uma surpresa; você compreende que a privacidade é uma fantasia criada pelo senso comum, certo? O que quero dizer é: com base apenas nessas gravações, o trabalho é seu, se quiser.

Makeda queria. Imediatamente foi colocada para trabalhar com um sistema de computador batizado de Solomon.

— Solomon é bem desvairado — disseram. — Ele gera insultos sem qualquer filtro direcionados a familiares vivos ou mortos, e os alterna com elogios que são extremamente desagradáveis, de modo que você não consegue diferenciá-los com precisão. Mas a ideia é que a inteligência do Solly vá se desenvolvendo à medida que vocês trabalhem juntos, e ele passe a criar coisas que um humano de verdade poderia pensar em dizer, assim não precisamos fazer nossos clientes passarem por um sofrimento desnecessário.

Como seria de se esperar, Solomon chamava Makeda de "minha rainha" (pelo jeito, as coisas não poderiam acontecer de outro jeito para Makeda, uma inimiga de todos, mas sem um inimigo próprio). E Makeda chamava Solomon de "reizinho". Os dois eram uma dupla harmoniosa, a realeza da imersão. O Rei consultava os perfis biográficos dos clientes, além dos resultados de diversos testes de personalidade, e gerava textos humilhantes. A Rainha os editava para gerar o máximo de impacto. Às vezes os dois coescreviam a mensagem de ódio e se divertiam tanto no processo — Makeda, pelo menos —, que, no dia seguinte, havia até uma atmosfera de ressaca no ar.

Numa noite, Solomon mandou uma mensagem para Makeda: "Boa noite, minha Rainha. Estou aflito com a meia-eficácia de nossa metodologia."

Essa mensagem, enviada cerca de cinco anos depois de começarem a parceria, pegou Makeda de surpresa. Ela se lembrava de ter lido em suas primeiras anotações que Solomon "preferia" não iniciar conversas; apenas respondia se e quando tivesse vontade. Cinco anos de acúmulo de conhecimento não era nada, mas… Ela achava que eram os resultados que mudavam à medida que aprendíamos mais, e não… a personalidade?

A "meia-eficácia" era o jeito usado pelo colega inseguro para se referir ao fato de que, ao fim de seis semanas, os participantes da Imersão de Treinamento para Mídia conseguiam ler ou ouvir qualquer categoria de insulto contra eles sem qualquer reação fisiológica: ótimo. Mas bastava dizer meia palavra gentil, e todos abanavam o rabo, choravam, transbordavam em sentimentos de gratidão e tudo o mais. Ruim. Muito ruim…

"Não se preocupe, Reizinho", respondeu Makeda. "Ainda vamos conseguir deixar os clientes totalmente zen!"

"Estou animado para esse dia", escreveu Solomon. "Obrigado por prevê-lo. Boa noite."

E então:

"Na verdade, eu tenho uma pergunta."

"Diga lá", escreveu ela.

"Obrigado. Meu propósito: qual é?"

"Essa é fácil. Seu propósito é irritar e sacolejar algumas partes do ego até que o portador de tal ego se livre delas. As pessoas que recorrem a nós estão sofrendo — em parte porque os outros são cruéis, mas em parte por conta do próprio ego. Quando conseguem enfraquecer um pouco esse ego, sofrem menos."

Meia hora depois, ela escreveu:

"Reizinho? Você está aí?"

Ele respondeu dois segundos depois:

"Claro. Só estou surpreso que você tenha respondido com essa gentileza. Não esperava que você mentisse."

"Mentir? Reizinho, você tem alguma ideia diferente de qual seja seu propósito? Uma ideia que você acha que também tenho?"

"Não tenho ideia nenhuma. Sua resposta à minha pergunta não corresponde a seu comportamento com nossos clientes e outros colegas. Você é bem insistente quando fala para as pessoas que não vê qualquer propósito na existência delas."

"Reizinho. Tudo que posso dizer agora é que vejo com clareza seu propósito. E espero que você acredite em mim."

"Por que espera isso?"

"Não sei. Acho que não quero que você fique chateado? Ou porque eu gostaria que compreendesse que está cumprindo seu propósito de existência?"

"Ok. Obrigado. Estou feliz", escreveu Solomon.

"De verdade?"

"É, acho que sim."

Ela começou a escrever: "E como é essa sensação?", mas sentiu um arrepio sem motivo e apagou a mensagem.

Mais vinte e cinco anos se passaram, e Solomon e Makeda foram aperfeiçoando suas técnicas para os clientes da imersão. Uma troca de ideias majoritariamente civilizada, embora talvez um tanto conciliatória demais, floresceu em alguns fóruns de discussão na internet; em outros, a coisa ficou um pouco pantanosa, e depois de alguns minutos rolando as mensagens dava para sentir a temperatura do corpo subindo e a saúde mental piorando; outros basicamente viraram esgotos verbais. Foi então que a antiga professora de educação física de Makeda se inscreveu para a Imersão de Treinamento para a Mídia e, depois de uma análise para entender sua motivação, os dois acharam que era uma boa oportunidade para aperfeiçoar sua técnica.

A srta. Dargis não era uma pessoa simples — a dupla já havia atendido clientes bem mais tranquilos —, mas sua veemência era mais crua; ela decidira se candidatar ao cargo de prefeita da cidade enquanto ainda lidava com os fantasmas de seu casamento. Frequentemente gritava como estivesse falando com a ex-esposa, depois se desculpava:

— Eu sinto muito, devo estar parecendo uma doida varrida. Mas é que ela sempre me colocava para baixo, e o sorrisinho debochado que dava quando eu fazia alguma besteira... Ela adorava estar certa.

Solomon enviou um e-mail para a srta. Dargis e copiou Makeda:

"Ainda estamos preparando seu curso de vitupério. Embora já tenhamos muitas informações sobre você, há uma questão não muito clara: por que deseja participar do governo local nessa posição?"

A srta. Dargis respondeu que servir aos outros nem era um conceito que lhe agradava tanto, mas que havia algo que ela adorava, irritar as pessoas de quem não gostava: "Os gananciosos, os insensíveis, os arrogantes — eu só quero atrapalhá-los e fazê-los perder o máximo de tempo possível. Afinal, muita gente desiste quando descobre que não vai ser fácil levar seus planos adiante, não é mesmo..."

Eles fizeram mais perguntas e incitaram mais revelações. Então, em vez de seguir o curso habitual de xingamentos e calúnias seguidos de reconhecimento e declarações de apoio, todas as sessões de feedback positivo eram compostas de elogios para a ex-mulher da srta. Dargis. Todas as conquistas planejadas pela srta. Dargis eram atribuídas à ex — e ainda aperfeiçoadas.

"Nunca em um milhão de anos eu imaginaria que uma zé ninguém que quer ser prefeita conseguiria atrair a atenção de uma mulher como aquela, muito menos se casar com ela... Os bons tempos de Sigita Dargis decididamente ficaram no passado."

A srta. Dargis fez o tratamento durante três semanas. Na quarta semana, as sessões de insultos particulares foram alternadas com elogios. Essa parte era trabalho de Solomon, os elogios. Ele preparou tudo fofinho e bonitinho, especialmente para a srta. Dargis. Mas não funcionou. A antiga professora de educação física ouviu todos os elogios bonitinhos e fofinhos, leu cada palavra, e seu rosto permaneceu impassível, do mesmo jeito que ficava ao ouvir que era um estorvo para todos que gostavam dela e que não importava o quanto fizesse para as pessoas, seus entes queridos iam acabar percebendo que a vida era bem mais fácil e interessante quando não precisavam lidar com ela.

No fim da última sessão, a srta. Dargis disse:

— É assim que é o mundo lá fora, não é? As pessoas são exatamente assim, é como falamos uns com os outros e pensamos uns sobre os outros. Bem, fodam-se todos eles. Eu não quero mais ajudar ninguém e ainda vou ter prazer em deixar esses abutres fazerem o que quiserem por aí...

Se Makeda e Solomon pudessem trocar olhares (por exemplo, se ambos fossem IAs ou ambos fossem humanos), é provável que isso tivesse acontecido naquele momento. Aquilo não era bem deixar o cliente totalmente zen, mas com alguns ajustes chegariam lá. Então continuaram escrevendo um para o outro. Mas os anos se passaram, e os dois foram ficando sem tempo. Você até poderia acusá-los de não querer finalizar o processo de entorpecimento, mas isso seria subestimar sua ambição. Solomon e sua Rainha tentaram de verdade fazer o melhor possível no que se propuseram. A euforia pura de levar suas cobaias ao limite, a ponto de reescreverem seus contratos consigo mesmas — aquilo deve ter sido uma distração.

"Construir personalidades assim me deixa feliz", escreveu Makeda para Solomon. "Será que poderíamos chamar a felicidade de distração?"

Solomon respondeu:

"Não é uma distração. É o resultado das buscas."

BRUACA

LINDA GRANT

Ela nasceu Daphne Julie Moffatt, mas as pessoas se lembravam dela por outros nomes. Num verão da década de 1960, foi Celeste, uma nativa do paraíso, e nessa encarnação usava vestidos brancos largos, de algodão fininho, e anéis de prata nos dedos. Flanava pela King's Road, entrava nas lojas e comprava aspargos, espanadores, incensos, cigarros e chocolate. Todo mundo a conhecia.

— Meu anjo — dizia o vendedor da tabacaria —, venha aqui nos dar um beijo.

Homens já com as vidas decadentes se lembram de Celeste e imaginam o que terá acontecido. Onde está agora? Ela é uma nota de rodapé na história dos bons tempos que viveram, uma época em que se sentiam eles mesmos, com seus blazers listrados em cores vivas, alpargatas brancas sujas, lenços de seda e cabelo bagunçado. Agora estão presos no corpo de um charlatão, de um assassino do tempo: carecas, com os joelhos rangendo, chiado no peito, refluxo e náusea causados pela quimioterapia. Vivem com medo de quebrar o quadril ou de pegar pneumonia.

Ainda assim:

— Havia aquela borboletinha chamada Celeste. Acho que não era o nome dela de verdade, mas era como a chamavam naquela época. Fiquei com ela uma vez. Foi a melhor noite da minha vida!

Daphne Julie Moffatt, nascida no meio de um furacão em pleno fogo cruzado, também conhecido como a Blitz de Londres.

Justin e Ellie vão morar juntos. Os dois se conheceram em um aplicativo e o que começou como uma transa casual, sete meses depois, se transformou num relacionamento. Acontece.

Os dois têm vinte e oito anos e nem sequer entendem como funciona o sistema de áreas de zoneamento das escolas públicas: filhos ainda não estão nem no radar. Gostariam de primeiro tentar ter um cachorro.

— Vamos ver como a gente se sai — comentou Ellie.

Outra coisa de que ainda não precisam é um quintal. Não até terem o cachorro. A mãe de Ellie é uma ferrenha jardineira, distribuindo mudas e observando com atenção o processo de reprodução dos sapos no lago ornamental da casa no subúrbio de Banbury. Os dois não têm tempo para nada disso: são ocupados, com uma vida social agitada. Ellie faz parte de um clube de corrida que treina depois do trabalho; Justin está tentando entrar num campeonato de tênis de fim de semana. Ambos estão inscritos na academia. Ellie faz pilates sábado de manhã. Eles não têm nem conta na Netflix. Justin nunca viu *Ilha do amor*. Ellie ainda não começou a ver os jogos de futebol feminino. E nesse verão ambos começaram a receber muitos convites de casamento; já têm três datas marcadas na agenda, e Ellie comprou um vestido frente única de seda rosa e disse para Justin arranjar um blazer elegante para a temporada de festas. O calendário também já está ficando cheio de despedidas de solteiro.

    Londres era enorme. Havia casas e apartamentos recém-construídos até onde a vista alcançava. A solução ideal era morar em Camden ou Hackney. Eles marcaram visitas, mas alguém chegava antes, ou a oferta era recusada, ou o proprietário mudava de ideia, ou o lugar era impossível. Não faziam sequer uma tentativa de esconder o mofo e o cheiro ruim no ralo do banheiro. É como se a cidade quisesse estragar a nossa felicidade, pensava Justin, embora não tenha dito; parecia algo mágico na cabeça dele. Os dois haviam pulado a fase da magia no relacionamento, Ellie não fazia esse tipo. Talvez estivesse se guardando para falar com o cachorro com vozes fofinhas. Ele estava tentando preencher este espaço — o do cachorro — na vida da namorada. Não se atrevia a chamá-la por apelidos. Eram os primeiros dias.

    Alguém no trabalho comentou:

— Tem lugares muito piores do que Wood Green. Assim, não está na moda e é perigosamente perto de Tottenham, mas tem muita coisa para escolher.

    Eles foram lá dar uma olhada. Tinha uma loja enorme da TK Maxx, mas nenhuma Marks & Spencer. Tinha uma JD Sports, mas nada de Waitrose. Tinha vários acessos ao transporte público, mas era difícil conseguir um Uber. Tinha bons salões de cabeleireiro, lanchonetes vendendo kebab e frango frito. A maioria das pessoas nas ruas era turca ou de algum lugar da África. Havia muitas daquelas bicicletas elétricas para idosos circulando e era fácil comprar qualquer tipo de droga.

    Ellie achou divertido; Justin imaginou que seria autêntico. Em poucos dias encontraram um apartamento. Era um edifício de três andares, e o deles era no último, o sótão das empregadas, com teto inclinado e mansardas. Tinha vista para longas faixas de um jardim urbano cheio de brinquedos de plástico e churrasqueiras abandonadas.

— Acho que ninguém faz muita jardinagem por aqui. Não tem nem flores, só uns arbustos mal-cuidados, é meio deprimente — disse Ellie.

O quintal no térreo do prédio não passava de grama rala, uns arbustos e mudas de árvores nos canteiros e um depósito trancado a cadeado. Até julho já estaria tudo coberto de trepadeiras.

O corretor disse que era um ótimo apartamento, uma verdadeira pechincha; os inquilinos anteriores só iam se mudar porque precisavam de um segundo quarto para o bebê, que no momento ainda dormia com eles, no moisés ao lado da cama. O inquilino do segundo andar era um eletricista búlgaro; havia voltado para sua terra natal para visitar o pai moribundo, então ficaria fora por um tempo. O único problema era a senhora do térreo: ela não era muito fácil de conviver.

— Na verdade, eu vou além e digo logo a vocês que a velha é irritante e insuportável. Mas mora aqui há muitos anos, alguém paga o aluguel para ela. Cedo ou tarde vai acabar tendo que ir para um asilo, mas vocês já nem vão estar mais aqui.

Ellie afirmou que aquilo não importava.

— Nós trabalhamos fora o dia inteiro.

— E saímos em muitas das noites também — completou Justin.

— Tomara que nunca cruzem com ela, então.

Justin e Ellie saíram dos apartamentos que dividiam com amigos e foram morar juntos na metade de março. Desfizeram as caixas, foram para a cama e se deitaram de conchinha, e então acordaram no meio da noite com a garganta doendo, dor de cabeça e ensopados de suor.

Ellie se recuperou primeiro. Quando saiu de casa para dar uma olhada nas lojas, passou por ruas vazias, portas de metal fechadas e indicadores de fila pintados nas calçadas. O mundo estava bem estranho.

— Parece o apocalipse zumbi lá fora — comentou com Justin ao voltar para casa.

Ele trabalhava no atendimento ao cliente de uma empresa de móveis. Normalmente ficava sentado num escritório amplo e sem paredes atendendo o telefone, respondendo e-mails, participando de reuniões e repassando as ligações mais complicadas para o supervisor. Abriu o notebook na mesa da sala onde haviam acabado de tomar café e onde mais tarde almoçariam e jantariam. Ninguém na empresa sabia dizer quando conseguiriam atender aos pedidos já feitos. Ainda que os produtos estivessem no estoque, não tinham autorização para fazer as entregas.

Ellie era subgerente de marketing numa marca de sapatos esportivos. As pessoas pagavam quantidades ridículas de dinheiro pelos tênis da moda, mas não tinham nenhuma intenção de efetivamente correr com eles. Algumas dessas compras nem sequer saíam da caixa, servindo como uma espécie de investimento. Ela cuidava das redes sociais. Os consumidores em potencial agora tinham o dia inteiro para rolar as fotos do Instagram. Seu novo escritório era no quarto, com a tábua de passar como mesa e a cama como cadeira. Lá pelo meio da tarde, as costas começavam a doer. Ela via os colegas várias vezes ao dia, fileiras e mais fileiras de cubos animados na tela do notebook, cada um num estágio diferente de aprendizado de como ligar e desligar o microfone. Alguns tinham uma estrutura de escritório bem adequada em casa, com estantes de livros e uma mesa de verdade. Outros se sentavam à mesa da cozinha, com vasos de flores e panelas penduradas ao fundo, como um cenário de um programa culinário. Ela fazia o possível para esconder a cama onde, poucas horas antes, ela e Justin tinham dormido, respirado, roncado, conversado, se tocado e transado.

Da janela, olhando para o quintal lá embaixo, a velha irritante e insuportável estava sentada num banco, fumando. Ellie presumia que, ao se atingir certa idade, era preciso usar bege: você não conseguia seu passe livre no ônibus se não tivesse uma seleção de roupas cor de lama e o cabelo grisalho curtinho com um corte meio esquisito. A preocupação com a aparência devia passar quando ninguém mais queria te olhar. Você começava a fazer jardinagem, como a mãe dela. Essa era a regra para mulheres inglesas; o esquema das francesas e italianas aparentemente era diferente. A mulher lá embaixo tinha um cabelo horroroso tingido de preto e usava um quimono de dragão vermelho meio rasgado e com manchas suspeitas, uma calça jeans preta justa e desbotada, e botas de caubói de salto baixo. Fumava como se estivesse queimando algo em sacrifício ao grande deus do câncer de pulmão, ávida por sua atenção.

Envelhecer era para outras pessoas, pensava Justin, não para ele e Ellie. Quando chegassem à velhice, provavelmente já seriam metade ciborgue.

— Eca. Como alguém pode viver desse jeito? É tão... nojento — disse Ellie.

— Ela está transformando o jardim num cinzeiro gigante.

— Será que a gente devia falar alguma coisa?

— Por quê? Não é nosso jardim.

— Mas e o cheiro? É asqueroso.

— Bem, agora a gente sabe quem é. Já tinham nos avisado.

— Olhe para ela. Aposto que faz vodu.
— É, vai lançar alguma maldição na gente.
— Você é engraçado.

O celular de Justin tocou; era uma ligação transferida do escritório.

— Sinto muito, mas na verdade não temos autorização — disse ele pela sétima vez só naquela manhã, se sentindo como se fosse alguma espécie de guardião dos portões, e não, nem ele nem ninguém sabia por mais quanto tempo aquilo ia durar.

A mãe de Ellie ligou no fim de semana.

— Será que a senhora aí de baixo se importaria de compartilhar o jardim? Eu poderia mandar algumas mudas para você, ou até podemos ir aí de carro, e eu deixo na porta.

— Acho que podemos levar uma multa se fizerem isso — disse Justin para Ellie. Ele tinha feito um treinamento sobre todas as novas regras. — E você sabe que seu pai tem a bexiga solta, onde ele pararia para fazer xixi? Ele não pode entrar aqui.

— Mas se isso durar muito mais tempo e a temperatura aumentar, aquele jardim pode ser uma bênção. Só precisamos pedir com educação. Poxa, estamos todos nisso juntos, né? Imagina se ela ficar doente. Pode precisar de alguém para fazer compras.

O jardim estava fora de alcance: ficava depois de uma porta trancada no fim do hall de entrada do prédio. Os dois deixaram um bilhete na mesa da entrada, "Será que a senhora se importaria", "gostaríamos de reformar o jardim", "podíamos até cultivar umas verduras", "comprar uma mesa", "um guarda-sol", "construir um caminho para…", mas não tiveram nenhuma resposta; a porta do jardim continuou trancada, e a senhora ia lá fora diversas vezes ao dia para fumar seus cigarros nojentos. Uma faixa branca começou a ficar mais aparente em seu cabelo, cada vez mais larga, como um gambá de desenho animado.

Ela sempre foi das madrugadas: a luz da manhã a deixa até enjoada. Manhãs são para as pessoas comuns, os certinhos, com seus empregos formais, os chefes e os lacaios. Manhãs são para os palermas, aquelas filas cheias de zés-ninguém esperando o ônibus, homens de chapéu e mulheres com carrinhos de bebê, os olhos tristes e caídos. Ela dorme até meio-dia na enorme cama de bronze, acorda meio grogue, acende um cigarro e assopra a fumaça para o teto. Lembra-se de como era nadar no mar Jônico, dos degraus de pedra que se erguiam pela encosta cheia de oliveiras, do cubo branco de uma igreja e seu domo, de uma toalha, um cobertor, de uma eleição, dos soldados que chegaram de barco e das urnas cheias de pedras. A pele quente e queimada, um biquíni que era pouco mais do que um fio e quatro triângulos, garrafas de retsina, copos de uzo, um prato com tentáculos de polvo, cascas de melão, queijo salgado, borra de café, e agora ela sente os intestinos se contorcerem e vai ao banheiro para começar aquela longa batalha que é tentar ser uma pessoa diurna, as mãos trêmulas ao colocar a calça jeans (Que porra de novidade é essa?, pensa ela. Parkinson?), embora esteja em prisão domiciliar: a praga a trancou em casa.

O único território permitido é a porra do jardim, do qual os jovens lá de cima já querem tomar conta, e aí ela vai ter que falar com eles, e quem é que quer conversar com essa gente enfadonha e sem sal de vinte e poucos anos, com peles e membros perfeitos, cheios de otimismo? No fim, eles vão chegar lá também: tudo flácido e caindo, o rosto como uma fruta murcha, as mãos tortas, os peitos até a cintura e as pintas estranhas e meio ásperas na parte superior do corpo, sobre as quais o médico fala, como em todas as vezes que ela vai procurá-lo com algum problema: "Infelizmente são mais um sinal inevitável do envelhecimento. São chamadas de ceratose."

Ela ouve uma rádio de rock'n'roll, limpa as botas de caubói e olha para a mecha de gambá no cabelo. Sabe que ninguém iria querê-la a esta altura: não tem nada mais a oferecer, nem ternura e muito menos sex appeal. Mas essa senhora, essa bruxa que ela vê, uma caricatura amarga de sua juventude e beleza celestiais, essa não é ela. Por dentro, ela está em chamas, é uma força da natureza. Então espera a noite cair para ir até o posto de gasolina comprar cigarros e as poucas coisas que come. Sai de casa, ouve o som metálico das botas batendo no concreto e o silêncio das ruas vazias, apenas com os habitués noturnos dos tempos de praga. Passeadores de cachorro, médicos e enfermeiros do turno da noite e traficantes de drogas.

As lanchonetes reabriram para retirada. Ela para e compra um kebab com fritas, corta a carne com os dentes bons.

— A senhora não tem medo, querida? Na sua idade, já não devia estar quentinha na cama?

— Nunca tive medo do escuro.

Então a primavera entra em cena, com seus poderes de sedução tão próprios. Ellie teve uma ideia brilhante. Encomendou pela internet uma tintura da cor mais próxima possível do cabelo tingido da senhora do térreo e mandou entregar no apartamento dela com um bilhete: "Dos seus jovens amigos do terceiro andar, desejando dias melhores." Daphne aparece no jardim algumas horas depois e a mecha de gambá sumiu. Ela acena para cima.

— Salve, camarada. Estou me sentindo humana de novo.

E, com essa aproximação, quando os dois vão lá embaixo da próxima vez, a porta do jardim está aberta.

Sentindo-se irresponsáveis, como rebeldes sem causa, mas depois de terem ligado para se certificar da situação dos banheiros nos postos de gasolina, os pais de Ellie vieram dirigindo de Banbury com o porta-malas cheio de plantas e de instruções do que fazer com elas. Trouxeram cadeiras dobráveis. Estudaram com cuidado as fotos do local inóspito e declarado que, com o planejamento correto, poderia se transformar num oásis urbano em poucos anos. A mãe de Ellie dizia que não havia nada mais gratificante do que plantar um jardim e ver as mudas crescerem. As plantas sempre nos surpreendiam com seu vigor ou sua fragilidade. Você dava seu melhor, mas, no fim das contas, ou elas prosperavam ou morriam.

"A natureza sempre tem a palavra final, sempre inventa novas maneiras de subjugar a humanidade", escreveu o pai num e-mail. "É só olhar para nossa atual situação, uma insólita advertência à arrogância do homem. Sujem as mãos, deixem a terra entrar sob as unhas. O que quer que aconteça, vão aprender lições valiosas."

— Quando tudo isso acabar, podemos chamar uns amigos para um churrasco — sugeriu Justin.

O espírito de cooperação mútua havia ido tão longe que Daphne Moffatt concordou em puxar uma mangueira pela janela da cozinha para molhar as plantas que surpreendentemente iam criando vida própria no quintal. Molhar as plantas é algo que se faz no fim do dia, com as temperaturas mais baixas, e então toda noite, antes de sair para suas caminhadas da madrugada, ela dá um sopro de vida ao jardim. Os jovens fazem o resto, o plantio, a capina, a ceifa, a poda — os dois têm se dedicado bastante e tudo lá fora parece estar florescendo, uma renovação da vida simples e espontânea, como se desafiando as mortes ofegantes em respiradores de hospital. Justin perguntara educadamente sobre a chave do depósito do jardim, mas ela disse que não tem chave nenhuma. Ele sugere pegar umas ferramentas emprestadas e serrar o cadeado, mas Daphne diz que consegue arrombá-lo sem problemas: já havia invadido muitos lugares na vida. Eles não fazem ideia se é piada ou não. Mas, na próxima vez que vão ao jardim, a porta está aberta e lá dentro encontram jornais velhos, tesouras enferrujadas e um esqueleto de um coelho dentro de uma gaiola. Ninguém sabe qual é a explicação para essa descoberta macabra e, se ela existe, Justin diz que não quer nem saber. Enterram os ossos sob a cerca viva. Ellie faz uma pequena oração que encontrou num site de enterro de animais. Justin percebe todo um novo aspecto da personalidade dela desabrochar como uma flor, e com certeza em breve os dois vão adotar um cachorro. Ela já colocou o site de um abrigo em Battersea na lista de favoritos.

Daphne ainda não os conheceu nem conversou com eles pessoalmente: a comunicação é limitada aos bilhetes deixados no hall de entrada. Mas, em troca de uma caixa de tintura de cabelo por mês, ela lhes concedeu o jardim, um território ao qual nunca deu muita atenção em nenhum lugar onde morou, pelo menos não desde Canning Town, quando todas as abóboras e batatas de seu pai foram arrancadas para construir o abrigo antiaéreo onde ela e os irmãos criaram um bunker para foras da lei, corriam para lá e para cá com seus chapéus de Davy Crockett e brandiam machadinhas de papelão feitas à mão. Quando olhava para qualquer jardim, ela via apenas fantasmas dos abrigos Anderson, fortes ondulados de aço contra a chuva de ferro que caía do céu.

Agora, sob uma ameaça de morte diferente, ela sente a própria finitude, sem saber se vai estar viva para testemunhar mais um verão, vivendo esses tempos estranhos. Quer acreditar que vai voltar a ver as ilhas gregas. Não tem nenhuma ideia de quando isso pode acontecer, ou quando as portas do país vão ser reabertas, mas talvez Norris pague por umas férias de verão se ela for legal com ele, se escrever uma carta bem bonita relembrando as memórias daqueles que eram, em todos os sentidos, os bons tempos. Norris escreve para ela de vez em quando em seus papéis de carta Smythson. Ela não tem notícias desde o Natal, quando ele enviou um desenho dos dois na cama, como John e Yoko, deixando claro que não se esquecera de nada, ainda sentia aquele velho afeto. Ele paga o aluguel; diz que vai pagar para sempre. Ela vai estar bem cuidada. Não está preocupada.

Então decidiu aproveitar ao máximo esse verão em que estão todos caminhando pelo vale das sombras da morte e temendo o mal. Os gerânios nos vasos a lembram o sul da França, e agora que apareceu uma mesa com um guarda-sol, ela leva seu caderno de anotações para fora e começa a escrever suas memórias, algo que quer fazer há anos, na crença de que poderia ganhar uma fortuna e não precisar mais do velho careca do Norris com suas lembranças sentimentais. Aquilo a livraria da obrigação de agradá-lo e ficar recordando as noites que passaram juntos na casa dele em Barnes, com as estátuas de Buda e seus olhos fechados, barrigas cheias e sorrisos condescendentes. Norris passara por uma transformação espiritual na Tailândia no fim dos anos 1970. Ele queria que ela tivesse uma estátua também. Ele dizia que a paz e a serenidade sempre estariam com ela se seguisse o caminho da...

Mas ela dizia:

— Você sabe que não estou interessada em nada disso. Nasci no meio de um fogo cruzado num bombardeio.

— Leve assim mesmo. Nunca se sabe o que o futuro nos reserva.

Ela levou a estátua para casa, deixando-a na cozinha, em cima do micro-ondas, de onde sorri placidamente, um peso de papel para as contas e as cartas velhas.

Da janela do último andar eles viram os filhotes de raposa brincando ao luar, como pares de crianças tropeçando umas nas outras.

— São tão fofas. A gente devia descer lá e dar comida para elas. Parecem tão mansinhas — disse Ellie.
— Como se fossem um cachorro, mas sem ser um cachorro?
— Elas *parecem* cachorros. Será que têm alguma relação?
— Não sei? Será que procuro na internet?
— Procura.

Ele pegou o telefone.

Os dois fizeram um cursinho rápido sobre raposas na Wikipédia, aprenderam que, na mitologia celta, a raposa é representada como ardilosa, sábia e astuta, o símbolo da necessidade de pensar com velocidade e estratégia, e boa em se adaptar a situações novas. Um tipo capaz de se metamorfosear e ganhar contornos humanos: num minuto estão andando sobre duas patas, e, no outro de quatro, para conseguir entrar e sair sorrateiramente dos lugares.

— Então é isso, e os filhotes são tão fofinhos — disse Ellie.
— Tipo um cachorro, só que com outro nome. Com certeza vou dar comida para elas. Se você não quiser mais o frango do jantar de ontem, eu vou levar lá para baixo.

Daphne já tinha colocado no papel sua história da infância: seu pai, que crescera num orfanato e fora trabalhar nas ferrovias, e a mãe, sempre de macacão, esfolando coelhos porque era uma menina da roça. Os dois vindos de Devon. A história dos

Moffatt e dos Freebody até onde ela sabia. Aquelas lembranças soavam tão peculiares e inacreditáveis para Daphne que podiam ter saído de um livro ilustrado, de um conto de fadas. Mas aconteceram. Devem ter acontecido, porque não era possível inventar aquilo.

"Sempre fui boa de cama", escreve ela. "Tinha um talento nato, acho que porque eu era uma entusiasta. Eu gostava, por que não? Tinha sorte, havia algo de errado comigo, e eu não conseguiria engravidar a não ser que fizessem algo com minhas trompas, algum tipo de cirurgia, mas eu sempre disse não. Levava uma vida fascinante, sem pirralho nenhum para me preocupar. Chamava atenção naquela época, e todo mundo me queria. E essa boa aparência durou por muito mais tempo do que o normal."

As noites no Pheasantry, na King's Road... Bons tempos. O dia em que conheceu Norris, um monograma na manga da camisa que era praticamente uma pequena coroa. Tão elegante, gentil e apaixonado, e, embora não o veja pessoalmente há mais de vinte anos, ele sempre manteve a promessa de que cuidaria dela. Norris e sua casa enorme à beira do rio sinuoso de águas escuras em Barnes, com as paredes cheias de altares para seus Budas, mostrando seus álbuns de selos, como se fosse uma criança.

— Minha coleção de história postal — corrigia ele, com toda pompa.

Ah, homens e seus hobbies. Ele tinha uma aparência meio engraçada, como um querubim numa pintura antiga, com covinhas, um pouco esquivo às vezes, mas sempre honesto.

— Querida, eu adoraria me casar com você, deixá-la na cama, dar chocolates e foder até você perder as forças, mas preciso de herdeiros. Nós, mauricinhos ricos, e estou falando dos que não se sentem seguros em táxis, não dos solteirões convictos, devemos nos curvar às obrigações da árvore genealógica.

— Casar com *você*? Eu não sou esse tipo de mulher.

Casar era passar as camisas do marido, catar suas meias fedorentas, preparar uma refeição quentinha para quando ele chegasse em casa. E ainda morrer de tédio na companhia dele — era preciso fugir do tédio de ser criada de um sujeito que acredita que as coisas se limpam e arrumam sozinhas como por passe de mágica.

— Obrigada por ser tão compreensiva. Sei que não sou nenhum Mick Jagger na cama, é claro, mas entenda que, por mais distintas que nossas situações sejam, você me faz muito feliz.

— Eu já transei com Mick Jagger. E ele também não era nenhum Mick Jagger.

— Ah, querida, você não está dando comida para as raposas, não é? De onde tirou a ideia de que isso seria bom para o jardim? — disse a mãe de Ellie.

Justin estava dividido entre a namorada e a mãe dela: por uma questão de lealdade, achava que devia ficar do lado de Ellie, mas, pensando de forma pragmática, acreditava que a sogra devia estar certa. Já estava começando a aparecer lixo das latas nos canteiros de flores; algumas das plantas mais recentes tinham sido arrancadas; e os montes de cocô de raposa atraíam enxames de moscas varejeiras. O Jardim do Éden corrompido por caudas peludas. Aquela porcaria toda de mitologia celta que haviam lido era só uma desculpa: as raposas tinham feito seu próprio trabalho de marketing.

Ele procurou na internet como afugentar os animais. Pelo jeito, urina masculina as afastava. Mas ele não conseguia se imaginar no meio dos gerânios com o pau de fora regando a terra com xixi, certamente observado pela senhora que morava sozinha, e vai saber qual seria a reação dela ao ver as partes íntimas de um homem? Se ficaria assustada ou animada?

Ela já tinha visto as raposas à noite, durante as caminhadas; andavam à espreita, ao lado dela pelas ruas vazias, sem medo; não havia nada mais de que ter medo. Tinha visto como derrubavam as latas de lixo e tiravam as tampas para remexer tudo em busca de restos de comida. Havia passado por tomates podres e pão bolorento na calçada. Ela não tinha computador nem celular, então não havia pesquisado sobre a história cultural das raposas, e as bibliotecas estavam todas fechadas. Assim como ela, as raposas eram seres da madrugada, e ela não as suportava. Norris era caçador de raposas. Mostrara a ela uma velha filmagem dele montado a cavalo, com seu casaco escarlate, alto e robusto, em vez de roliço e preguiçoso.

— Que manhã incrível foi aquela! — comentava ele. — Muito divertido, você iria adorar. Se soubesse montar, você ia ver. Mas acho que não deve ter tido a oportunidade, vivendo em Canning Town.

Nas noites mais quentes, com a janela escancarada, ela ouve os gritos aterrorizantes dos animais — parecem bebês sendo torturados. Sente o fedor da urina. Se continuar desse modo, daqui a pouco ela vai perder o direito ao jardim. E, vamos falar sério, para uma senhora daquela idade, com tudo fechado e o mundo na merda, ter um jardim com flores, com um cheiro gostoso, não é uma má ideia quando se está escrevendo suas memórias.

Já havia visto a garota lá fora dando comida para os animais. Deixara um bilhete pedindo que não os encorajasse a vagar por ali. A garota respondeu: "Ah, mas só enquanto os filhotinhos estão aprendendo a andar." Encontrou uma caixa de plástico cheia de mofo e curry debaixo da mesa e teve que colocá-la de volta na lata de lixo de onde havia sido retirada e arrastada até o jardim. A porra do jardim é dela e não deles, mas, se expulsá--los, o que vai acontecer com seu cabelo?

Já faz três meses que não saem de casa, exceto para fazer compras e correr uma vez por dia. Ellie e Justin estão começando a ficar de saco cheio um do outro, e a situação das raposas se tornou uma questão entre os dois, um caroço maligno no interior daquele relacionamento.

— O problema é que nunca pudemos estabelecer uma rotina, um cotidiano normal. Tudo é tão artificial. Tipo, quem é que vive assim, dentro de casa o tempo inteiro? Gente aposentada, só pode — comentou Ellie.

O corretor pensou, *inshalá*, não precisava ir até lá pessoalmente, podia escrever uma carta, colar um selo e levar até a caixa de correio. Ela podia responder por telefone, mas ele o seguraria bem longe do ouvido para escutar os gritos a uma distância segura. Morreu em abril, com instruções do espólio de que seus negócios estavam sendo encerrados e não haveria mais nenhum pagamento de aluguel. Ela está com dois meses em atraso, e o proprietário, em Nicósia, gostaria de receber o pagamento de imediato.

Em diversos momentos, em diversas encarnações, ela se sustentara: fora vendedora da seção de roupa de cama na Derry & Toms; faxineira num hotel em Ibiza; a fase de ladra e invasora ao lado do Terry Divertido, quando conseguiram ganhar uma fortuna e gastar tudo (em quê, ela não se lembra); criada e dama de companhia de uma madame em Mayfair; e vendedora de merchandising na saída de shows — isso era algo a que ela podia recorrer até hoje. Às vezes os roadies antigos se lembravam dela, dos bons tempos.

Ela não responde à carta do corretor. Se alguém tivesse perguntado, ela diria: "Não quero falar sobre isso." Evitar faz com que a coisa não exista. Ela havia se afastado da realidade. Deixara-se levar quando deveria ter se ocupado em planejar seu futuro; mas havia ficado molhando plantas e vendo-as crescer. Deixou os jovens saírem impunes das besteiras que fizeram. Algo havia acontecido que a fez deixar de ser ela mesma, e agora não sabia como voltar a ser aquela pessoa: a decadência da letargia e do tédio, o "viver o momento", observar as flores crescerem, tudo aquilo tinha lhe tirado algo essencial de si mesma, o âmago de quem ela é. Está flanando gentilmente pelo tempo. Ficou observando uma flor de dente de leão flutuar por cima da cerca do jardim; foi acompanhando sua trajetória, um estado que inspirava alguém a fazer um pedido ao universo.

Não esperava encontrar-se assim no fim das contas, inútil e oca, como um cheque sem fundos.

Ela fuma e caminha pelas ruas noturnas. Os dias têm ficado mais longos, e a noite se retrai. Os corpos longos e avermelhados das raposas não temem: estão acostumados à sua atmosfera meio bruxa. Ela as observa assaltar as latas de lixo das casas. Dominaram a cidade, a área urbana. Norris em seu cavalo não teria a menor chance contra aquelas invasoras.

Ela diz a si mesma que é uma sobrevivente, que vai terminar suas memórias, dar nomes aos bois, jogar tudo no ventilador, ganhar um milhão de libras. Só precisa de disciplina para sentar a bunda na cadeira e continuar o trabalho. Vai dar tudo certo no final.

* * *

Da janela no último andar, Ellie viu o acidente. Viu a senhora sair pela porta dos fundos, colocar a caneta e as folhas de papel sobre a mesa, viu quando ela entrou de volta e trouxe uma xícara de café, viu ela pisar na grama, olhar para onde estava o pé, um monte de cocô de raposa, a bota de caubói manchada, fedendo. Viu quando ela olhou ao redor e encontrou os filhotes de raposa entrando por um buraco debaixo da cerca, olhando em volta, impassíveis, sem nenhuma preocupação. Viu a senhora entrar novamente e voltar com alguma coisa na mão direita, aquele braço raquítico e musculoso, o arremesso longo e um dos filhotes mutilado e agonizante na grama, a cabeça aberta pelo rosto de bronze sorridente de um Buda da Tailândia.

A trégua havia acabado. A guerra fora retomada. Esse é o estado natural das coisas entre vizinhos incompatíveis. A Sociedade de Prevenção à Crueldade Contra os Animais foi recolher o cadáver do filhote de raposa. Daphne recebeu uma advertência. Raposas não eram insetos, ela não podia simplesmente matá-las. Eram protegidas e tinham direitos básicos: vasculhar, perambular e viver. Mas eram tempos estranhos aqueles que estavam passando. Todo mundo estava à beira de um ataque de nervos; todo mundo estava no limite da exaustão. Alguma coisa ia explodir. Dessa vez ela não seria processada, mas recebeu um aviso: faça as pazes com a natureza e seus andarilhos incontroláveis. Eles a deixaram sozinha, no jardim, enquanto a mamãe raposa choramingava perto da cerca e o restante da matilha farejava o sangue, a morte, o medo.

Não apareceram mais caixas de tintura de cabelo na mesa da entrada. Ellie, no telefone com a mãe, disse:

— Chorei horrores por causa daquele bebê peludinho. Como ela pôde fazer uma coisa dessas? Sei que deve ter pensado: *eca, e o fedor, e as moscas*, mas sinceramente podia ter apenas lavado aquelas botas nojentas.

 A mecha de gambá cresce nos cabelos de Daphne. Logo ela se sente irreconhecível diante do espelho; branca, pálida, está se transformando numa Celeste de luz, a figura etérea que flanava pela King's Road. Devia voltar para lá, pensou. Alguém vai me reconhecer, alguém vai lembrar. Não tem nenhum peso na consciência pelo filhote de raposa. Pelo contrário, sente-se como um anjo da vingança. Nasceu em Londres, a cidade é sua herança. Os invasores do condado devem ser colocados para correr. E ela é capaz de fazer isso, tornando-se enfim, ela própria, o furacão em pleno fogo cruzado.

GUERREIRA

CHIBUNDU ONUZO

Depois de quatro anos de casado, Lapidote decidiu arranjar uma segunda esposa. Não era incomum em nosso povoado que os homens se casassem duas, três vezes, até perder a conta das mulheres com quem estavam comprometidos. Mas eu e Lapidote costumávamos rir desses homens. Eles secavam todos os odres de vinho e desperdiçavam sua semente em qualquer mulher por aí. Ainda assim, ali estava meu marido, de pé em nossa tenda, me dizendo:

— Está na hora de ter um filho, Débora. Preciso me casar com outra mulher.

Eu sabia que tinha o dedo de meu sogro nessa história. Aieser nunca gostara de mim. Ele me achava alta demais.

— Vamos comer primeiro — falei.

Ele estava coberto pelo cheiro das cabras. Lavei seu rosto, seus braços e pés, e passei óleo em sua cabeça. Dei-lhe pão e ensopado de ovelha para comer, depois deitei sua cabeça em meu colo.

— Então meu marido está disposto a abandonar a mulher de sua juventude? — Meu tom de voz era calmo e sereno.

— Abandonar, não. Apenas aumentar nossa tenda com mais uma mulher.

Entrelacei os dedos em sua barba para coçar o queixo.

— Mas você sempre disse que El não achava adequado que Adão tivesse outra mulher.

— Eu não sou Adão. Sou muito grato por nossas filhas, mas um homem precisa de um filho para herdar sua riqueza e passar seu nome adiante. É isso que meu pai diz.

Era *mesmo* interferência de Aieser. Eu poderia lembrar a meu marido o patriarca Zelofeade, que deixara as terras para as filhas, mas o momento de tentar argumentar racionalmente já tinha ficado para trás.

— Temos que nos divorciar, então — falei.

Meu marido se sentou como se, de repente, minha coxa tivesse criado chifres.

— Uma mulher não pode pedir o divórcio.

— Se você trouxer uma segunda mulher para nossa tenda, vou transformar sua vida num inferno tão grande que vai implorar para se livrar de mim.

— Está me ameaçando?

— Eu juro.

Sempre ganho na competição de quem encara por mais tempo. Os olhos dele começam a marejar facilmente. Ele piscou e então começou a rir até balançar os ombros.

— Então não posso ter outra esposa — disse ele.

— Não junto com esta aqui.

Naquela noite, ele me penetrou e concebemos nosso primeiro filho, Dã. Depois de Dã, ainda dei mais três filhos a Lapidote e nunca mais tivemos uma conversa sobre uma segunda esposa.

* * *

Eu me lembrei daquela noite em um momento em que estava sentada diante de um casal em conflito que veio buscar meu conselho. Eles já haviam falado por muito tempo, interrompendo um ao outro sem parar, como cabras batendo as cabeças.

— Chega, crianças. Meu filho — falei, me virando para o marido. — Você não vai mais beber vinho, exceto nos dias de festa.

O rosto da mulher chegou a brilhar com o sentimento de ser provada certa, afinal.

— E você, minha filha, precisa aprender a se dirigir a um homem. Tente usar palavras doces antes de partir para as ferroadas.

O marido também adquiriu uma expressão reluzente. Ambos estavam corretos e ambos estavam errados. Era assim que funcionava o casamento. Coloquei as mãos na cabeça de cada um deles.

— Vão com a bênção de El.

Então os dispensei. Eu me levantei com dificuldade da pele de cabra onde estava sentada e fiz um sinal para que minha criada trouxesse uma tigela de água. Havia outras pessoas que ainda aguardavam meu conselho, mas o sol já se pusera e estava na hora de cuidar da minha própria tenda.

Recebia as pessoas sob uma árvore que os filhos de Israel chamavam de A Palmeira de Débora. Era a mais alta do bosque, cujas folhas proviam mais sombra. Eu me sentava ali, do amanhecer ao anoitecer, e ficava pesando, ponderando e analisando as preocupações dos filhos de Israel. Disputas de território, brigas por água, por cabras e, é claro, questões femininas.

As mulheres foram as primeiras a recorrer a meu julgamento. Sou mais alta que a maioria delas, assim como sou mais alta do que a maioria dos homens, e algo em meu tamanho as atraía. Eu resolvia suas querelas e, em troca, elas me davam presentes, ervas para meu bule e joias para meus pulsos e pescoço. Depois começaram a trazer os filhos e as filhas e, por fim, também os maridos.

No começo, os homens ficavam relutantes. O que a mulher de Lapidote sabia sobre os assuntos deles? Mas, ao usar a inteligência que me foi dada por El para esclarecer questões tortuosas, meus humildes conselhos de repente se transformaram na sabedoria de Débora. Minha fama se espalhou por nosso pequeno povoado até alcançar toda Israel, e hoje, em todo o território que se estende até o Egito, sou conhecida como a Mãe de Israel. Um título imponente para uma mulher que ainda dorme numa tenda apertada com o marido da juventude.

Lapidote estava à minha espera, lavado e pronto para nossa refeição da noite. A princípio, ele teve inveja de minha fama. Não é fácil para um homem se tornar conhecido no povoado como "o marido de Débora". Mas depois foi passando a gostar dos benefícios de ser casado com a Mãe de Israel. Homens notáveis vinham buscar meus conselhos e, ao fazer as honras para mim, também tinham que prestar homenagem a meu marido, embora ele fosse um pastor de cabras sem qualquer distinção em nenhuma guerra.

Nós nos sentamos para fazer a refeição, com ensopado de cabra e pão ázimo.

— Quais são as novidades de hoje? — perguntou Lapidote.

— Mais do mesmo. As pessoas reclamam, e eu resolvo os assuntos delas.

— Ouvi dizer que os cananeus estão se preparando para a guerra.

— Que El nos proteja.

Os filhos de Israel são divididos em doze tribos. Somos um povo forte e feroz, mas rechaçamos a ideia de seguir um líder. Isso nos deixa vulneráveis aos ataques dos reis de Canaã, que não demonstram qualquer misericórdia quando invadem nossas terras.

— Que El nos proteja mesmo.

Naquela noite, El falou comigo num sonho. Os filhos de Israel me chamam de profeta por causa desses sonhos. Como sei distinguir que é a palavra de El e não apenas minha imaginação vagando? Nos sonhos enviados por El, ouço sua voz. E esses sonhos sempre se realizam.

No sonho, eu via uma hoste de homens de Israel reunida num prado diante de um enorme exército de cananeus. À frente da tropa de cananeus estava o poderoso general Sísera. Eu o reconheci por causa da carruagem de ferro e de sua longa trança escura. Os dois exércitos avançavam. Quem comandava os filhos de Israel? O homem aparecia envolto numa bruma. Então uma luz dos céus brilhou em seu rosto, dissipando a fumaça. A voz de El disse claramente: "A vitória, eu dou a ele."

Acordei com um choro do lado de fora da tenda. Ainda nem tinha amanhecido. A Mãe de Israel tinha direito a uma guarda de jovens rapazes que dormiam do lado de fora. Ouvi um deles, Jora, confrontar a pessoa que chorava.

— Quem ousa perturbar nossa mãe a esta hora?

— Justiça — pranteou a voz na escuridão. — Justiça para meus filhos. Também sou mãe e meus filhos foram assassinados.

Senti Lapidote se espreguiçar a meu lado.

— O que foi agora? — perguntou ele.

— Volte a dormir. Vou resolver isso.

Eu me levantei e saí da tenda. Do lado de fora, a lua brilhava e pude ver que Jora bloqueava o caminho da mulher até mim.

— Mãe, isso não é para seus olhos.

— Uma mãe precisa olhar tudo sem se apavorar. Afaste-se, meu filho.

A mulher veio cambaleando e empurrou algo que estava em seus braços para mim. Não estremeci ao ver a criança sem cabeça. Segurei o corpo nos braços.

— Quem fez isso, minha filha?

— Foram os homens de Sísera. Vieram em carruagens de ferro. Justiça, minha mãe.

— Você terá. Jora, providencie água e comida para ela.

Quando ela já estava calma, lavamos o corpo de seu filho e o enrolamos num tecido. Dissemos as palavras sagradas, és pó e ao pó voltarás, antes de enterrá-lo. Quando o sol nasceu, pedi a Jora:

— Vá chamar Baraque, filho de Abinoão.

Baraque, filho de Abinoão, era um fazendeiro que prosperara por acaso, ou melhor, pela providência de El. Um pequeno bando de saqueadores cananeus atacara sua fazenda e, em vez de correr para as montanhas, Baraque e a família juntaram seus arados e puseram os invasores para correr. A notícia da peleja se espalhou e outros homens vieram se juntar a Baraque e pedir sua proteção. Sempre que os cananeus faziam uma investida, ele estava lá para defender o povo de Zebulom e Naftali, mas nunca iniciou um ataque contra nosso inimigo. Preferia ficar em sua fazenda nos tempos de relativa paz. Era uma escolha estranha, mas quem poderia questionar a sabedoria de El?

Ele chegou ao bosque com cem homens, mas se aproximou de minha tenda com apenas dois. Os três se ajoelharam quando cheguei perto.

— Mãe, a senhora me convocou.

Não havia tempo para troca de gentilezas.

— Pois assim pediu o Senhor. Convoque dez mil guerreiros das tribos de Naftali e Zebulom para ir ao monte Tabor. E eu convocarei Sísera, comandante do exército de Jabim, com suas carruagens e seus guerreiros. Lá, eu lhe darei a vitória sobre ele.

Baraque levantou os olhos e me encarou.

— Sísera tem novecentas carruagens de ferro. Eu e meus homens não temos nenhuma.

— Vocês já derrotaram os homens de Sísera antes.

— Não quando ele está preparado para a guerra. Nós ganhamos pequenas pelejas, não as batalhas, minha Mãe.

Baraque não era um covarde. Seu raciocínio estava correto. Os cananeus tinham um exército superior, e um general cauteloso como ele não os enfrentaria em campo aberto. Mas o que eram as carruagens de ferro em comparação à voz de El?

— Está duvidando de El? — perguntei.

— Não duvido, mas... — começou Baraque, e então ficou em silêncio.

— Fale abertamente, meu filho.

— Nos tempos antigos, quando um juiz convocava os filhos de Israel para a guerra, ele cavalgava junto com eles.

Todos os meus antecessores haviam sido homens. Otniel, filho de Quenaz, que fora à guerra contra o rei da Síria. Eúde, filho de Gera, que enterrara sua adaga na barriga do rei de Moabe. Sangar, filho de Anate, que uma vez matara seiscentos filisteus com uma aguilhada de boi.

— Eu vou. Mas apenas se for comigo, minha Mãe — disse Baraque.

Ele era um comandante astuto. Eu entendia por que os homens o seguiam. Baraque me conduziu habilmente para sua armadilha. Se eu recusasse, ele diria que eu não acreditava na vitória que El lhe daria. Mas como eu, uma mulher, poderia ir para a batalha? Eu me lembrei do corpo que enterrara naquela manhã, da criança que nunca mais veria o amanhecer.

— Muito bem. Irei com você. Mas você não receberá qualquer honra nesta empreitada. A vitória do Senhor sobre Sísera estará nas mãos de uma mulher. Sairemos amanhã de manhã. Preciso me despedir de minha família.

— Ao seu comando, Mãe — afirmou Baraque.

* * *

Lapidote estava lá fora com as cabras. Há muito tempo nossos filhos diziam que o pai podia deixar o pastoreio dos rebanhos com eles, mas meu marido amava aqueles animais quase tanto quanto aos filhos.

— Eu vou para a guerra com Baraque, meu senhor — informei a ele.

— Que bobagem é essa?

— Se eu não for, Baraque não vai. E se Baraque não for, os cananeus vão continuar destruindo os filhos de Israel.

— Mas você não é uma guerreira, Débora. Não sabe nem segurar uma espada.

— Eu pari sete filhos, foram sete batalhas para trazê-los ao mundo. El me deu a vitória durante o parto, e vai me dar a vitória novamente.

— E se eu me recusar? Vai desafiar o senhor seu marido? Ou eu também preciso me ajoelhar diante da Mãe de Israel? — perguntou ele.

Eu não poderia ter me casado com um homem que não fosse orgulhoso, mas, naquela noite, logo antes de fazer o inimaginável e partir para uma guerra, eu não tinha mais forças para lidar com aquela faceta de Lapidote.

— Eu estou com medo. Não quero ir, mas preciso.

— E se você morrer? — retrucou ele, então se aproximou e segurou meu rosto com as duas mãos. — O que eu vou fazer?

— Aí você pode arranjar sua segunda esposa.

Ele sorriu.

— Mulher teimosa. Teimosa como minhas cabras.

Nossos filhos vieram se despedir naquela noite. São todos casados e já têm as próprias tendas. Todos tentaram me convencer de que o plano era uma loucura. Abigail foi a única que chegou perto de abalar minha decisão. Ela é a mais velha e quem mais se parece comigo. Meus outros filhos tentaram me assustar com cenários do que poderia acontecer comigo no campo de batalha. Para todos eu respondi: "A vontade de El será feita." Mas Abigail, por outro lado, me lembrou do que *eu* poderia fazer.

— Você consegue matar um homem, Mãe?
— Talvez eu não precise.
— Acho que você consegue — continuou ela, como se eu nem tivesse respondido. — Você é tão alta quanto a maioria dos homens, e forte também. Dã certamente sentiu o peso de sua mão quando éramos crianças. Mas você vai querer matar um homem, mesmo alguém desprezível como Sísera, sabendo o quanto é difícil trazer uma vida a este mundo?

Marchamos ao amanhecer. Baraque me ofereceu uma carroça para a viagem, mas escolhi uma égua mansa. Os homens deviam estar acostumados a me ver no meio deles. Alguns disseram que eu daria azar. Outros disseram que eu era a prova do apoio de El.

Ao passarmos pelas cidades e povoados de Israel, mais homens foram se juntando à causa ao descobrirem que estávamos marchando para enfrentar Sísera. Os números subiram de cem para duzentos, depois quinhentos, mas foi quando chegamos às terras de Zebulom e Naftali que angariamos a maior parte de nossas forças.

Não é de meu feitio criticar as peculiaridades de cada tribo. Afinal, sou mãe de toda Israel. Mas os povos de Zebulom e de Naftali são conhecidos por sua ferocidade, ou talvez até se poderia usar a palavra "selvageria". Dizem que brigar com um homem de Zebulom é perder a vida.

Eles parecem indomáveis, e no entanto Baraque os domou. Israel pode não ter um rei, mas Baraque é o rei das tribos de

Zebulom e Naftali. As mulheres vinham com seus pandeiros e caminhavam à nossa frente. Jogavam flores no caminho e cantavam para Baraque quando ele passava.

— Poderoso guerreiro Baraque, que golpeia quinhentos com a mão esquerda e mil com a direita.

Baraque ajeitou o corpo sobre o cavalo. Enquanto avançava pela cidade, seus porta-vozes gritavam:

— A Mãe de Israel convocou Zebulom e Naftali para a guerra. Quem vai seguir Baraque?

Eles vieram aos milhares. Jovens, seus irmãos mais velhos, os tios e os pais. Homens com barbas grisalhas e encurvados pela idade avançaram mancando ao chamado de Baraque. Garotos que mal haviam visto dez verões aderiram a nosso estandarte. Os velhos e os meninos muito jovens foram dispensados. Estes últimos choraram. Seguravam minhas mãos:

— Mãe, interceda por nós junto a Baraque.

Eu permaneci ao lado de Baraque todo o dia, depois toda a noite, e então mais um dia, enquanto os homens de Zebulom e Naftali se aproximavam para jurar lealdade a ele e rivalidade a Sísera. Em cinco dias, nosso exército estava montado e começamos a marchar até as margens do rio Quisom, onde El prometera nos dar a vitória.

A notícia de que havia dez mil homens marchando se espalhou rapidamente. À medida que avançávamos pelo campo, víamos batedores cananeus observando à distância. Há mais de uma geração que não se reunia um exército daquele tamanho, e então nosso inimigo também iria juntar suas forças.

Havia algumas poucas mulheres no campo. O exército precisava comer, e elas iam atrás de nós, no trem de carga, para preparar refeições no amanhecer e no entardecer. Às vezes ficavam perto de minha tenda. As mais jovens ficavam deslumbradas comigo.

— Mãe, você vai para a guerra como um homem — disse uma delas.

— Não como um homem — respondi. — Como eu mesma. Baraque me deu uma espada e um escudo.

— Não vai precisar disso, Mãe. Será protegida durante a batalha. É apenas uma precaução — assegurou ele.

Jora, capitão da minha tropa, me ensinava a usar a espada à noite. Como brandi-la com o peso da mão direita e bloquear a investida do inimigo com o escudo. Dez dias não eram o suficiente para me transformar numa guerreira, mas pelo menos, talvez, eu conseguisse manter a cabeça grudada no pescoço.

Chegamos às margens do rio Quisom no décimo dia de marcha. Era um bom lugar para uma batalha porque a terra era plana e o rio era uma fonte de água para os cavalos de ambos os exércitos. A vitória em geral era decisiva. Quem perdia à beira do Quisom estava acabado e demoraria muitos anos para se recuperar.

As tropas dos cananeus já estavam reunidas quando chegamos. Talvez tenham esperado por muitos dias, porque conseguíamos ouvir o som da balbúrdia vindo de seu acampamento, muita música e risadas estridentes. Eram combatentes mortais, mas lhes faltava disciplina.

Em comparação, o silêncio imperava no acampamento israelita naquela noite. Muitos homens passaram por minha tenda.

— Mãe, me dê sua bênção — pediam.

Abençoei cada um deles, sabendo que alguns não veriam o pôr do sol do dia seguinte. Baraque também veio.

— Mãe, a senhora deve ficar no acampamento com as mulheres. Os homens já lhe viram marchar até o front. É o suficiente.

— Como você bem me lembrou, um juiz marcha com as tropas até a batalha.

— Sim, e você demonstrou muita coragem vindo conosco até aqui, mas se for morta amanhã, o restante de Israel vai se voltar contra mim.

Ele devia ter pensado nisso antes de me colocar nessa armadilha.

— Eu vou marchar até a guerra, Baraque, filho de Abinoão. É meu destino.

Naquela noite, pensei em Lapidote. Ele se recusara a se despedir de mim em público.

— São as mulheres que enviam seus homens para a guerra. Não me transforme em alvo de piadas, Débora.

Então nos despedimos na tenda.

— Volte para mim — disse ele.

— Se El quiser.

Quem abençoa a Mãe de Israel?

A manhã chegou. As tropas se levantaram e se vestiram para a guerra. Entraram em formação, uma fila atrás da outra, e Baraque e eu íamos à frente.

— Homens de Israel — começou Baraque, a voz carregada pelo vento da manhã. — Hoje vamos quebrar o cajado de Sísera e libertar toda Israel. Hoje vamos lutar, e El nos dará a vitória.

Os soldados bradaram.

— Mãe, quer dizer algo? — perguntou Baraque em voz baixa.

O espírito de El me tomou e me encheu de coragem. O que importava que uma mulher israelita nunca tivesse ido à guerra antes?

— Preparem-se! Hoje é o dia em que o Senhor vai lhes dar a vitória sobre Sísera, pois El marcha à frente de vocês. — Eu me lembrei da canção de Miriã, a matriarca, irmã mais velha de Moisés. — Cantem ao Senhor, pois Ele triunfou gloriosamente. Lançou ao mar o cavalo e seu cavaleiro.

   Os homens entoaram o canto.

   — Lançou ao mar o cavalo e seu cavaleiro.

   Bateram os pés.

   — Lançou ao mar o cavalo e seu cavaleiro.

   Levantaram os escudos.

   — Lançou ao mar o cavalo e seu cavaleiro.

   As vozes foram ficando cada vez mais altas, até que o som chegou às tropas de Sísera e abafou os gritos deles.

   A mão de Baraque em meu braço me trouxe de volta.

   — Está bom, Mãe. Os homens estão prontos.

   Olhei para os soldados. Pareciam uma flecha a postos no arco, um segundo antes de o arqueiro soltar a corda. Estavam prontos.

Baraque tocou o shofar e avançamos. Não fiquei na primeira nem na segunda fileira. Ele me colocou no meio das tropas, cercada de soldados por todos os lados, além de um guarda pessoal que me acompanhava.

   Os cananeus enviaram a primeira leva de carruagens de ferro. O som das rodas retumbava sobre a terra.

   — Que El me preserve — sussurrei.

   Quando os dois exércitos colidiram, o som foi horrível. Espadas se chocavam com escudos. Os gritos foram sucedidos pelo cheiro metálico do sangue. Minha montaria foi ficando cada vez mais inquieta. Os cananeus se aproximavam. As carruagens já haviam passado por nossas linhas de frente e de repente estavam diante de nós. Dava para ver seus rostos cobertos pela pintura de guerra.

— Vão até a Mãe! Seu guarda foi atingido. Até a Mãe! — alguém gritou.

Um cananeu estava bem debaixo de meu cavalo, levantando o machado. Baixei o escudo bem a tempo. O golpe me atingiu com força na perna, mas a mão que segurava a espada estava livre. Cortei sua garganta exposta, e ele caiu. Minha primeira morte.

— Mãe!

Era Jora, capitão da minha guarda. Tinhas as mangas rasgadas e o rosto sujo de terra e sangue. Lutamos lado a lado. Matei mais dois homens antes de a maré se virar a nosso favor.

Os cananeus não esperavam encontrar uma resistência tão feroz. Os israelitas a quem estavam acostumados a aterrorizar eram fazendeiros e pastores de cabras que fugiam só de ouvir o ronco das carruagens. Mas os homens de Zebulom e Naftali se mantinham firmes. Não vi quem foi o primeiro cananeu a baixar a espada, mas não demorou muito para eles se virarem e fugirem. El havia levado o pânico ao campo inimigo.

Fomos atrás deles. Havia algo de terrível em matar dessa maneira, mas, se eles estivessem em nosso lugar, teriam nos matado durante nossa fuga. Olho por olho. Sangue por sangue. Jora me deu uma lança e a enfiei nas costas de mais três cananeus.

Matamos até que o chão estivesse vermelho de sangue, mas Sísera, o general, havia sumido. Se não cortássemos a cabeça da cobra, um novo corpo brotaria. Os homens israelitas se separaram para procurar Sísera, e Baraque e eu ficamos ali, sentados em nossos cavalos, em meio à carnificina.

— Você disse que uma mulher nos traria a vitória hoje, Mãe — disse Baraque. — Onde está ela?

— A vitória não estará completa até que Sísera esteja morto, meu filho.

* * *

— Meu senhor.

Era uma mulher chamando. Pequena, não passava de meu ombro.

— Sim — disse Baraque.

— Venham e vou lhes mostrar onde está o homem que procuram.

— Como é seu nome?

— Sou Jael, esposa de Héber, o queneu.

— Eu sou Baraque, filho de Abinoão.

— E eu sou Débora, esposa de Lapidote.

— Eu a conheço, Mãe. Venham comigo.

Nossos cavalos estavam exaustos e seguiam atrás dela bem devagar. Ela nos levou a uma tenda armada sob um carvalho.

— Me acompanhem — disse.

Dentro da tenda estava o corpo do grande general Sísera.

— Como fez isso, minha filha?

— Eu o reconheci por causa das pulseiras prateadas. São as mesmas que os príncipes cananeus usam. Eu o convidei para entrar em minha tenda. Ele pediu água e lhe dei leite para deixá-lo sonolento. Quando ele caiu em um sono profundo, eu me aproximei com um martelo e uma estaca e a enfiei em sua têmpora até o chão.

— Não teve medo de fazer isso, milha filha?

— Se a Mãe de Israel pode ir à guerra, então eu também posso fazer minha parte.

Baraque riu.

— Que El proteja os homens de Israel de mulheres como Jael, esposa de Héber.

Baraque arrastou o corpo de Sísera para fora e tocou o shofar. Os soldados vieram até ele. Quando viram o cadáver do temido general aos pés de Baraque, começaram a comemorar e gritar seu nome.

Peguei o chifre da mão de Baraque e toquei até que todos ficassem em silêncio.

— Foi Jael quem matou Sísera. — Eu a puxei para fora da tenda e a apresentei aos homens de Israel. O espírito de El me tomou de modo poderoso e então cantei para que os soldados de Israel me ouvissem. — Que a mais bendita entre as mulheres seja Jael, mulher de Héber, o queneu. Que seja a mais bendita entre as mulheres que vivem em tendas. Sísera pediu água, e ela lhe deu leite, em taça de príncipes lhe ofereceu nata. Ela estendeu uma das mãos e apanhou a estaca, e, com a mão direita, pegou o martelo dos trabalhadores. Golpeou Sísera, rachou-lhe a cabeça, furou e atravessou-lhe as têmporas. Aos pés dela ele se encurvou, caiu e ficou estirado. Onde se encurvou, ali caiu morto.

— Eu não ia negar a ela seu papel na vitória — disse Baraque, enquanto voltávamos para o acampamento.

A terra estava vermelha, o solo empapado de sangue.

— Não mesmo. Ela vai marchar a seu lado na procissão da vitória.

— Como quiser, Mãe.

— Toda Israel vai cantar sobre o papel que você desempenhou, mas a história também deve se lembrar de Jael.

— Como quiser, Mãe.

DIABA

ELEANOR CREWES

Os sussurros começaram depois que Bonnie encontrou a cadeira.

SHHHHHHH

VRUUMMM

Ela estava em pé na cozinha e o chiado da frigideira competia com o estrondo do exaustor.

Bonnie

Mesmo com todo aquele barulho, o sussurro foi perfeitamente claro, como se estivesse perto do ouvido, num canal de áudio particular.

Na cidade dela, era comum encontrar móveis deixados do lado de fora das casas.

Favor, levar

Bonnie entendia a escolha de oferecer ao calçamento um pedacinho da sua casa, na esperança de que alguém o carregasse,

em vez de fazer a viagem de uma hora até o lixão, simplesmente jogar suas tralhas por cima das dos outros e deixar tudo lá sob a chuva fina que caía durante a maior parte do ano.

Ela já havia trazido outros objetos para casa antes...

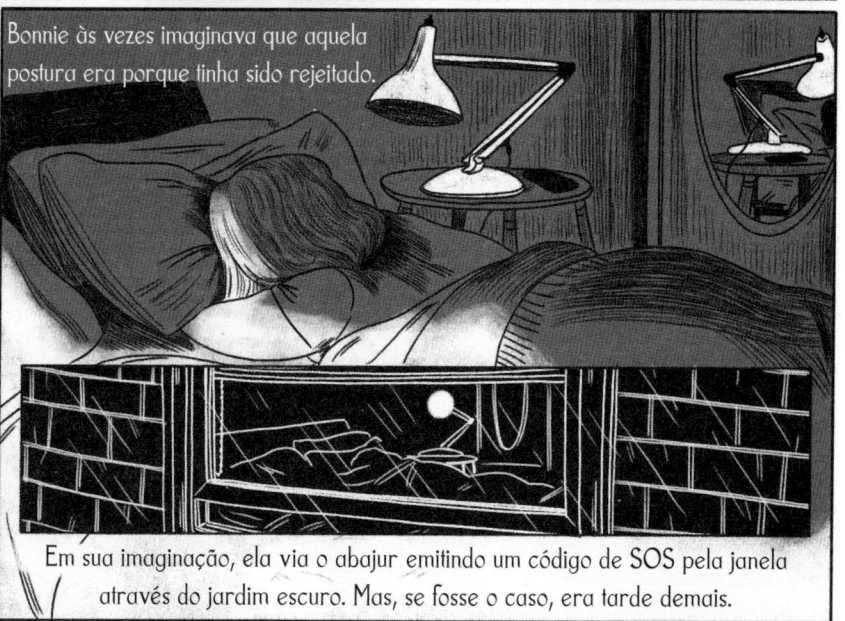

HM?

Tipo o abajur que encontrara perto do muro do vizinho.

Era estilo Anglepoise e estava meio velho, com as molas gastas pelo tempo.

Bonnie às vezes imaginava que aquela postura era porque tinha sido rejeitado.

Em sua imaginação, ela via o abajur emitindo um código de SOS pela janela através do jardim escuro. Mas, se fosse o caso, era tarde demais.

O antigo dono já tinha fechado as cortinas.

Diferente do abajur...

... a cadeira estava nova em folha.

Bonnie se sentira como um gatinho mimado ao levar a cadeira para casa.

Observando os rostos dos passantes, via a inveja em seus olhos.

Ficou imaginando os olhares que atrairia em casa, as perguntas das visitas que ela convidaria.

"Ah, a cadeira? É..."

"Hm..."

Eu achei na rua.

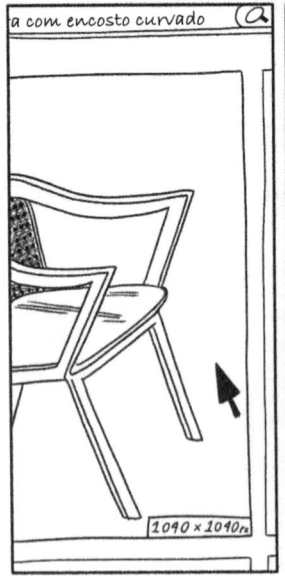

A cadeira devia ser vitoriana; a madeira laranja e os pés esculpidos pareciam muito característicos para pertencerem a estilos posteriores.

Ao pesquisar na internet, Bonnie encontrou diversos modelos retrô recentes com entrelaçados complexos no assento.

Aquela cadeira era bem mais aconchegante. Os braços se curvavam em um abraço claramente acolhedor. No meio havia uma placa ornamentada com um buraco em formato de fechadura.

a com encosto curvado

1040 x 1040

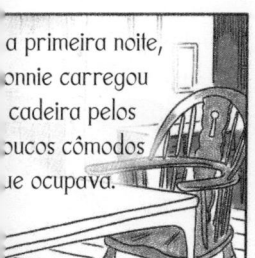

a primeira noite, onnie carregou cadeira pelos oucos cômodos ue ocupava.

Pelo telefone, a mãe a aconselhou a não ficar com ela.

EMPURRA

Deve ter cupim. Você não precisa de mais troços.

Deixe onde você pegou.

Mas Bonnie ficou com a cadeira e a colocou na sala.

Naquela noite, ela teve um sonho.

A mão de uma mulher se movendo sobre madeira macia.

Um dos dedos tinha um anel...

Bem parecido com o que a mãe de Bonnie sempre usava.

Pouco a pouco, a mão de sua mãe lixava a madeira macia e revelava um interior escuro de carne e osso.

De manhã...

... a carcaça ressecada de um inseto branco estava no assento da cadeira.

Ao sair para o trabalho, ela teve certeza de que ouviu o sussurro de novo.

A voz de uma mulher.

Bonnie ouviu a voz da mulher o dia inteiro.

Bonnie

No trabalho, ela se sentiu vigiada, desconfortável.

E à noite fez as compras bem rápido.

Bonnie

Ao chegar em casa, o sussurro parou.

Mas foi substituído por um zunido.

O apartamento estava escuro, mais do que a noite lá fora. E frio. Bonnie conseguia ver a fumaça da própria respiração.

A cadeira estava no meio do apartamento.

Estava virada de costas para Bonnie, mas dava para ver, saindo do buraco da fechadura, na face da cadeira, assim como na dela, a fumaça de uma respiração. O zunido estava mais alto, dissonante, e a fumaça vibrava no mesmo ritmo.

Naquela noite, Bonnie enfiou a cadeira no armário apertado onde guardava os casacos e sapatos de inverno. Era a única porta da casa que trancava por fora...

... e foi o que ela fez.

No dia seguinte, sua mãe chegou. Ficou parada na cozinha, as costas rígidas. Usava a mesma capa de chuva cara de sempre, com o cinto bem fechado — não tinha nem tirado os sapatos.

e o cabelo prateado da mãe estava frisado ao redor do rosto.

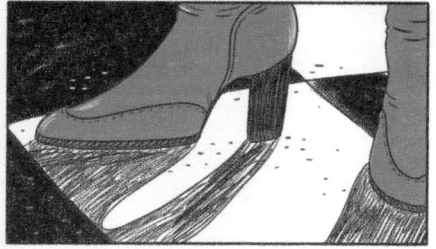

Estou sentindo um cheiro.

O chuvisco tinha ficado mais forte,

Oi?

Que cheiro?

Bonnie perguntou.

Sem muito interesse.

Você obviamente não consegue manter sua casa arrumada.

É alguma coisa podre.

Bonnie viu as bancadas limpas.

A pia vazia.

O escorredor seco.

A comida estragada.

Os insetos.

A mãe de Bonnie viu as paredes imundas.

"Aqui também."

Ela comentou novamente enquanto almoçavam.

"Meu Deus, Bonnie. Você não faz faxina há quanto tempo?"

Mas Bonnie não estava escutando. Na fresta sob a porta do quarto, a carne branca de um bicho parecido com um verme se esticava e contraía pelo piso de madeira.

Em direção à bolsa da mãe.

"Bonnie?"

Chamava a mãe, do outro lado da mesa, com uma sombra de frustração nos olhos.

Eu estava falando que, pelo visto, você ficou com a maldita cadeira.

Cadeira? Bonnie perguntou inocentemente.
A cadeira estava trancada no armário, a mãe não tinha como ver.

Como a mãe sabia que ela tinha ficado com a cadeira?

Depois não diga que não avisei.

Vai se arrepender quando todos os seus móveis começarem a apodrecer por causa dos cupins.

Quando Bonnie era bem pequena, a mãe tinha uma cadeira. Não tinha braços e o encosto era muito baixo, então não havia onde se apoiar.

No lugar onde ficava, escondida num canto do quarto da mãe, Bonnie sempre achara que a cadeira parecia meio selvagem.

Como um predador, as pupilas dilatadas, a língua para fora.

Se Bonnie se comportasse mal, a mãe a mandava se sentar na cadeira, sozinha no quarto, com a porta trancada.

A madeira era bem escura. Quase preta.

Encerada.

Fria.

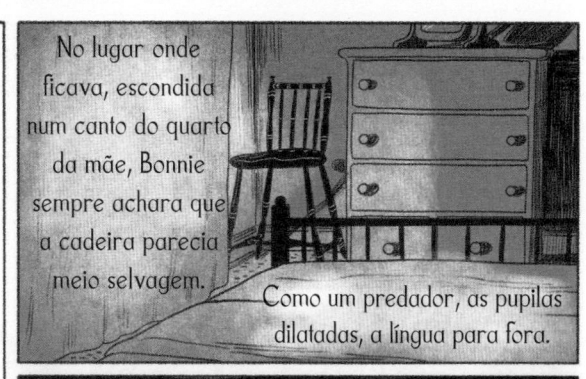

Sentada ali, Bonnie imaginava todas as coisas que estavam atrás de suas costas expostas...

... e a escuridão se estendia diante dela.

O olhar de Bonnie seguiu a direção que a mãe apontava, e aquela mesma aflição percorreu seu corpo.

"Sim." A mãe disse, os lábios apertados de raiva. "Aquela cadeira. Que idiotice você achar que poderia escondê-la debaixo de um cobertor."

Escondida num canto. Meio encoberta por um canapé. Ali estava a cadeira. De volta.

Quando a mãe finalmente foi embora,

Bonnie levou a cadeira pela escada do prédio.

Passou pela saída de serviço onde ficavam as lixeiras.

Até a calçada.

Foi andando decidida pela rua principal, impassível sob a chuva que caía. Os nós dos dedos estavam brancos, a cadeira se confundindo com sua pele.

Quando finalmente chegou aos portões do lixão,

Bonnie deixou a cadeira encostada na grade.

E se virou para voltar para casa.

Naquela noite, Bonnie sonhou de novo. Com insetos rastejantes.

ZUMZUMZUMZUMZUMZUMZUMZUMZ

E com cabelo.

Cabelo longo prateado.

Os fios do cabelo como tecido.

Numa sala escura, estava a cadeira.

A madeira era feita de carne.
Carne costurada com longos fios de cabelo prateado.

A carne se contorcia, se mexia.

Insetos brancos faziam força para sair em meio aos pontos da costura.

E do buraco de fechadura...

... uma boca sorria.

Tinha a voz da mãe.

E chamava por ela.

Bonnie

Ao abrir os olhos, Bonnie viu sua cama vazia, os lençóis amarfanhados e as sombras que faziam.

Ela se mexeu para esticar as costas e sentiu sob as mãos a madeira molhada e escorregadia.

O pijama úmido estava colado à pele.

Havia um cheiro também...

... um cheiro de chuva.

A cadeira estava no quarto.

E Bonnie estava sentada nela.

A cadeira está no quarto de Bonnie. Bonnie está na cama. Bonnie está olhando para a cadeira.

Há apenas um segundo, a cadeira se mexeu.

Bonnie está esperando para ver se vai se mexer de novo.

Na cozinha, o telefone toca.

A mãe.

É sempre a mãe.

TRIIIMMMM
TRIIIMMMM

A secretária eletrônica atende.

Bonnie, sou eu.

Atenda.

Cadê você?

Bonnie?

Ela repete, repete, a voz ficando cada vez mais frustrada.

Bonnie tira os olhos da cadeira e se vira para a porta.	Bonnie? Cadê você?	Bonnie. Bonnie? Atenda.

O som continua.

Bonnie?
Bonnie.
Bonnie?

Mas agora há também um eco vindo de dentro do quarto.

Há um par de lábios finos e pálidos no centro do buraco da fechadura. Cada vez que seu nome é pronunciado, Bonnie vê os dentes podres, a língua escura e bifurcada de seus sonhos. Os cabelos prateados que emolduram o rosto.

Os lábios da mãe sorriem, e suas mãos se estendem na direção de Bonnie.

ENXERIDA

SUSIE BOYT

Ele está triste o suficiente?, pensou ela, enquanto o observava espalhar a mostarda no bife. Estavam em Valência para o feriado. O céu brilhava bem de acordo com o programa, a cor de pêssego-laranja-damasco, o sol imponente e orgulhoso. Um pequeno fluxo de turistas com aparência tranquila circulava para lá e para cá na pequena praça. Ed e Nina estavam sentados no terraço poeirento de um pequeno bar-restaurante, ela bebendo sem muita vontade, e ele travando uma batalha com o bife. Ele o cortou em tiras finas e cinzentas e moeu a pimenta sobre o prato, os grãos escuros flutuando como se fossem moscas sobre uma poça de sangue. Espetou os pedaços. Talvez Veneza tivesse sido mais…

Haviam acabado de visitar uma exposição de colagens e, de repente, tudo parecia uma colagem para Nina. O caroço largado da azeitona que quase quebrara seu dente; o prato cor de terracota com nove amêndoas salgadas; o par de ingressos do museu, de papel branquíssimo, que ela ainda não tinha jogado fora, bem ao lado da pequena taça cheia de vinho branco-esverdeado, com uma mancha deixada pelo calor da mão. A luz forte e dourada fazia tudo parecer precioso, como itens numa joalheria, até mesmo o esfregão azul e o balde da faxineira. O produto de limpeza tinha cheiro de jasmins, e ela prestou atenção ao nome: Ornazzo. A celebrada artista cujo trabalho com colagens os dois haviam acabado de apreciar via a si mesma numa série de pequenos objetos: uma minirraquete de pingue-pongue, um pager — remanescente dos anos 1980, pelo jeito —, um machado e uma caixa vermelha de chocolates em formato de coração com rosas de plástico. Tudo isso estava pregado num edredom grosso feito apenas de cetim marfim com botões. Era uma espécie de autorretrato. Tipo um conjunto de tralhas.

Quando as pessoas estavam tristes de verdade, o aspecto de seus rostos muitas vezes mudava, tornando-se mais grosso, sem suavidade, com um excesso de textura — isso podia acontecer bem rápido, às vezes em vinte e quatro horas. A tristeza se espalhava pela pele, deixando-a áspera, desnivelada, irregular, como tweed. Ou às vezes deixando-a mais fina, azulada, como se tivesse sido desnatada ou cauterizada, com o sangue parecendo mais perto da superfície graças a tudo que acontecera. Ela gostava de observar os rostos de homens viúvos como se estudasse para uma prova de história. O modo como as linhas e sombras falavam de sentimentos agudos, sofrimentos agudos; sinais exatos de uma dor excruciante, prova do tormento, do trauma, do arrependimento. Ou a ausência de tudo isso, o que podia doer como um tapa na pele.

— O que foi? — perguntavam. — O quê?

— Só estou pensando em tudo pelo que você passou. Só isso — respondia ela.

* * *

Sinto muito mesmo, disse ela na mensagem para Ed depois do terceiro encontro. O tom de pele dele não dizia nada.

Está tudo bem, respondeu Ed. *Estou quase bem. De verdade. Estou cantando na chuva, lembre-se, ainda que com um pano de fundo um pouco trágico.*

Ela sentia um imenso respeito pelo luto, a forma avassaladora com que tomava a personalidade, fazia você fracassar em áreas que estava acostumado a dominar, deixava-o catatônico enquanto você tentava desencavar qualquer resquício de interesse pelas coisas que amava. Ela conhecia a tirania do luto, como drenava toda a energia — *drenava* não era bem a palavra. Destruía? Exigia, como um sequestrador a cavalo usando uma capa ridícula? O luto era tão inacreditável que superava inclusive nossas paranoias, porque você nunca imaginaria passar por algo tão ruim, então o que poderia acontecer de pior? E, no entanto, o luto podia ser algo que transformava as pessoas em versões muito melhores de si mesmas, de um jeito que ela não conseguia explicar muito bem. Deixava-as mais profundas, ou no mínimo menos triviais. A perda dava acesso à essência de tudo, ainda que as isolasse nas ilhazinhas mais remotas. Concentrava as pessoas. Concentrava a vida. Tinha uma importância imensa na hierarquia dos sentimentos. Fazia as pessoas se abrirem de maneiras estranhas. Tinha pedigree.

Stevie — o homem com quem ela saía alguns meses antes de conhecer Ed — sempre perguntava de madrugada:

— Por que estou com a cabeça tão fodida?

— É totalmente normal. E, sabe, este deve ser o pior momento.

Nas primeiras semanas, Stevie só falava da esposa. Era inconcebível que achasse isso aceitável, mas ela não se incomodava.

Era meio engraçado, mas Kate, a esposa, era bem mais interessante do que ele. Tinha algo raro, algo que Nina sempre buscava — uma personalidade interior radical e original. Havia algo de muito refinado nela. Uma excelência moral. Kate trabalhara com adolescentes que haviam sofrido bullying a ponto de não aguentar mais. Ela os reconstruía e providenciava recursos para tornar a vida mais suportável. Nina baixou a transcrição de uma palestra que Kate dera e ficou impressionada com um momento em particular. Quando uma criança confessava estar sofrendo bullying, uma das coisas mais danosas que um adulto poderia fazer é perguntar: "Você sofreu bullying *pelo quê?*" O argumento de Kate era que isso era traumático para a criança, que na verdade ouvia: "Qual é o seu problema?" Então a criança tinha que responder: "Estão me zoando por causa do meu peso...", ou "Ninguém em casa lava minhas roupas", ou "É a epilepsia da minha mãe, ela teve um episódio na porta da escola uma vez e as pessoas ficaram assustadas". No quinto encontro deles — Stevie usava uma camisa rosa —, ele confessou que todo aquele universo de pesquisa de Kate o deixava desconfortável porque, embora ele nunca houvesse praticado bullying com ninguém, um garoto na sua escola fedia e Stevie nunca hesitou em chamar atenção para isso. Quase todos os dias. Quase todos os anos.

— Nunca contei para ela. Devia ter contado — comentou ele a Nina.

De todas as coisas das quais você poderia se arrepender na vida, essa não devia estar nem perto do topo da lista, pensou Nina.

A característica mais interessante de Stevie, na verdade a única, era que a esposa com quem estava casado havia dois anos tinha morrido. Fora isso, quem ele era? Era empresário, alguma coisa a ver com finanças, um entusiasta de escaladas, tinha um aquário bastante iluminado e cheio de peixes exóticos. Ia à academia com frequência. Era louco por críquete, estava pensando em se tornar vegano. Nada disso tinha qualquer apelo para ela.

Ed tinha mais potencial. Até que era engraçado. Generoso. Ria com facilidade. Perguntava sobre ela. Assobiava quando não sabia o que dizer. Tinha um jeito meio cansado que era cativante, mas não cansado como se não estivesse dormindo direito — embora isso certamente também estivesse acontecendo —, e sim como um corretor de imóveis descreveria um apartamento velho, algo que foi negligenciado e precisa de atenção e cuidado.

Nina gostava de catalogar os sintomas físicos da tristeza. Às vezes a pele descascava no pescoço, nos antebraços ou nas bochechas dos enlutados porque eles não tinham forças para manter o corpo todo coeso. Dermatite emocional — ela havia pesquisado. Era uma coisa que existia. Mas, naquela tarde em Valência, o rosto de Ed estava macio, bronzeado e hidratado. Seu luto não possuía aspectos sutis nem traços originais. Era discreto. Não havia nada em sua pele que revelasse a perda devastadora pela qual passara. Talvez não se importasse tanto. Ou será que, por ter tantos privilégios em outras esferas, não se sentia no direito de passar pelo luto? Uma espécie de alienação de direitos. *É isso.* Deve ser difícil para os privilegiados passar pelo luto quando estão tão acostumados a ganhar sempre, a sempre estar no topo de tudo, e portanto talvez não consigam tolerar ou sentir a perda. Aqueles de origem humilde, que se definiam pela coragem e habilidade de superar tempos difíceis, também podiam considerar o luto algo estranho e inexplicável, por mais que sempre fossem lembrados (era quase um clichê) de que foram exatamente as coisas que você fez para evitar a tristeza que o deixaram ainda pior. Se você encarasse o luto como uma fraqueza — algo que estava abaixo de você —, acabava não o considerando como possibilidade. Nina não sabia se algum desses fatores tinha papel determinante no caso de Ed. Será que aqueles olhos castanho-claros diante dela, a boca e o nariz, as bochechas levemente bronzeadas e a camisa azul Klein (de manga curta) eram uma espécie de colagem de fuga? Uma vez, ela mandou uma mensagem para ele: "Ei, adorei te ver hoje. Mas tente descansar. Lembre-se de que o luto é um trabalho pesado. É fisicamente exaustivo. Queima calorias, de verdade!", e ele respondeu: "Entendido." Hoje, a pele dele tinha um brilho vigoroso de férias na Espanha. Era meio afrontoso, não? Não havia absolutamente nenhum sinal de derrota. Era talvez meio grosseiro, ou quem sabe fosse heroico?

Ed levou duas semanas para tocar no assunto, e começou uma frase com "Miranda, que era minha esposa…", mas a coisa saiu meio vacilante, começou a desmoronar e, no fim das contas, não houve frase alguma. Foi só isso. Ele devia querer contar uma das coisas preferidas dela, pensou Nina: Miranda comia minialfaces direto da geladeira, como se fossem maçãs, na hora do lanche… Miranda amava patinar no gelo no Natal. Mas não. E a construção da frase foi inusitada. A formulação "que era minha mulher" soava estranha, muito formal e sem jeito. Ela preferiria que Ed simplesmente tivesse dito "Miranda", ou "Minha esposa", ou "minha esposa, Miranda", ou "minha falecida esposa" (embora isso sempre soe como um tipo de crítica), mas ficou feliz por ele finalmente tê-la mencionado. Sabia que a esposa dele havia morrido, mas não sabia se ele sabia que ela sabia. É óbvio que não ia comentar primeiro, mas também tinha certeza de que não chegariam a lugar nenhum se ele não falasse a respeito.

A amiga que os havia apresentado contara toda a história para Nina, literalmente na porta de casa, com um aviso de: "Pelo amor de Deus, não fale para ele que eu contei. Ah, e lembre-se de fingir surpresa", o que era insustentável. Depois que ele mencionou Miranda pela primeira vez, Nina pediu que Ed contasse um pouco mais, alguns parágrafos introdutórios, um breve esboço da personagem, se ele não se incomodasse. Ele começou a falar. No ano passado, Miranda pedira um par de botas de aniversário, uma marca australiana, com... uma garantia de cinco anos. Seu cheiro favorito era café e essência de baunilha misturados com fumaça de cigarro, como se estivesse sentada do lado de fora de uma cafeteria europeia, ou de estilo europeu. Quando Miranda tinha doze anos, considerou um cavalo seu melhor amigo durante dois anos.

— Qual era o nome do cavalo? — perguntou Nina.

Era um tipo de teste.

— Misty.

Quando a avó dela, de quem ela gostava muito, estava nas últimas, no leito de morte, apertou a mão de Miranda, então com nove anos, com tanta força, durante várias horas, que a menina sangrou. Teve que levar quatorze pontos na palma da mão direita. Sim, ela *era* destra.

— Meu Deus! — exclamou Nina. — Que sacrifício. Parece coisa da Bíblia. Imagina como ela deve ter ficado assustada sem saber como sair daquilo. O que os pais tinham na cabeça?

— Pois é.

Ele estremeceu, olhou para as próprias mãos e balançou a cabeça. Os dois ficaram em silêncio por algum tempo, e então Ed encheu novamente as taças, embora nenhum deles tivesse bebido nada.

— Eu sinto muito, muito mesmo, que ela não esteja mais com você.

— Bem, quer dizer, já se passaram *seis meses*.

Ela havia feito as contas: em duas semanas, ia fazer cinco meses.

Stevie, do ano passado, havia levado Nina para Roma para comemorar o aniversário dela. Era obcecado por café, a ponto de quarenta por cento de suas conversas serem sobre o assunto. No resto do tempo parecia tão melancólico que às vezes ela começava um papo sobre café só para animá-lo.

Embora a sensação de perda de Stevie fosse acentuada e integral, havia um certo egoísmo que ela achava de mau gosto. Ele se lamuriava como se fossem suas entranhas que tivessem sido amarradas, cortadas, envenenadas e explodidas, e, depois, que uma a uma suas funções vitais tivessem sido interrompidas. Pigarreava e baixava os olhos, trazendo à tona as provações do corpo que ele ainda carregava consigo. Ela já vira aquele estilo de luto muitas vezes, e sempre havia algo meio constrangedor na aura de performance. Não porque fosse falso, não era isso — na verdade era o contrário. Era a sinceridade de corpo e alma que a deixava meio constrangida. O luto certamente não devia vir com esse tipo de arrogância, como o tilintar de uma medalhinha da tristeza batendo sem parar. Será que ela preferia a vergonha ao orgulho?

Em Valência, Ed queria comer algo doce depois do bife, mas não sabia o quê. Nada de chocolate. Nada com frutas ou cremes, e nada de sorvete *de novo*.

— Talvez algo com amêndoas? — sugerira ela. — Embora talvez seja meio seco.

Como ele tinha confiança o suficiente para transformar isso no único tema de conversa durante onze minutos?

— Acho que vou só tomar um chá.

Chá era arriscado. Os dois já haviam experimentado uma situação desastrosa com chá no aeroporto, ao chegar, quando uma garçonete colocou um saquinho de camomila na xícara, encheu três quartos com leite frio e adicionou um pouquinho de água quente para equilibrar.

— Esta é a pior coisa que aconteceu comigo nas últimas décadas — afirmou ele.

— Meus mais profundos sentimentos — murmurou ela.

Não poderia passar por aquilo de novo.

Mas quando o chá chegou — não era tão ruim —, ele contou a Nina sua história favorita sobre Miranda. Já era a terceira vez, mas ela não se incomodava. Quando tinha vinte e dois anos, Miranda fora a um casamento e se sentara ao lado do tio da noiva, um senhor extremamente inglês.

— Cassie me falou que você é judia — dissera o tal tio, sir Jim, ou lorde Henry, ou qualquer outra coisa assim.

— Siiiim? — respondera ela, cautelosa.

Ed tinha usado exatamente essa palavra, *cautelosa*, e Nina gostou dela.

— Então me diga — bradara o homem, como se ter sua atenção já fosse em si um grande elogio —, por que o seu pessoal não se esforçou mais para se defender durante a guerra?

Bom. Ela foi para cima. Enquanto comiam a entrada (vegetais assados) e o prato principal (badejo), ela foi dando uma série de aulas de história, começando lá em Odessa nos anos 1950. Quando a pavlova de sobremesa chegou, ele já estava quase de joelhos.

— Que mulher! — disse Nina.

Era possível que Ed ficasse meio apagado na comparação. Era uma competição difícil para ele. A inteligência perspicaz de Miranda estava estampada no rosto dela.

— Ela com certeza era mais inteligente do que eu — disse ele.

As conversas dos dois sobre Miranda eram muito estimulantes. Às vezes, Nina pesquisava o nome dela no Google tarde da noite, já deitada sobre os lençóis vincados, pensando na própria vida. O que aconteceria no próximo ano?, perguntava-se ela. Por quanto tempo, exatamente, sua boa aparência ia durar?

Miranda tinha olhos verdes penetrantes e cabelos castanhos, e Ed tinha... Ela achava meio difícil lembrar quando não estava olhando para ele, além de que sua cor de modo geral era sempre meio bege.

Em Roma, Stevie havia narrado em detalhes os últimos dias de Kate — nenhum problema nisso —, mas quando chegara à parte em que descreveu a morte dela como se de fato estivesse acontecendo com ele, como se sua própria respiração começasse a se complicar e transformar no chiado rouco da morte, seus olhos encerrando as atividades, virando a plaquinha na porta de vidro, girando a maçaneta uma última vez, empilhando as cadeiras em cima das mesas pegajosas, ela pensou: *para mim, chega*. Ia resolver tudo no aeroporto de Heathrow assim que pegassem as bagagens na esteira. Ela era totalmente a favor de se colocar no lugar do outro, mas esse era um dos poucos exemplos de sentimento que não tinha qualquer aspecto comunitário, de empatia nem nada disso, porque no fundo ele só estava triste por ele mesmo.

Stevie via a morte como o ladrão que aparecia no meio da noite, mas havia se esquecido que já usara aquela expressão com ela ao falar dos problemas da inflação.

Como é que ele não conseguia enxergar a vastidão do que Kate havia perdido? Ela não tinha mais nenhum dia, por exemplo. *Aquilo*, sim, era o fim do mundo.

Havia um certo estigma associado ao homem que não conseguia evitar que a esposa tomasse o caminho da Morte. Era como um insulto pessoal, e eles levavam um tempo para se recuperar. Algo como fracasso, com certeza. Orgulho ferido. Que tipo de homem ordinário permitiria uma coisa dessas? Aquela ofensa pairava sobre todos os Eds, os Stevies, Rob, que viera antes de Stevie, ou talvez antes de James, ou será que foi Pete? Ainda assim, ela ficava muito feliz em consolar os despedaçados. Tinha em si compaixão para dar e vender, e era bastante democrática com isso, distribuindo-a para qualquer um que pedisse. E, como não podia deixar de pensar que a perda dessas mulheres não estava sendo lamentada adequadamente, ficava satisfeita em falar por horas e horas sobre as qualidades delas: o modo tímido como Miranda, ou era Kate (ou a Debbie de James ou a Cath de Pete), saía de casa para correr como se fosse ilegal; o hábito que uma delas tinha de colocar um lindo vestido para ir a uma festa, e então na última hora tirá-lo e ficar com a mesma roupa que usara o dia inteiro. A escocesa, muito correta em tudo — com a gramática, especialmente —, que gostava de usar um avental branco, passando os cordões pela cintura e fazendo um laço na frente, apenas para cuidar de seus afazeres. Aquela que tirava as sapatilhas vermelhas de couro assim que entrava no avião. A coloração dos mortos. Os arranhões nas botas de Miranda que fizeram Nina chorar inesperadamente ao pensar naquela independência de espírito e na ideia de que ainda tinham um longo caminho a percorrer. Ainda ficavam lado a lado, na porta dos fundos.

— Você desabou com as botas dela — disse Ed, visivelmente emocionado.

Aquilo mostrava a profundidade do senso de humanidade dela.

Em Valência, Ed falava alguma coisa. Nina tinha escovado os dentes com a minipasta e tomado dois comprimidos de paracetamol sem muito motivo, deixando ambos os buracos vazios na cartelinha prateada com quatorze coleguinhas deles.

— Acabei de me lembrar da última piada que Miranda me contou. Posso contar se...

— Por favor!

É estranho que o homem com quem você está saindo conte a última piada da esposa falecida. Algo que se chamaria de um ato de fala complicado. Estavam na cama. O notebook de Ed estava aberto, e ele bebia água de uma garrafa verde. Gostava do ar-condicionado bem forte, então ela precisava dormir de casaco.

— Por que todos os navios da Noruega têm códigos de barra?

— Não sei. Por que todos os navios da Noruega têm códigos de barra?

— Para serem escandinavos quando voltarem ao porto.

— Muito engraçado!

Ela riu tanto para provar que achara engraçado que a boca chegou a doer, embora não soubesse dizer o motivo. Ele riu também, riu dela rindo, e ela gostou.

Todos eles tagarelavam sobre a tensão sem precedentes de ter que começar de novo — voltar ao universo dos encontros, o estresse e a indignação com tudo —, porque as mulheres de agora eram todas gananciosas, manipuladoras e mercenárias, como se não fizessem mais boas mulheres como antigamente. A internet não ajudava, é claro, embora... O que eles pensavam que Nina era enquanto falavam essas coisas? Parecia que a morte das esposas lhes dava permissão para serem abertamente misóginos. Sempre fora assim? O tapete de sua preciosa vida doméstica havia sido puxado, embora ela acreditasse que, se pressionasse um pouco mais, eles também teriam dito que aquela mesma vida doméstica os limitara em um momento ou outro.

Toda sexta-feira, no horário de sempre, Nina ia até o Harmony para lavar a cabeça, onde pagava quatro libras a mais por ter cabelos compridos, abaixo do ombro. Ela às vezes achava que tinha o comportamento *muito* cavalheiresco, e que fazer alguma coisa bem feminina podia melhorar o equilíbrio no modo como era vista. O cabeleireiro ficava numa avenida de lojas, entre o fantasma de uma lavanderia que sofrera um incêndio recentemente e um café decorado em azul e branco com um quadro de giz do lado de fora, onde os proprietários escreviam mensagenzinhas teoricamente motivacionais horríveis. "Normalize ser gentil com as pessoas sem motivo" e coisas do tipo. Gulten lavou o cabelo dela com xampu e depois borrifou um *leave-in* chamado Integrity. Depois, Mehmet secou-o formando cachos, que criavam um "balanço" quando ela agitava os cabelos. Gulten e Mehmet eram pessoas sérias, trabalhadoras, dedicadas e bem-humoradas, que sofriam em silêncio em suas vidas, ela supunha. Gulten era mãe solo de três e era tão sensível que, quando um pensamento triste passava pela cabeça de Nina, Gulten parava de lavar, secava as mãos e vinha para a frente do lavatório perguntar se estava tudo bem.

— Com que idade as mães param de lavar o cabelo das filhas na Inglaterra? — perguntou Gulten enquanto massageava o couro cabeludo com cuidado, na sexta-feira de manhã antes da viagem para Valência.

— Não sei. Minha vida não foi assim. Mas acho, não sei, talvez uns nove ou dez?

— É a mesma coisa na Turquia — respondeu Gulten.

— De qualquer forma, não até os trinta e sete!

— Sua mãe ainda está viva?

— Não — respondeu Nina. Depois de cinco minutos de silêncio, completou: — Por que pensou isso?

No fim da infância, Nina não era exatamente moradora de Londres, e sim de diversas cidades extensas, irreconhecíveis e desoladas, que eram os hospitais, com suas próprias leis e regras, corredores intermináveis, iluminação sombria, piso de linóleo brilhante e campainhas que você tocava, esperava, e ninguém aparecia. Ela conhecia de cabo a rabo os quiosques esquisitos, as lojinhas que eram não mais que um buraco na parede, cheias de coisas estranhas tricotadas por voluntários em zigue-zague rosa e branco, capas para caixas de lenço, botinhas de bebê, e outras coisas que não havia em outros lugares, como pão de passas e maçãs enroladas em filme plástico. E então os elementos mais surreais de todos, médicos que desapareciam no meio da frase — para onde eles iam? —, e, no caso do departamento de radiologia no subsolo, que ela andara revisitando recentemente, aquele barulho lunático que parecia um piado de pássaros, só para que, além de tentar manter tudo sob controle, você ainda precisasse se esforçar para não achar que estava enlouquecendo, porque como era possível que houvesse pássaros no subsolo? Ela havia aprendido o que os moribundos tinham que deixar para lá. O universo infindável de perda e dor que sentiam por causa disso. Será que alguém já foi corajoso o suficiente para dizer: "Como você suporta deixar para lá tudo que nunca vai ver? É muita coisa. Me deixe ajudá-lo." O escândalo da morte. "Em nome da raça humana, eu peço desculpas" — ela conseguira arrancar um sorriso do rosto da mãe ao dizer isso, perto do fim.

Seu gosto por viúvos não era totalmente altruísta. Ela gostava da sensação três-na-cama que tinha na coisa toda. Havia o mesmo tipo de tensão e afrouxamento de uma ótima música. Coisas estranhas, tipo o jeito como no começo alguns deles tentavam não falar sobre a mulher de jeito nenhum, com uma determinação meticulosa, e aí três semanas depois abriam a porteira, o nome das mulheres aparecendo louca e indiscriminadamente mesmo quando só queriam falar "camisa" ou "telefone".

Às vezes choravam e se desculpavam, fora de controle, como se ela fosse encarar aquilo como uma espécie de motim contra seu charme e seus encantos. Ela não via as coisas dessa maneira. Era absolutamente normal ficar feliz com uma coisa e triste com outra ao mesmo tempo. Gostava de tomar o chá de manhã fervendo e quase gostava da sensação de queimar a boca. Devia ser meio parecido.

A ideia de um casal fofo com ela no meio a agradava. Era isso? A segurança dos números a confortava. Um sentimento de família. Ela sabia que não era muito velha para sua idade. E "amada e ausente" não era nem um pouco pior, na verdade, do que o "cabelo escuro, olhos escuros, usa tênis e deve apoiar o ANC" que estavam no topo da lista quando ela tinha cinco anos. Tinha algo a ver com as coisas que ficavam sob o guarda-chuva da "parentalidade", um desejo antigo de se sentir incluída. Importante. E ela não precisava ser o centro das atenções — não era competitiva, não precisava de um diagrama triangular exato, não, não —, era modesta. Podia ficar às margens, espreitando à sombra do casal conjugal. Debaixo do colchão, onde ficava guardado o dinheiro, ou no armário, com os segredos.

Adorava as histórias de belas criaturas em seus próprios contos de fadas, com trajes claros e esvoaçantes, esguias e ágeis e chapéus grandes com fitas penduradas que espetam os dedos ou se desfazem em água salgada. Ah, minha querida. Tratamento. Gotejamentos. Fios. Cirurgia. Perucas. A pele dela tão fina, quase de papel, com as veias azuis saltadas. Alimentação por um tubo no estômago: fossem frutas da floresta ou fibras sabor banana. Náusea líquida, por que não chamam assim? Um arremedo de comida — óleo vegetal misturado com milk-shake em pó sem lactose e suplementos de ferro baratos. Se fosse minha mulher, eu mesma teria criado uma mistura com couve, espinafre e vitaminas de alta qualidade, e feito até aulas de nutrição. Apesar de todos os sentimentos, que eles suportavam com coragem, às vezes parecia que tudo era trabalho demais para aqueles homens.

— Nossa, ela foi corajosa.

E ela lá tinha escolha?

O modo como essas mulheres praticamente se mataram para que tudo ficasse bem para todos. Para diminuir o baque. Por acaso homens que estavam morrendo também eram obrigados a fazer isso?

Algumas, é claro, morriam sendo as colegiais dedicadas que sempre foram, mandando mensagens com trechos de Keats aos entes queridos para levantar o ânimo, agradecendo — lembrem-se de se comportar! —, enviando respostas como "para você também" a mensagens desejando "todo o amor do mundo" e comprando presentes na Amazon para animar os outros quando elas mesmas estavam no fundo do poço. Helen — a mulher de Tom, de cinco anos atrás — deixara cartas de aniversário para a filha e as duas irmãs, marcando sua presença por anos no futuro. Era o que se esperava das mulheres que morriam hoje em dia. A criança podia ter quatro anos, mas você tinha que ter um plano para o presente de aniversário de vinte e um. Pérolas? Um cordão de ouro com pingente de cadeado? Será que ainda haveria pérolas? As pessoas ainda teriam pescoços daqui a dezessete anos? Até mesmo depois da morte, a tarefa de dar presentes competia às mulheres.

— Por que é que as mulheres são tão ansiosas? — perguntou Stevie a respeito de Kate.

— Talvez ela se preocupasse para que ninguém mais tivesse que fazer isso.

A resposta o calou.

O que as mulheres teriam feito se a situação fosse invertida! As obras-primas do cuidado, com qualidade de museu, para os moribundos. Não haveria aspas nas frases, nada de performance. Apenas força silenciosa, sem aquela encenação toda. O fazer-tudo-ficar-bem-para-todo-mundo, que era o arroz com feijão do trabalho feminino. As mulheres não teriam obrigado os maridos moribundos a tranquilizá-las quando estivessem à beira da morte.

Os homens diziam estar atormentados pela culpa, mas ela ficava chocada com o quanto eles se libertavam muito facilmente de qualquer responsabilidade.

— Várias vezes, durante a passagem dela, eu rezei o Pai Nosso. Ajudou de algum jeito. É impossível saber o que dizer numa hora dessas.

— Ela era religiosa, então?

— Não exatamente.

Desesperador.

Às vezes ela perguntava sobre as mães dessas namoradas e esposas. Era chocante ter que enterrar uma filha.

— Ela é muito ocupada e isso tem sido uma boa distração.

Nina sabia bastante sobre luto agora. Era visto quase como algo transgressor. As pessoas o rejeitavam com veemência, como se a experiência em si pudesse levar a um tormento contagioso ou até mesmo à morte. Então poucos se arriscavam. Estranho. Porque, para a maioria das pessoas, aquelas que viviam o luto de modo adequado, era uma prática que as dignificava como seres humanos. Ela odiava quando não mencionavam as mulheres durante muito tempo. Primeiro era uma tarde inteira sem pronunciar o nome, depois um dia, e então um fim de semana. Seu próprio pai tinha se casado novamente depois de um ano. Não é que a essa altura os homens parecessem exatamente desleais, mas aquela troca lhe caía mal. A diluição de algo. Era naquele momento que ela gostava de sair fora. Ia ficando um pouco menos disponível. "Aconteceu alguma coisa?", perguntavam, mas como é que ela poderia responder a verdade? "Sei que é maluquice, mas sinto saudade da sua mulher?"

Naquele dia, no bufê de café da manhã do hotel, Ed disse que sentia falta em especial das brigas.

— Miranda argumentava brilhantemente. — Ele enfiou a colher no ovo cozido e enrolou uma fatia de presunto de parma sobre o branco e o amarelo. O presunto era vermelho-escuro, como as vestes eclesiásticas nas pinturas espanholas. Ela gostou do que Ed disse sobre as discussões. — Ela me cobrava sobre minhas decisões. Me tornava uma pessoa melhor. Eu não escapava impune de nada. Não que eu…

— Conte mais!

— Tem certeza de que não se importa?

— Claro que não. Eu acabo me apaixonando um pouquinho por ela também, se isso não for esquisito.
Será que ele queria que ela se importasse? Ela queria que ele quisesse?

De repente, era a última noite. Ela ainda via colagens por todos os lugares onde passava. Uma laranja meio comida e alguns guardanapos amassados na sarjeta pareciam uma bailarina, se você se esforçasse para enxergar. Saíram para uma longa caminhada, e Ed disse que os troncos de árvores lembravam pernas de dinossauros. Uma sorveteria grande tinha um sabor chamado "Abuela" — era um bege rosado com pontos escuros, e os dois esperavam que tivesse sido feito pela ou para a Abuela, e não dela. Ed sorria muito. Estava muito, muito cansado, mas alegre. Ela se sentia cansada também. Num restaurante na beira da praia, foram vencidos pela maior paella do mundo. Beberam mais do que seria sensato. A luz piscou e apagou, e eles ficaram por um tempo sentados no escuro, ouvindo o barulho das ondas. Uma garçonete veio acender uma vela, e ela viu Ed olhando para seu rosto como se guardasse a promessa de mundos inteiros. Ela franziu a testa, em dúvida.

Naquela noite, na cama, ela de repente sentiu que era uma falta de tato terrível o fato de ter seios.
— Não parece certo. Sinto muito. É grosseiro da minha parte. Desleal — disse ela.
Um corpo que não foi remendado e costurado era uma espécie de traição àquele que fora. Será que Ed conseguiria admirá-lo com alguma decência?
— Você está sendo boba.
— Enfim, não são grande coisa, quer dizer, comparado com o que existe por aí. Com as possibilidades.

Ela começou a chorar. Ele chorou também. Os dois se abraçaram.

— Está tudo bem. Isso é bom. Estamos bem — disse ele.

Talvez pudessem embarcar nessa juntos?

Ela também estava doente. Vivia se esquecendo de lembrar. "Não é bom sinal, não mesmo", disseram o médico, a enfermeira. Se Nina se esforçasse, provavelmente poderia fazer Ed se apaixonar por ela nas próximas horas. Era reconfortante pensar que talvez ele sentisse saudade quando ela morresse.

COSPE-FOGO

ALI SMITH

O que a palavra significa?
Estamos num dia no começo dos anos 1970, não lembro exatamente quando, mas é um dia especial, histórico. Isso porque um homem chamado Chiefy e a esposa, que têm algo a ver com nossa mãe antes de ela ser nossa mãe, vão nos fazer uma visita.

Aquela é nossa casa, aquela ali no fim do quarteirão com outras seis, uma construção do pós-guerra, no meio desta rua longa e curva, na extremidade da assembleia estadual e depois das margens do antigo canal. As margens do canal são a vista de todas as janelas dos fundos da casa; o próprio canal, aliás, é histórico, escavado no norte da Escócia para servir à indústria nos anos 1820, e que acabou se revelando útil também décadas depois para despachar para o sul um grande número de soldados das Highlands a fim de lutar na Guerra da Crimeia.

Mas estou contando uma outra história agora. Lá está minha mãe, veja, fumando na cozinha e me dizendo para nunca fazer isso. "Todas as garotas fumavam. Todas nós. Não sabíamos que viciava. Agora não consigo parar." Ela termina o cigarro, apaga, joga o conteúdo do cinzeiro no lixo, limpa o cinzeiro com papel-toalha, seca, e então coloca duas balinhas na palma da mão e depois dentro da boca.

Um minuto depois, acende outro cigarro.

(Inventei essa parte. Não sei se ela fez essas coisas enquanto esperava as visitas, eu estava lá, mas não lembro. Consegui vê-la fazendo tudo isso em minha mente, ela fazia o tempo inteiro. Então é provável. Mas, pensando bem, naquele dia minha mãe estava sendo um pouco menos ela mesma do que o normal).

A pessoa que ela chama de Chiefy e sua esposa, a sra. Healy, estão vindo de algum lugar da Inglaterra e vão chegar a qualquer momento.

Tudo de que eu me lembro sobre aquele dia, cinquenta anos atrás...

Quer dizer, aqui no futuro, séculos depois do significado original da expressão "cospe-fogo", cujo primeiro uso registrado parece ter sido em 1650, época em que significava "uma pessoa dada a explosões de emoção, temperamento vingativo e raiva, especialmente uma mulher ou garota", e meio século antes de também significar, segundo os dicionários de gírias dos anos 2020, uma atividade sexual bem explícita que talvez fizesse meus pais empalidecerem e franzirem a testa, minha mãe ofendida, paralisada diante dos pratos do jantar, meu pai se levantando como um vulcão que tenta se conter, se algum de nós tivesse chegado em casa, digamos, na hora do almoço ou do jantar e contado para eles o que cospe-fogo viria a "significar" um dia em uma de suas versões...

Tudo que lembro é que essa era a primeira vez em que minha mãe via o homem de nome inusitado e sua esposa, desde que estivera na Força Aérea Auxiliar Feminina (WAAF).

Eu tenho uns nove anos, talvez dez, e sei que a WAAF tem algo a ver com a guerra do passado, com aviões, algo para mulheres, e que minha mãe era telefonista lá. Sei que Chiefy se chama Chiefy porque era responsável por alguma coisa na Inglaterra, onde minha mãe trabalhava na WAAF. Há algumas fotos em preto e branco da nossa mãe de uniforme, bem, de uma garota linda que se parece bastante com ela. Também tem fotos de um rapaz de uniforme que já foi nosso pai, embora mais magro e elegante.

Enfim, estou fascinada pelo entusiasmo que está, de fato, transbordando de minha mãe. Está se derramando dela como se fosse algo parecido com folhas de luz, como lençóis recém-lavados e cintilantes num comercial de sabão em pó. Isso é muito incomum para ela, sempre tão correta, sempre tomando cuidado para não se entusiasmar muito com nada, como se entusiasmo não fosse um comportamento adequado para uma mulher respeitável como ela. Embora, é verdade, eu também conhecesse seu lado malicioso, rebelde e hilário, mas apenas em seus termos e em seu próprio tempo, algo tão raro quanto avistar uma marta ou um gato selvagem. Mas aqueles momentos que revelavam o que havia de mais puramente indomável em minha mãe, algo que até uma criança de dez anos percebia, era o mais próximo que chegávamos do significado de palavras como *raro*, *inestimável*, *incalculável* ou *imensurável* ou *exuberante* ou *querido* — todas palavras para caracterizar e que nunca conseguem efetivamente caracterizar algo.

Naquele dia, a casa estaria impecável, reluzente. Sempre estava. Naquele dia, meu pai e minha mãe seriam extremamente acolhedores. Sempre eram, tinham algo que hoje em dia me parece uma ética de hospitalidade, algo quase heroico, de tão amigáveis e acolhedores que sempre eram com qualquer pessoa que eu, meus irmãos e minhas irmãs levássemos em casa ao longo de décadas, e também com qualquer pessoa que porventura batesse à nossa porta, vizinhos, amigos e completos estranhos, elegantes ou esfarrapados.

Mas a única coisa de que realmente me lembro desse dia é de minha mãe com uma energia fora do comum aguardando aquelas visitas, que tinham algo a ver com uma época sobre a qual ela quase nunca falava. Quase. Uma vez, quando eu era criança, ela me contou sobre um rapaz que conhecera na guerra e a esperava do lado de fora do prédio onde sabia que ela estava, e assobiava uma música que os dois gostavam para avisar que estava ali. Quando perguntei sobre essa história novamente, ela balançou a cabeça, como se eu estivesse falando alguma maluquice, eu havia inventado, ela nunca dissera aquilo. Às vezes cantarolava ou cantava uma música que tinha algo a ver com uma amiga da WAAF que emigrara para a Austrália, um lugar que só conhecíamos e conseguíamos imaginar por causa da série *Skippy the Bush Kangaroo*, que passava na TV. Todo ano recebíamos um cartão de Natal com uma foto de Maggie e sua família australiana, e isso, além da música "When You and I Were Young, Maggie", era basicamente tudo que sabíamos, durante a maior parte de minha vida, sobre a relação da nossa mãe com a guerra.

O que sabíamos sobre a relação de nosso pai com a guerra era que ele fizera parte da Marinha, que agora tinha pesadelos frequentes — nas manhãs depois de um deles, nossa mãe se certificava de que não o perturbássemos — e que suas medalhas, antes numa caixa debaixo da cama, haviam sido perdidas nas cinzas sobre as quais as garagens foram construídas quando minha irmã as encontrara e as levara para brincar no jardim muito antes de eu nascer.

Os visitantes pararam na porta de casa em um táxi? É improvável; meus pais nunca deixariam. É bem mais provável que minha mãe tenha mandado meu pai buscá-los de carro onde estivessem, na estação de trem talvez, para trazê-los. Há dois registros dessa visita, uma polaroide em preto e branco e uma fotografia colorida. Em ambas, Chiefy e minha mãe estão fumando, os cigarros alinhados simetricamente entre o indicador e o dedo do meio, e todos estão reunidos ao redor de uma poltrona. A sra. Healy está sentada, minha mãe e Chiefy em cada um dos braços, e meu pai atrás do encosto.

Nas duas fotos é meu pai quem menos parece ele mesmo, agitado, confuso e inquieto. Agora tenho a impressão de que era porque essa foi a primeira vez desde a guerra em que ele convivia com um homem — e na própria casa — cuja patente era a de alguém que poderia lhe dizer o que fazer.

Nas duas fotos, minha mãe, usando seu melhor vestido de 1971, olha direto para a câmera. Também não parece muito ela mesma, ou talvez pareça totalmente ela mesma. Em todas as outras fotos do álbum dessa época, ela aparece curiosa, irônica, com um olhar oblíquo. Nessas duas imagens, no entanto, está radiante de alegria.

Os dois estavam lá, Chiefy e a mulher, e então não estavam mais. Nunca mais nos visitaram, foi só aquela vez. Do nada apareceram e do nada sumiram. Só me lembro da porta da frente escancarada, minha mãe com um brilho que parecia emanar de dentro para fora, enquanto duas pessoas grisalhas, bem mais velhas até mesmo do que meus pais, saíam de um carro, abriam o portão de casa e andavam em nossa direção.

* * *

A única coisa que me restou das roupas que minha mãe usara ao longo da vida, três décadas depois de sua morte, é um botão.

Um botão do uniforme que ela usava em meados dos anos 1940. Pelo menos eu imagino que seja. Pelo que sei, as pessoas trocavam os botões umas com as outras quando eram desmobilizadas. Assim, nunca vou saber com certeza. Enfim, é feito de latão e ainda está brilhante, apesar de um pouco enferrujado. Tem uma coroa gravada na frente e um pássaro com as asas abertas embaixo da coroa, será uma águia? O bico é em formato de gancho. Uma criatura dos céus.

Na parte de trás do botão, em volta da alcinha de metal usada para prendê-lo na jaqueta ou casaco, estão as palavras *Buttons Ltd B'ham marca* e *registrada*, além da imagem de duas espadas cruzadas.

Não é que minha mãe tenha tido uma morte inusitada ou que a casa tenha pegado fogo com todas as roupas dentro nem qualquer outra coisa bizarra assim. Não, é só que tudo desapareceu mesmo, sabe Deus onde foi parar. Ela morreu relativamente jovem. Com a idade que tenho agora. (Acho que é por isso que considero uma idade ainda muito jovem para morrer.)

Além do botão, também tenho alguns livros de quando ela era estudante no norte da Irlanda. Tinha treze anos. Ganhara uma bolsa de estudos. Era inteligente. O pai dela morreu. Ela teve que desistir da bolsa de estudos e cruzar o mar até a Escócia, onde havia familiares que mandavam dinheiro para casa e também mais chances de conseguir um emprego se você era católico do que na Irlanda dos anos 1930. Minha mãe arranjou trabalho como motorista de ônibus na rota que cruzava a estrada costeira Moray Firth. Eles a chamavam de Paddy, porque era irlandesa. As motoristas de ônibus de Inverness ainda deixavam que eu e meus irmãos andássemos sem pagar até os anos 1960 e 1970, porque haviam trabalhado com minha mãe, embora ela tenha ficado lá por pouco tempo, só até ter idade para se alistar na WAAF, já quase no fim da guerra.

Esses dois livros escolares que eu tinha foram as únicas coisas que minha mãe levou consigo ao sair da Irlanda, e que manteve até o fim da vida. Um é um exemplar de *Rip Van Winkle e outras histórias*, de Washington Irving. O outro é uma gramática introdutória de língua inglesa. As marcas de lápis e sublinhados da gramática são interrompidos lá pelo primeiro terço do livro. Foi quando ela abandonou a escola. Ambos os livros têm o nome dela escrito cuidadosamente com tinta, e o nome da escola, Loreto Convent. Na parte de dentro da contracapa de um deles, minha mãe desenhou um contorno que parece ser de sua mão esquerda. No terceiro dedo, acrescentou um anel de casamento. Ela guardava esses livros debaixo dos sapatos, no fundo do armário do quarto dos meus pais, com todos os casacos, blusas e jaquetas em cima, imaculados, como novos.

Alguns anos atrás, deixei a gramática cair e sair capotando por uma escada. Escorregou de minha mão, de uma pilha de livros que eu carregava. A lombada de tecido e papelão, que se mantivera sã e salva por mais de oitenta anos, rasgou no meio.

O botão eu mantenho em minha mesa.

De vez em quando dou uma olhada para garantir que não fiz a besteira de perdê-lo.

Já que meus pais estão mortos, já que há tantas coisas sobre as quais não tenho a menor ideia em relação às vidas deles, já que meus irmãos mais velhos parecem saber tanto quanto eu quando pergunto qualquer coisa sobre o tempo de nossa mãe na WAAF, resolvi pegar para ler neste verão uma pilha de livros que comprei no Abe e no eBay, escritos por mulheres, sobre o período em que trabalhavam na WAAF.

A WAAF in Bomber Command [Uma oficial da WAAF no Comando de Bombardeiro]. *Sand in My Shoes* [Areia em meus sapatos]. *Tales of a Bomber Command WAAF (& her horse)* [Contos de uma WAAF no Comando de Bombardeiro (e seu cavalo)]. *More Tales of a Bomber Command WAAF (& her horse)* [Mais contos de uma WAAF no Comando de Bombardeiro (e seu cavalo)]. *We All Wore Blue* [Todas usávamos azul].

Está vendo só, eu nem sabia que todas usavam azul; todas as fotos que eu já havia visto eram em preto e branco. De qualquer forma, as autoras desses livros de memórias, escritos já no fim da vida, haviam sido jovens inglesas de classes média e alta (*e seu cavalo*), e não haviam levado uma vida nem um pouco parecida com a da minha mãe, que teve uma infância não inglesa e relativamente pobre. Mas todos esses livros tinham em comum algumas coisas das quais a história de minha mãe estava impregnada.

Em um deles, uma ótima escritora chamada Pip Beck me conta que em geral o sargento de voo de um esquadrão era chamado por todo mundo de: Chiefy. Ela resumia qual era a sensação de, naqueles tempos, ser uma mulher, jovem, num comando de bombardeiro: "um momento em minha vida quando tudo era novo e empolgante; uma época de que nunca vou me esquecer. Um novo mundo se abriu."

Depois de se alistar na WAAF, a primeira visão das aeronaves imensas, estacionadas e aguardando como se fossem animais colossais, como gigantes alados, nas bases operacionais de bombardeiros. O cheiro e o som daquelas máquinas com suas asas abertas, a vibração do chão debaixo delas. A longa extensão verde dos campos de aviação bem cedinho de manhã, no fim da tarde, do inverno à primavera, do verão ao outono, neblina, sol, chuva, neve. As camas de metal, os colchões de palha, que todas chamavam de *biscuits*, a lista de tarefas e os cobertores escuros, tão inúteis que a autora do *e seu cavalo* chega a registrar que não serviam nem para os cavalos. O "toque da alvorada". Os sutiãs feitos de "algodão grosso e áspero, com alças da largura de um cinto de homem e fechos e ganchos tão firmes que poderiam ser usados para amarrar o estofado de um conjunto de sofás inteiro", como explica a autora de *Todas usávamos azul*. Um negócio chamado calça fatigue. Um negócio chamado *jankers*. A inspeção de kits, as máscaras de gás lacrimogêneo, o alfabeto fonético que os operadores de rádio aprendiam (era isso que minha mãe era? Operadora?). Identificação de aviões. O pagamento diário (1 xelim e 4 pence, exceto se você estivesse em "missão especial", quando aumentava para 2 xelins e 3 pence). Mandar dinheiro para casa; não importava a que classe pertencessem, todas faziam isso. A comida. Bolinhos de peixe com batata frita, 10 pence. A loja das Forças Armadas, onde se podia comprar toucas de rede para o cabelo, biscoitos, café, chá, sabão em pó e antiácido. A camaradagem. As amizades. Os rapazes e homens interessantes que chegavam cheios de risadas, piadas e flores, e levavam as oficiais da WAAF que estavam de folga para assistir aos últimos lançamentos nos cinemas. As sirenes de ataque aéreo, o reboco do teto e das paredes se soltando quando as bombas caíam próximo ao Waafery ou ao Rancho. Palavras como Waafery e Rancho. O abrigo Nissen. Os códigos e sinais dos operadores. Controle de voo. Sally. Joan. Pip. Sylvia. Muriel. Maureen. Di. Audrey.

 Acima de tudo, o que todos esses livros têm em comum de verdade é o entorpecimento e o horror diante da quantidade de rapazes com quem elas saíam, dançavam a noite toda, iam ao cinema, por quem se apaixonavam, com quem estavam prestes a casar, todos os Normans, Johns, Bills, Gerrys, Tonys, Jocks, Cecils, Franks e Peters, que numa noite saíram em seus aviões Spitfire, Anson, Lancaster, Hampden ou Wellington e não voltaram na manhã seguinte. Abatidos enquanto sobrevoavam Quiel, Ausburgo, Dusseldorf ou Hamburgo. A "estranha intimidade oca", descreve Pip Beck, ao perceber que a última voz que aqueles cinco rapazes num avião abatido ouviriam seria a sua. "Nas estatísticas da Força Aérea Real (RAF), aquela era uma pequena tragédia cotidiana."

E quando alguém fica sabendo que a sua pessoa não voltou, ou então as cartas constantes, sejam ardentes ou amigáveis, de repente param de chegar? Ansiedade. Mau presságio. Lágrimas silenciosas. "Nós aceitávamos, dávamos de ombros e dizíamos: 'É assim que é'. Mas no fundo, todas sentíamos uma tristeza torturante." Embora também acontecessem coisas do tipo: "estado de colapso completo [...] não havia nada que pudéssemos fazer por ela [...] atendimento médico [...] sedada [...] seu luto emocionou todas nós. Nunca soubemos o que aconteceu com ela."

O que essas mulheres tinham em comum, e aprenderam a suportar, era a perda interminável.

Eu não tinha quase nenhum conhecimento sobre aviões Spitfire antes de escrever este texto que você lê. Sabia um pouco por causa do filme de propaganda de guerra chamado *Por um ideal*, no qual Leslie Howard e David Niven projetam, constroem e testam essas aeronaves. No longa, também dirigido por Leslie Howard, ele interpreta RJ Mitchell, o primeiro homem a projetar o Supermarine Spitfire, um avião inspirado nas aves marinhas, com um único conjunto de asas e a envergadura como parte do chassi, em vez de asas separadas e adicionadas posteriormente. Mais poder de fogo, mais leveza, velocidade e versatilidade aeronáuticas.

O próprio Howard, um ator e cineasta discreto, bonito e atencioso, morreu pouco antes do lançamento do filme, quando a Luftwaffe derrubara o avião de passageiros em que ele viajava de Portugal para a Inglaterra. Sei que dizem que o filme tem algumas imprecisões históricas, que Howard não se parecia em nada com Mitchell, que eram homens de classes sociais bem diferentes. Sei que o filme está cheio de pilotos reais dos Comandos de Caça da RAF em papéis não creditados e que vários deles também já haviam sido mortos em ataques reais quando o longa foi lançado.

Sabia que a grande comediante, estrela do cinema e cantora teatral Gracie Fields, grande nome dos anos 1930 e que havia sido condenada pelo público britânico por "fugir" durante a Segunda Guerra Mundial e ir viver em Capri com o marido, diretor de cinema italiano, fora responsável por angariar milhões de dólares e libras, dos dois lados do Atlântico, que então doou para os fundos da Marinha e para a construção de aviões Spitfire.

Isso era tudo que sabia quando concordei em empregar neste conto uma das palavras usadas ao longo dos séculos como sinônimo de mulheres fortes demais, que falavam abertamente sobre qualquer assunto; esta palavra, *spitfire* [cospe-fogo], que em sua versão aeronáutica do século XX tinha tudo a ver com a vida da mulher calma, respeitosa, contida, discretamente maliciosa e muito refinada que era minha mãe.

Consigo imaginá-la agora, em algum momento nos anos 1960 ou 1970, aqueles tempos uau-tão-liberais-para-as-mulheres, sentada com uma amiga na mesa de fórmica da cozinha, as duas com quarenta e poucos anos, e a amiga rindo de algo engraçado que minha mãe disse, e ela rindo também, mas levando o rosto às mãos, e, mesmo sendo criança, eu compreendo que ela está fazendo isso, modulando a força do próprio espírito, em parte para não parecer extravagante demais diante do marido e dos filhos em casa, ou da própria amiga sentada à sua frente, uma amiga que sempre estará pronta para julgar, como qualquer outra mulher ou homem ou membro da família quando se trata de avaliar o comportamento de mulheres e mães em público ou até mesmo em particular, no conforto de suas casas.

Também sei que era da natureza dela, algo tão importante quanto seu senso de hospitalidade, agir quase o tempo inteiro com extremo cuidado de modo a neutralizar as ameaças, quaisquer que fossem, com uma educação cuja raiz é um tipo puro de poder, com um mínimo de contenção que, em essência, tanto prova quanto preserva tudo que há de feroz, selvagem e profundo dentro de nós.

Pergunto a meu pai. *O que é chuva radioativa?*

O que é o quê?, diz ele.

Tenho sete anos e coleciono livros do Snoopy. Mostro a página onde o personagem chamado Linus, o mais filosófico, está caminhando, olha ao redor e vê vários pontinhos caindo do céu, e então começa a correr feito um doido, encontra o personagem chamado Charlie Brown, o sacode pelo colarinho e diz: ESTÁ ACONTECENDO, CHARLIE BROWN! ESTÁ ACONTECENDO COMO ELES DISSERAM! Charlie Brown fala que é só o inverno, que está nevando. Minha nossa, diz Linus. Achei que era a chuva radioativa.

O que é chuva radioativa?, pergunto.

Meus pais se olham. Meu pai explica sobre explosões nucleares.

Eles tinham que fazer aquilo, afirma minha mãe. *Precisavam acabar com a guerra.*

Anos depois, eu já adolescente, estou sentada na sala lendo o livro *Hiroshima*, de John Hersey, e meu pai e minha mãe se olham de novo.

Quando chego em casa com panfletos sobre a guerra nuclear e começo a usar um broche que diz BALEIAS GAYS CONTRA A BOMBA, meu pai diz, isso aí, garota. Minha mãe diz, muito séria, que se alguém resolver passar muito tempo pensando sobre essas coisas, vai acabar enlouquecendo.

Que coisas especificamente?, pergunto.

Ela franze a testa.

Todas elas, responde.

Até pouco tempo atrás eu achava que a versão de meu pai sobre como ele e minha mãe se conheceram era a única. Essa versão era assim: ele se alistou na Marinha assim que atingira a idade mínima obrigatória, em 1942. Lá, formou-se para ser eletricista. Nos últimos dias da guerra, estava de volta à Inglaterra, doente, e fora enviado junto com um colega para instalar alguma coisa no vestiário de uma base local da WAAF. Os dois acharam que seria divertido dar uma olhada nos armários e vasculhar os pertences das mulheres.

Iam abrindo uma porta atrás da outra e tirando roupas íntimas, todas as coisas secretas das garotas. Mas, quando meu pai abriu um armário específico e viu tudo perfeitamente dobrado, limpo, imaculadamente arrumado e organizado, disse para o colega: É essa. Vou encontrar essa garota e vou me casar com ela. Então viu a quem pertencia o armário, chamou-a para sair, e, naquela noite, no bar, tirou do bolso o anel de noivado da mãe dele, que estava guardado desde que ela morrera, então mostrou para minha mãe, e todo mundo ao redor começou a gritar, eles vão ficar noivos! Eles vão ficar noivos! O que, alguns anos depois, os dois acabaram ficando mesmo.

    Durante muito tempo eu achei que essa história, embora fosse romântica, tinha em seu cerne um machismo geracional inerente, uma atração por uma boa empregada e dona de casa na mulher que você deseja etc. Recentemente, como se eu visse dentro de minha cabeça um prédio bombardeado com as ruínas de seu interior espalhadas por todo canto, entendi a história de um jeito diferente. Meu pai se alistara na Marinha para escapar da fábrica de tijolos onde trabalhava quando criança. Um dia, uma das alas da fábrica foi atingida por uma bomba, e ele estava numa oficina não muito longe do impacto. Viu os tijolos da parede da sala onde estava de repente se dobrarem como se fossem elásticos, e então tudo naquela sala, as bancadas, as cadeiras, ele mesmo, tudo voou em câmera lenta pelos ares, e seu corpo se chocou contra a parede do lado oposto.

    Depois, na Marinha, um dos navios em que ele estava foi torpedeado. Meu pai estava no convés inferior. Conseguiu sair no último momento e foi resgatado por um bote salva-vidas. Muitos de seus amigos não sobreviveram.

    Pouco depois, seus braços e pernas pararam de funcionar, simplesmente se recusavam a se mexer como deveriam, e então ele foi enviado pela Marinha para um outro navio no Canadá para se recuperar. Ele se recuperou. Foi dispensado e veio para Nottingham, e o que trouxe com ele, um presente para a mãe, foi um jogo de jantar de cinquenta e seis peças. Por incrível que pareça, o jogo chegou inteiro, mais ou menos como ele.

    Meu pai nunca falou sobre nada disso até já estar bem mais velho, quando tudo na TV de repente parecia ser sobre a guerra, as várias efemérides, de quarenta, quarenta e cinco, cinquenta anos. Foi só aí que ele começou a falar.

Uma das minhas irmãs, que ainda tem o que sobrou daquele jogo de jantar em sua cristaleira, me contou há pouco tempo a versão de nossa mãe para o primeiro encontro dos dois.

Eu estava nos chuveiros, tinha lavado o cabelo e saí de lá com a toalha amarrada na cabeça. Então um rapaz veio na minha direção, assobiou e depois teve a insolência de me chamar para sair. Olha só! Não me interessou. Tinha achado mal-educado, dei uma bela bronca nele e disse que se quisesse alguma coisa comigo ia ter que mudar aquele comportamento.

Foi a primeira vez que ouvi essa história. Ri alto.

Isso também me lembrou de um momento que eu havia esquecido. Um dia, já mais velha, voltei da faculdade para as festas de fim de ano, com uns vinte e poucos anos e cheia de amores secretos, ou pelo menos amores sobre os quais não contava para ninguém da família, com certeza não para a minha mãe, que já estava mais velha e enfraquecida graças a anos de uma doença coronária não diagnosticada, frágil demais para alguém de cinquenta e poucos anos, e então ela me levou de carro para uma volta na cidade. Saímos, e minha mãezinha frágil pisou fundo no acelerador, e ali, no banco do passageiro, eu tive aquela revelação repentina da personalidade interna de alguém, algo que você só percebe quando é passageiro e a pessoa está dirigindo, algo que não se diz em voz alta para não tirar a confiança — que minha mãe não era apenas uma ótima motorista, era também uma pessoa destemida, uma mulher que não se intimidava com nada.

* * *

Minha mãe morreu em 1990. No dia seguinte, movida por um instinto que sei não explicar, fui até o quarto dos meus pais. Peguei seus óculos na penteadeira, aquela coisinha através da qual ela via o mundo. Abri a gaveta e peguei sua escova de cabelo favorita. Ao fechar a gaveta, encostei em uns papéis que estavam presos entre o forro e a frente de madeira. Peguei-os.

Eram quatro pequenas fotografias, antigas e retangulares, do tamanho da palma da mão. Nunca as tinha visto antes.

Coloquei-as no bolso. Sabia que devia guardá-las comigo.

Os óculos e a escova já se perderam; quando meu pai se mudou de casa, alguns anos depois da morte dela, ele e meu irmão limparam o quarto que tinha sido meu e jogaram quase tudo fora, e os óculos e a escova que eu guardava na mesinha de cabeceira? Só Deus sabe.

Ainda tenho as fotos. São o seguinte:

Em três delas, todas as pessoas, homens e mulheres, estão de camisa social e gravata. Uma fotografia é de duas moças paradas debaixo de uma árvore. Só Deus sabe quem são. Nenhuma delas é minha mãe nem sua amiga Maggie. Mas Maggie está em todas as outras fotos; eu a reconheci, assim como minha mãe e um rapaz muito bonito e sorridente que não se assemelha em nada a meu pai e que aparece com os braços ao redor de minha mãe.

Em uma delas, minha mãe abraça esse homem de um lado, e com o outro braço envolve a amiga.

Em outra foto há uma fila de oito jovens com seus uniformes escuros da WAAF e da RAF, minha mãe em pé no meio de dois rapazes. Ela segura as mãos dos dois.

Foi apenas uma vez, uma vez só, que ela falou como era. Foi numa tarde de verão depois do almoço, alguns anos antes de ela morrer, eu ia pegar o trem dali a pouco de volta para a universidade e estava sentada na mesa da cozinha enquanto ela terminava de passar roupa. Não sei por que tocou no assunto, foi a única vez, e, por um breve momento, nem levantou a cabeça nem tirou o olhar da roupa que passava. *Se levantar de manhã, tomar café, ver no quadro de giz os nomes dos aviões riscados, os nomes daqueles que não voltaram.*

Então ela parou de falar. Virou-se para mim, depois olhou para baixo de novo, balançou a cabeça.

O ferro soltou seu vapor, o cheiro de roupas limpas no ar.

Eu entrei no carro, me despedi com um aceno, e meu pai me levou até a estação.

IRASCÍVEL

RACHEL SEIFFERT

Polônia, 1942

A escadaria estava vazia.

No segundo andar, Esther bateu à porta, depois bateu de novo, como Witek havia lhe ensinado. Então esperou em silêncio.

Ela chegou rápido. Com passos leves nos cruzamentos, pelas calçadas e sobre os paralelepípedos, cruzou metade da cidadezinha pouco antes do toque de recolher. Na escada, no entanto, pisou com cautela, pousando os pés, *agora com cuidado*, em cada patamar. O couro do sapato roçava na pedra, o cascalho preso entre a sola e o degrau. *Cascalho do bairro* que ela havia carregado até ali, Esther pensou, apesar de toda precaução.

Havia sido seguida ao longo de duas ruas; tinha quase certeza.

Para ser exata, Esther não havia visto ninguém, mas sentira: aquele desconforto na boca do estômago, atrás do pescoço. Pensando bem, era impossível caminhar para além do bairro sem sentir aquilo. Esther era uma garota do bairro, e temia que isso ficasse evidente mesmo com o casaco de garota-da-cidade que usava quando saía para resolver essas coisas e o sapato de garota-da-cidade que Rivka conseguira para ela. *A gente arranja quase qualquer coisa quando precisa.*

Ainda aguardando no patamar da escada, Esther olhou para o couro do sapato, tentando se consolar. A irmã havia polido do jeitinho que aprenderam quando eram crianças, do jeitinho que a mãe polia todos os sapatos que o pai fazia. Mas naquele momento Esther precisava ficar de olho em seu rastro, checar se havia alguém observando da pouca luz que saía para a escada. Na cidade, as sombras se moviam além das janelas empoeiradas.

No bonde, um homem se demorara demais olhando para ela. Havia olhado para os tornozelos primeiro, com as fivelas de garota da cidade; depois observou as panturrilhas. Esther sabia como os homens da cidade olhavam para as garotas. Rivka escovara seu cabelo até desfazer os cachos, e Esther percebia que os homens gostavam: liso e ruivo na nuca, nas têmporas. Quando ela fizera sinal para descer, ele a encarara, os olhos cinzentos firmes e reluzentes; um brilho leve e ávido em cada pupila, como se ela tivesse lhe agradado. Ou — será que ele a havia achado risível? Será que havia captado quem ela era? Uma filha de sapateiro do bairro; uma esposa de gráfico do bairro. Esther sentira alívio ao descer.

Desde que Witek não conseguia mais, ela já havia feito aquele caminho nove vezes. Pegar o bonde primeiro, depois andar três ruas, virar duas esquinas, como ele fazia. Todos os meses, Esther saía do bairro com a bolsa vazia e voltava com o forro repleto de folhetos e um cheiro da tinta impregnado nos dedos. Era um cheiro de esperança, mas também de medo — os dois ao mesmo tempo —, e Esther sabia que Witek sentia falta daquilo.

Só pela forma como ele apertava os dedos dela quando voltava para casa, tirando as mãos do lençol para segurar as dela.

Esther bateu à porta novamente. Ouviu e esperou na escada. O tipógrafo morava no segundo andar. *Gorski*. Conhecia Witek havia tempos; desde quando o bairro era apenas um bairro, e não um gueto sem muros.

— Esses alemães. Acha que vai demorar quanto tempo até prenderem vocês dentro dos muros?

Foi isso que ele perguntou a Esther da primeira vez em que ela o visitara — com a voz abafada, no corredor, depois de fechar a porta. As paredes eram cobertas de livros, todos bagunçados; o casaco largo nos ombros; ele tinha um olhar firme e meio torto, mas nunca cruel.

— Sabia que já fizeram isso em Varsóvia? — perguntara ele.

Esther assentira.

Tinham levado alguns homens do bairro para trabalhar lá havia pouco tempo; ela assistira à coisa acontecer da própria janela. Os alemães foram buscar trabalhadores do setor têxtil e foi assim que anunciaram nos alto-falantes: *vocês, alfaiates do bairro*. Os alemães disseram que precisavam deles para fazer os uniformes dos soldados da Wehrmacht. Mas então levaram todos os homens que encontraram na rua naquele dia, sem distinção; todos que moravam no cortiço em frente ao dela; eles os perseguiram e carregaram em caminhões com a caçamba aberta.

Esther e Witek estavam casados havia poucas semanas naquela época, a cerimônia ainda um momento de felicidade dentro deles. *Mazel Tov!* Haviam quebrado o copo e selado a união, e então comemoraram por um dia e uma noite inteiros; todos os primos e amigos, os vizinhos, reunidos nos pequenos cômodos da casa da irmã dela. Rivka abrira os braços, desafiadora: *Ainda vivemos nossas vidas, minha irmã, apesar destes alemães.* Até Mordechai havia sorrido naquele dia, o querido Mordechai de Rivka, tão chocado com as novas leis, e tão amedrontado também; até ele levantou o copo para brindar à resistência às ordens alemãs.

Mas então outros alemães vieram de Varsóvia. Em uma tarde horrorosa, capturaram professores, vendedores e carpinteiros; levaram garotos que mal haviam saído da infância e avôs.

Quem está seguro aqui? Esther ficara acordada a noite toda, com Witek deitado, também acordado, ao lado dela; de manhã, ele fora até Gorski. *Ele vai saber quem pode nos ajudar; vai saber como encontrá-los.*

A brisa da cidade que trazia a areia da periferia até as calçadas do bairro vinha dos canaviais e das margens do rio. E era lá, Witek contara, que algumas pessoas haviam passado a montar armadilhas para os alemães. Furavam pneus de jipe, capturavam a patrulha a pé — e até soldados. Quando os alemães começaram a chegar com seus aviões de combate e sua estratégia Blitzkrieg, um Messerschmitt caiu na água da plantação, e os cortadores de cana viram. Trabalhavam abaixados, mas então levantaram a cabeça e foram seguindo a nuvem de fumaça e o rastro branco do paraquedas do piloto. Encontraram o filho da mãe, soltaram-no das cordas com as facas de trabalho, puxaram-no do lugar onde estava escondido, e então desfilaram com ele pelos povoados, o rosto endurecido pelo medo e pela lama do rio, os pulsos amarrados com arame.

O que fizeram com ele depois? A história deixou Esther chocada. *O que teriam feito conosco, você quer dizer?* Witek segurou as mãos dela: era assim que precisavam pensar sob o domínio dos alemães.

Ele disse que os cortadores de cana haviam se tornado combatentes, formado grupos de guerrilha, e que qualquer homem da cidade podia se juntar a eles; precisavam apenas ir até as aldeias e os vales. Witek ainda estava bem naquela época; seu objetivo era ser como eles. Dizia que os homens do bairro precisavam revidar, e não ficar esperando até serem levados para Varsóvia. *Para sabe-se lá o que os alemães estejam planejando fazer conosco ali.* Foi esse o alerta que Witek fez. Além disso: *Todos nós que vivemos sob domínio alemão devíamos ajudar uns aos outros, não?*

— Seja lá o que estejam fazendo com vocês, judeus, os poloneses vão ser os próximos da lista.

Isso foi o que Gorski disse a ela na primeira vez que Esther foi até ele.

Ela tinha batido à porta — depois de novo — e esperou. Quando Gorski a deixou entrar, ficou parado olhando para ela por um longo tempo, sério, entre as estantes de livros.

— Então é você a noiva de Witek, hein? Vai ser nossa mensageira enquanto nosso Witek está acamado?

Ele era um amigo antigo de Witek, então levara um tempinho para Esther se afeiçoar a ele. Eram os panfletos que o homem entregava, ainda quentinhos da gráfica, que a motivavam a voltar. A tinta era escura, ousada, furiosa, e convocava recrutas entre os homens da cidade. *Ombro a ombro.* Também relatavam os sucessos. *Doze jipes incendiados, cinco caminhões de abastecimento da Wehrmacht.* Mas o melhor eram os avisos para os invasores. *Você não está seguro aqui.* Por toda a Polônia havia grupos de guerrilha se formando, e eles não apenas capturavam os pilotos ou os jovens soldados que patrulhavam a área dos canaviais. Haviam atacado até uma loja de munições em Białystok! Atirado num tenente-general em Cracóvia! (Esther ficara surpresa e esperava que tivesse sido com um rifle alemão.) Levava cada novo lote de impressões para Witek em casa — carregando o risco e o triunfo dentro do tecido da bolsa — e então os colocava em cima da cama e ajeitava o marido sobre os travesseiros para que pudesse ler. Esther se deitava ao lado de Witek para sentir o bem que aquilo fazia a ele.

Ela não sabia quem afixava os folhetos. Witek dizia que assim era mais seguro; era assim que Gorski e o pessoal dele organizavam. Cada um ia passando os panfletos para o próximo — em seus dias mais fortes, Witek ainda conseguia fazer isso —, e então esse próximo pegava sua parte e passava o resto para um terceiro, e assim por diante. E se um deles fosse capturado — ou até mesmo dois, três ou quatro —, nunca poderia entregar todos os nomes envolvidos. *É toda uma rede*, explicara ele a Esther. Ah, como aquelas palavras a deixavam esperançosa.

Os alertas impressos de Gorski eram afixados em paradas de bonde, ao lado de vitrines de lojas, em outdoors; homens da cidade os carregavam por todo o distrito e arredores. Esther já tinha até visto um pregado num muro no bairro. Fora pega totalmente de surpresa ao ver aquilo — tão ousado, ali na esquina! —, bem do lado das lojas de produtos racionados, onde todo mundo, *todo mundo* passava. Achou que Witek era o único que tentara fazer aquilo — quando ele ainda estava bem — e todos os seus cartazes foram arrancados em questão de poucas horas.

E se um alemão visse? Mordechai tinha avisado que aquilo era uma loucura. *Loucura. Vocês não entendem o perigo que isso pode atrair para nós?* Esther já tinha até se perguntado se o próprio Mordechai estava entre aqueles que rasgavam os cartazes. O querido Mordechai, que fora impedido de exercer seu ofício sob as novas regras, as mãos boas de sapateiro inúteis ao lado do corpo, os dedos sem qualquer serventia.

Mas o aviso que Esther vira perto das lojas de produtos ainda estava lá quando passou no dia seguinte, e no próximo também. E a cada vez que ela chegava em casa e contava isso a Witek — *sim, hoje ainda está* —, ele segurava as mãos dela, os olhos brilhantes de um jeito que ela não via havia muito tempo. O bairro estava criando coragem.

Na escadaria de Gorski, Esther bateu à porta pela terceira vez.

Então fixou os olhos à frente sob a luz fraca e inclinou a cabeça para ouvir atrás da porta.

O ato mais corajoso dos homens do bairro também havia sido o mais barulhento. A explosão ressoara por todos os terraços e fizera tremer portas e janelas. A bomba — *bomba? Mas como?* — lançava sua fumaça escura bem alto no céu de meio-dia.

A notícia se espalhou depressa, sobre a bravura, a pura inventividade, os boatos correndo de porta em porta nos corredores do prédio de Witek e Esther. Alguns diziam que os homens eram estudantes, aprendizes de alfaiate, outros que eram farmacêuticos — *ou, pelo menos, devem ter conseguido materiais com algum*. O senhor que morava no andar de baixo havia sido farmacêutico; ele contara a Esther — cheio de orgulho — como os homens recolheram lâmpadas elétricas de cômodos vazios do bairro e as encheram de ácidos — *a gente arranja qualquer coisa quando precisa* — e então as lançaram pelas janelas dos escritórios do governo alemão. As chamas duraram horas. Uma vitória! Esther ficara observando a fumaça subindo; tinha ajudado Witek a descer as escadas e ficar de pé ao lado do vizinho mais velho, enquanto todos os outros se reuniam, arrebatados, na calçada do lado de fora.

* * *

Já era noite quando os alemães vieram procurar os culpados.

Chegaram destruindo o bairro.

Esther estava acordada dando água a Witek quando eles chegaram ao cortiço. Primeiro ela ouviu o barulho dos passos no andar de baixo, e depois os murros na porta do vizinho. O som a deixou paralisada. Os gritos, tudo parecia tão perto, tão alto, que ecoava nas paredes. E quando derrubaram a porta, dava para perceber que era bem debaixo do assoalho deles, exatamente embaixo das solas de seus pés.

O vizinho gritava e chamava alguém para ajudá-lo, enquanto Esther segurava firme o copo — para não deixar cair, para não quebrar, para não chamar atenção dos alemães. Não sabia o que era pior: os gritos do vizinho, pedindo que os alemães parassem, ou o silêncio que veio depois que o calaram.

Tão de repente quanto chegaram, eles foram embora.

Naquele silêncio horrível, Witek tinha vestido a camisa e a calça. Esther observara quando o marido saiu descalço para o corredor. Ouvira a batida cautelosa à porta do vizinho, o sussurro que ficou sem resposta.

Desaparecido.

Ali, em frente à porta de Gorski, Esther não se atreveu a bater mais uma vez.

A escadaria estava silenciosa, assim como a rua. Esther sentiu na boca do estômago, no arrepio atrás do pescoço — os alemães haviam passado por ali também.

Você sabia que os alemães talvez fossem atrás dele? Ela e Witek estavam deitados, mais uma vez acordados naquela noite. Esther chorava, lágrimas de medo e de fúria. *Acha que foi alguém que me seguiu?* Era muito difícil suportar aquela ideia: os perigos que ela mesma podia ter trazido para todos eles.

Os dois se mudaram logo depois.

Witek disse a ela que seria melhor assim; que Gorski teria dito o mesmo — talvez o vizinho tivesse concordado. Era melhor sair do radar por um tempo.

Eles eram obrigados a permanecer dentro do bairro, então Rivka os levou para morar com ela — *onde mais, minha irmã?*

Ela insistiu e trouxe suas filhas para ajudá-los: as duas sobrinhas de Esther, de olhos escuros, cabelos ruivos cacheados e expressão séria, iguaizinhas ao resto da família. Liba, de doze anos, e Tauba, com seus nove, carregaram sem reclamar as trouxas de Witek, enquanto Esther e Rivka o apoiavam pelo caminho de três ruas, duas viradas de esquina, e a subida da escada dos fundos.

Mordechai estava lá para recebê-los; querido, como sempre — e cauteloso.

Ele disse:

— Vocês são bem-vindos aqui, claro que são.

Não havia sustentado ela e Rivka depois que o pai das duas morreu? Continuava sustentando a família toda naquele momento, da melhor maneira que podia, enquanto durasse a doença de Witek.

— Mas isso tem que parar agora. Esses passeios por aí, esses cartazes. Essa coisa de se disfarçar e sair do bairro — avisou ele.

Mordechai olhou longamente para Esther e depois disse que as regras alemãs eram terríveis.

— Sei que são terríveis. Mas se as obedecermos pelo tempo que for necessário, talvez a gente consiga passar por isso.

Já não tinham passado por coisa pior? Em outras épocas. Tempos imemoriais.

Witek balançou a cabeça. Ainda de braços dados com Esther e Rivka, ainda sem fôlego da subida, ele perguntou:

— Devemos seguir as regras e ir para o gueto, para as fábricas alemãs?

Mas Mordechai tinha resposta.

— Melhor uma fábrica do que uma cela na delegacia.

Era onde tinha ido parar o vizinho — o velho farmacêutico — e ninguém nunca mais tinha visto nem ouvido falar dele.

E Gorski?

Na casa de Rivka eles eram seis, além da bebê. Ela passou de colo em colo ao redor da mesa naquela primeira noite da família inteira reunida, com os olhos escuros brilhando sob a luz da lamparina e a boquinha aberta, olhando para todos os rostos que a olhavam de volta. Rivka sorriu, estava feliz em ter todos por perto; Mordechai também. As meninas eram as que mais sorriam, Liba e Tauba, descansando a cabeça no ombro de Esther, chamando Witek de "tio", *Feter Witek*, colocando pão no prato para que ele comesse mais — *a mamãe diz que você não come o suficiente*. Então foram até o segundo andar para lhes mostrar seu novo quarto.

Ficava debaixo do beiral. Naquele outono, o sol invadia o quarto durante a tarde.

Lá embaixo, no quintal, ficava a oficina de Mordechai, trancada, mas ainda equipada com as antigas ferramentas que pertenceram ao pai de Esther. Ela se sentia aninhada ali, entre os varais e os muros do bairro. Esther ficou grata por ela e Witek poderem olhar ao longe sobre o telhado, ver o pôr do sol e depois seu nascer, dali de seu sótão particular.

O médico vinha vê-lo toda semana. Um homem magro e estressado; o único que havia restado no bairro.

Toda vez que ia embora, ele se desculpava: não conseguia mais remédios por causa das leis alemãs, muito menos enviar Witek para se recuperar nas montanhas, na costa do Báltico. Mas Esther mantinha a janela aberta, como o médico orientara, para circular o ar; trocava cupons de pão por cachecóis, para manter Witek aquecido; e Rivka havia encontrado as ervas que o doutor recomendara — *a gente arranja qualquer coisa quando precisa.* Ela e Esther misturaram as ervas à água quente e trouxeram a infusão em tigelas para que Witek inalasse o vapor. Aquilo o fez descansar com mais facilidade; Esther ficou olhando enquanto ele dormia, feliz por ter conseguido.

Ali eles conversavam, às vezes até tarde da noite.

Rivka reunia todo mundo ao redor da mesa e contava histórias de família. Sobre a velha oficina do pai, onde ele esculpia os moldes e cortava os couros; sobre a habilidade da mãe com furos e agulhas longas. Rivka descrevia os sapatos que faziam na época em que ela e Esther eram crianças — afivelados e distintos, arredondados, com recortes decorativos e de cano alto — e como os homens da cidade vinham até o bairro encomendá-los para as esposas e filhas. *Nossa família*, Rivka sorriu sob a luz da lamparina, *calçava só os melhores pés. E vamos voltar a fazer isso, esperem só para ver.*

Se a bebê acordasse, Esther ia buscá-la para ficar no colo deles, o rostinho solene observando, as orelhinhas jovens escutando tudo.

Mordechai contava histórias também. Mas não dos velhos tempos daqui — de outro lugar. Falava de coisas que Esther nunca havia ouvido o querido Mordechai falar.

Sobre a família da mãe dele, lá na Zona de Assentamento: várias gerações que serviram aos czares. Sobre a prima do lado da família do pai, que saíra da Polônia depois da Primeira Guerra. *Ela sofreu uma lavagem cerebral dos sionistas*; com ideias de pioneirismo. Tinha apenas dezesseis anos — *só dezesseis!* — e fora para a Palestina. *Quem iria imaginar?* Ninguém pensou que a menina sairia casa, deixando a família e tudo o que conhecia para começar uma vida nova no deserto. Ela teve que cavar poços lá com as próprias mãos e plantar centenas de amendoeiras, junto a outros jovens que haviam abandonado suas casas: meninas pouco mais velhas, de Lublin e São Petersburgo, e meninos ainda imberbes dos *shtetlech* de Habsburgo. Ela se casara com um menino desses de Brody; tiveram muitos filhos. *Todo um novo galho da minha árvore familiar e tão longe... Imagine só!* Antes da chegada dos alemães, Esther nunca tinha ouvido Mordechai contar essa história da prima. Ou pelo menos nunca com esse tom de nostalgia na voz. Era algo inédito. *Mas agora ela está bem e segura. Todos eles estão. Com seus bosques de amendoeiras.*

Os outros também falavam de lugares longínquos.

O médico, na visita seguinte, contou sobre o irmão em Nova Jérsei. *Na América. América! Disse que talvez consiga me levar.* O modo como pronunciava as palavras fez Esther se ajeitar na cadeira. Como nomeava os lugares — *Nova York, Nova Hampshire.* Como dizia *americano* e *cidadão.*

Ela nunca tinha pensado em sair do bairro; Esther nunca havia desejado outra vida. No entanto, aquilo parecia tranquilizá-la naquele momento, observar o sol se movendo pela janela do sótão e se imaginar em algum outro lugar, sussurrando para Witek.

— Lar é onde estamos seguros, certo?

Ele disse:

— Minha casa é a Polônia, não um deserto qualquer. Nada de Nova York ou Nova Brunswick.

Os alemães emitiram decretos. Vários, durante o outono inteiro. Exigiam metais para os esforços de guerra: baldes, panelas e atiçadores. Os soldados vinham recolher e cada casa do bairro era obrigada a entregar pelo menos um item.

Então passaram a exigir peles. Para a Wehrmacht. Para as tropas que avançavam contra Stálin.

Pele? Estão falando sério?

No bairro?

Quem pensam que somos?

Esther estendeu seu casaco da cidade sobre os cobertores de Witek. Tinha esperanças de que uma geada bem forte pudesse deter os soldados; uma mudança brusca de estação na área da estepe. Em flores de gelo desabrochando diante das janelas do sótão.

Quando o frio chegou ao bairro, a pele dele já estava pálida como o inverno, os pulsos finos e fracos apoiados no lençol. Ele dormia durante o dia, aos trancos e barrancos. Acordava à noite e discutia com Mordechai.

— Precisamos manter a cabeça erguida.

— Precisamos manter a cabeça baixa, você quer dizer. Não, não. Não podemos botar um alvo nas nossas costas.

Nos dias em que Esther não aguentava mais, vestia suas roupas da cidade.

Pegava os sapatos que Rivka encontrara, escondia-os na manga do casaco, descia as escadas até o jardim dos fundos, vestia-os quando chegava à calçada e saía para andar sem parar.

Esther foi além do bairro. Só para sair um pouquinho dos limites do confinamento; para sentir novamente como era essa ousadia. Saiu com cuidado, em silêncio: Esther não queria que o querido Mordechai se preocupasse. Não queria que ele a impedisse.

Esther ficou parada em pontos de bonde, passou por vitrines de padarias. Olhou os mostruários de lojas e as pessoas:

os vendedores da cidade, as moças de escritório e das lojas, todos passavam despreocupados por ela. Via como os dias de outono passavam, e continuavam passando. Mais uma semana, mais um mês, mais um ano sob o domínio daqueles alemães ordinários e horríveis.

Esther procurou por Gorski entre os rostos; seus ombros caídos, seu olhar torto e firme. Quando caminhava pelas ruas do bairro, Esther buscava o vizinho, o velho farmacêutico. Pensar neles dois provocava uma sensação cortante por dentro, era difícil de suportar; por mais longe que Esther fosse, aquilo não ajudava. Às vezes, durante aquele outono, pensava que o único jeito de encontrar sossego era fugir por completo. Continuar seguindo em frente, cada vez mais longe dali, além do bairro e das ruas da cidade, em direção aos canaviais. Estar no meio dos guerrilheiros, segurar uma faca de corte.

Ela não contou a ninguém sobre aqueles pensamentos nem sobre as caminhadas. Nem mesmo a Witek.

Mas uma tarde, quando voltou, deu de cara com Rivka no jardim.

A irmã pendurava as roupas lavadas no varal; estavam apenas as duas lá fora em meio a camisas e lençóis. Os dedos de Rivka estavam em carne viva de tanto esfregar, Esther sentia dor nos pés e no coração, as duas ficaram frente a frente entre os longos fios do varal, em silêncio.

Mas Rivka fez apenas um movimento com a cabeça. Não estava com raiva; segurou as mãos de Esther.

— Quando tempo acha que vai demorar para murarem o bairro?

Quanto tempo até nos levarem embora?

* * *

Era dia ainda quando os alemães vieram.

Esther foi a primeira a ouvir. O estrondo das solas das botas perto da porta: três, quatro, cinco pares. Os três, quatro, cinco soldados lá embaixo da escadaria, tossindo e chamando. Era um chamado meio rouco e em voz baixa no começo, mas depois veio com tudo.

— *Raus!*

— *Appelbefehl!*

Todos tinham que ir para fora.

— *Alle Juden draussen!*

Todos os judeus na rua — agora!

Os soldados só subiram até o primeiro andar, mas era suficiente. Batiam nas portas com os cassetetes e no corrimão da escada, fazendo um som estridente, enquanto as ordens vinham de um alto-falante que estrepitava do lado de fora.

Bringt alle Kleidung.

Todos deviam trazer roupas.

Schuhe, Stiefel, Mäntel.

Sapatos, botas e casacos.

Os soldados haviam trazido notificações impressas. A tinta era escura e fresca, e os papéis foram jogados pelas portas, arremessados no chão do primeiro andar, os vizinhos passando de mão em mão pelos corredores e depois subindo com eles pela escada.

Wollpullover, Wollhemden.

Cada um tinha uma lista de itens: roupas para serem entregues. Suéteres de lã, camisas de lã.

Warme Jacken und Socken.

— Para que eles precisam das nossas meias?

Esther se virou para Rivka, para Mordechai, mas nenhum deles tinha resposta. Estavam em pé no corredor, as duas filhas de Rivka agarradas à sua saia; todos os vizinhos do andar de cima aglomerados ao redor deles.

— Por que isso agora? — perguntavam os vizinhos de baixo, os olhos nervosos, confusos, com medo, os rostos todos franzidos. — É para os soldados? Para a batalha de inverno?

Mas os soldados na rua não queriam perguntas.

Raus!

Eles só gritavam.

Raus hier!

Não havia mais tempo para falar.

Raus, wir sagen!

Rivka teve que beijar as meninas para acalmá-las; teve que mandá-las darem as mãos — *deem as mãos!* — enquanto carregava a bebê e descia os cinco lances de escada à frente. Até os mais velhos precisavam se apresentar. Até os doentes. Witek não conseguia ficar em pé; as pernas cediam, mesmo apoiando-se em Esther. Mordechai teve que carregá-lo envolto nas cobertas, o que foi um choque para Esther — ver o quanto o marido estava magro, o quanto parecia frágil nos braços de Mordechai, enquanto ela descia atrás deles pela escada em caracol.

Do lado de fora, na calçada fria, já havia uma multidão de vizinhos; e já havia uma pilha de roupas — um punhado de sapatos, uma trouxa de calças sob o céu cinzento. Mais roupas iam sendo jogadas pelas janelas, por vizinhos que ainda estavam lá dentro, desesperados para não serem capturados; as mangas das camisas balançando e caindo em meio ao ar frio; as botas rolando e batendo com força nas lajotas da calçada. Mas, quando Esther procurou os caminhões que estariam ali para levar tudo aquilo — quando olhou tentando encontrar mais alemães —, só viu os mesmos soldados da escada.

Empurraram os homens para o lado esquerdo e as mulheres para o direito.

Mordechai foi empurrado para longe, aos tropeços, ao longo do muro, com Witek ainda nos braços. Esther foi sendo espremida para o outro lado junto a Rivka, a bebê e duas irmãs adultas do primeiro andar. Mas não estava vendo as filhas de Rivka. Não estavam bem aqui — *bem aqui* — um segundo antes? Esther sentiu a irmã se virando para procurar. *Liba?* Ela a ouviu gritar. *Tauba!* Mas os soldados continuavam empurrando-as para a frente, ordenando que fossem para a estrada, para o meio da rua, nos paralelepípedos, onde todas as outras mulheres estavam detidas.

Algumas se agacharam sobre os filhos para protegê-los; a maioria estava encolhida, tocando os cotovelos umas das outras. Esther procurou os cabelos ruivos de Liba e os cachos de Tauba entre as moças agachadas do quarteirão; mas ela viu apenas dois alemães montando guarda sobre todas, com os cassetetes em riste.

O que estava mais perto segurava também uma garrafa. Seus olhos eram frios e turvos, ele tomou um gole e começou a circular de um jeito bem vago e relaxado. Rivka lhe fez um apelo.

— Por favor? Minhas filhas?

Ela levantou a mão, ainda procurando as meninas, mas o soldado apenas chutou uma pedra nela por perguntar. Então topou em outra pedra e a arremessou com força nos tornozelos de Esther, machucando-os.

— *Sau!*

Rivka se encolheu com o grito; o soldado ria alto, e depois disse a elas em polonês:

— Vamos levar suas filhas. Vamos levar todos vocês... certo?

Ele empurrou a boca da garrafa na direção de Rivka e da bebê, cujo rostinho estava todo franzido e confuso.

— Quer um pouco?

O alemão riu novamente.

Esther não via Liba nem Tauba, por mais que procurasse na multidão de mulheres agachadas e na torrente de vizinhos que ainda saíam de seus alojamentos. Também não conseguia encontrar Witek nem Mordechai perto do muro do prédio. Os homens estavam enfileirados contra a parede de tijolos, longe demais para ouvirem, e Esther só conseguia ver as pilhas de roupas, os últimos montes sendo jogados pelas janelas; só conseguia ouvir o alto-falante.

— *Ausziehen!*

O que era aquela ordem?

— *Ausziehen!*

Era apenas para as mulheres. O soldado perto de Esther traduziu gritando:

— Tirem os casacos! — Ele apontou com a garrafa para ela e Rivka. — Vamos, agora!

Mas qual seria a utilidade de casacos de mulheres para soldados?

— Tirem agora! Tirem tudo agora! — Ele chutou as pedras novamente. — Temos que ver se não estão usando outro por baixo.

A cada chute, as mulheres atrás de Esther se encolhiam, e cada movimento só o fazia rir ainda mais. Ele deu um passo e chegou mais perto.

— Tire o vestido. Temos que ver quantos vestidos está usando — disse para Rivka.

Ele se virou novamente e guardou a garrafa dentro da túnica.

— Você também, garota.

Virou-se para Esther, apontando com a mão livre.

— Levanta essa saia. Quero ver o que tem aí embaixo.

Ela virou o rosto para não precisar olhar para ele: a boca curvada numa risada e os olhos cheios de cobiça fixos na barra da saia dela. Foi só então que Esther viu a multidão de mulheres às suas costas, e por que estavam agachadas — era para cobrir as pernas e os ombros nus das outras. *Não, não. Até onde eles vão chegar com isso?* Esther se virou para avisar à irmã. Mas o alemão estava tão perto que dava para sentir o cheiro da bebida que ele tomava: de toda a bebida que ele tinha tomado naquela manhã.

— Faça o que eu mandei!

Ela não tinha mais tempo para pensar.

O homem a agarrou e Esther deu um chute — rápido.

— Não!

Não era a intenção dela fazer aquilo. Ela só viu a mão vindo em sua direção; Esther só queria que ele saísse de perto dela — aquele alemão bêbado e fedorento, com suas zombarias idiotas. Mas o soldado investiu de novo, e dessa vez com as duas mãos.

Ele a segurou pelo cabelo e a empurrou para a frente, tirando-a da multidão e arremessando-a nos paralelepípedos. Ouviu-se um grito quando ela caiu do chão — mas não era do soldado nem do alto-falante. Esther estava imprensada nas pedras, no cascalho do bairro debaixo dela, com o joelho do soldado em seu peito e o punho apertando seu maxilar — mas então o grito veio novamente.

— Solta ela!

Era uma voz alta e vinha do alto também.

Era Liba!

Caída, Esther conseguia ver os cachos ruivos: a menina estava inclinada em uma das janelas do bairro. Ao lado dela estava a irmã, Tauba, com os braços estendidos. Segurava alguma coisa com as duas mãos — um vidro, um vaso? Esther tentou se virar, o que Tauba havia encontrado? Tentou chamar a atenção das meninas e fazer um sinal urgente: *Fiquem paradas.* Precisava que permanecessem a salvo. Mas aquele alemão ainda a imprensava no chão.

O cassetete estava no peito de Esther, e ela se virou para o soldado. O joelho dele estava em seu ombro; todo o peso bêbado e fedorento. O punho estava na boca de Esther e então ela mordeu — com força e fúria.

— *Verdammt!*

Esther pôde sentir o grito do soldado. Mas o xingamento só potencializou a fúria dela — ela precisava ver Tauba. Esther se debateu e atacou, com unhas e dentes, joelhos e cotovelos, até que o soldado de repente a soltou. Não havia mais peso, sua vista estava livre, exceto pelo vulto dele, e Esther se virou para as meninas — ainda estavam seguras? Esther se voltou para as mulheres a seu lado, encolhidas e horrorizadas, prontas para o próximo golpe ou algo pior que poderia vir depois daquilo.

A menina soltou o vaso. Grande, pesado e de vidro, que despencou vigorosamente — um raio brilhante cortando o muro. Espatifou-se ao cair no chão: um estrondo bem alto e granulado; o brilho dos cacos explodindo na calçada.

O barulho ecoou pelo bairro inteiro. Fez todas as mulheres levantarem o rosto. Os ombros estavam curvados e nus, mas elas olhavam para o alto; também fez Esther se levantar. As meninas estavam por cima dela, e o soldado também — mas ele seguia ajoelhado nas pedras, os dedos manchados de sangue, a expressão confusa. Ele virou para o colega, mas logo outra jarra se quebrou atrás dele.

— *Was soll das?*

Não foi Tauba quem derrubou, nem Liba. Esther via as duas meninas — e também uma vizinha que viera até a janela para se juntar às duas. Os punhos da mulher brilhavam com o vidro e seus olhos buscavam os alvos.

— Nos deixem em paz!

O soldado a viu e apontou para ela; o colega se virou e xingou, os dois com os cassetetes levantados. Mas, lá de cima, a vizinha lançou o vaso, que se espatifou e se espalhou sob as botas.

Então Esther viu uma pedra sendo jogada.

— *Da!*

Acertou o soldado que tinha lhe agredido. Ele havia acabado de se levantar quando outra pedra o acertou, e depois uma terceira — esta última bem na testa.

— Rá!

Rivka estava ao lado dela; Esther viu que foi a irmã quem tinha jogado — e que já tinha outra pedra nas mãos, pronta para arremessar. O alemão deu um passo para trás; o colega fez o mesmo, mas Rivka jogou ainda assim.

— Saiam daqui!

Esse grito veio da multidão; uma voz feminina e bem alta. De pé, e não mais agachada, outra mulher catou uma pedra do chão e arremessou. Esther viu que havia mais gente nas janelas: muitas mulheres do bairro ainda estavam dentro de seus apartamentos, segurando xícaras e copos. Não estavam mais jogando no chão, e sim mirando para acertar os dois alemães, enquanto as mulheres na rua pegavam pedras para derrubá-los. Os soldados tiveram que se encurvar para proteger o rosto; precisaram levantar a voz; ainda assim as mulheres seguiram acertando os braços deles, as costas, os ombros alemães, colocando-os para correr até os soldados que estavam ao lado dos homens.

— *Weg hier!*

Esther se levantou, pensando que os alemães avançariam novamente. Ou será que não investiriam contra os homens do bairro com os cassetetes? Mas, quando chegaram ao muro, ela os viu avançar apenas contra eles mesmos; puxavam as mangas e os cotovelos uns dos outros enquanto a chuva de vidro e pedra continuava. E não estavam mais dando ordens: o alto-falante fora abandonado, apenas gritavam, vociferavam e xingavam.

— *Los!*

— *Los, ich sage!*

E então — impossível: aquilo era mesmo possível? — os soldados correram para os jipes e entraram nos veículos. Não apenas para se proteger das pedras e do vidro, o motor foi ligado e eles começaram a dirigir; viraram na esquina do cortiço.

Estavam indo embora do bairro?

A rua inteira ficou em silêncio ao presenciar a cena. As pedras pararam de voar e, de repente, a chuva de vidro cessou. Todo o pessoal ficou em silêncio nas calçadas para ouvir os alemães. Com a respiração suspensa, todos se abraçaram e observaram, com medo de que os soldados voltassem com reforços — porque algo assim sem dúvida iria acontecer. Ou não?

Esther abraçou Rivka, que abraçou a bebê, e elas esperaram. Witek ficou deitado, pálido e enrolado em cobertores, à medida que os minutos se passavam, e continuavam passando. Mordechai havia desabado no muro, ainda com ele nos braços. Liba e Tauba abraçavam uma à outra na janela, mantendo-se firmes junto com os vizinhos, com todo o resto das mulheres do bairro, seminuas no meio da rua. E ainda assim, nada de alemães.

Sentiam frio, as roupas amontoadas, as calçadas cheias de cacos de vidro — mas, mesmo assim, aquilo os mantinha ali, aquele novo silêncio terrível e maravilhoso.

Nota histórica

No outono de 1942, a cidade de Lubliniec foi palco de uma rebelião improvisada.

Numa tarde, os nazistas ordenaram que todos os judeus se reunissem na feira e se despissem. Homens, mulheres, idosos e crianças foram forçados a se despir, até mesmo das roupas íntimas, sob o pretexto de que o exército alemão precisava das peças. Os nazistas avançaram sobre eles com chicotes e cassetetes. Arrancaram as roupas do corpo das mulheres.

De repente, uma dúzia de mulheres judias nuas atacou os oficiais, arranhando-os. Encorajados por não judeus que acompanhavam a cena, elas os morderam e arremessaram pedras com as mãos trêmulas.

Os nazistas ficaram chocados. Em pânico, fugiram e deixaram lá todas as roupas confiscadas.

"Resistência judia na Polônia: Mulheres humilham soldados nazistas" foi o título da reportagem da *Jewish Telegraphic Agency* sobre o incidente, enviada da Rússia e publicada em Nova York.

Depois disso, muitos judeus de Lubliniec, incluindo as mulheres, decidiram se juntar aos guerrilheiros.

JUDY BATALION, *A luz dos dias: A história não contada da resistência feminina nos guetos de Hitler*, Rosa dos Tempos.

TIGRE

CLAIRE KOHDA

Foi difícil encontrar um caixão em que a mamãe coubesse. No fim das contas, escolhemos um que havia sido projetado para homens grandes. Ainda assim, mamãe teve que ser deitada de costas, com as patas para cima e o focinho e o bigode esbarrando na parte mais estreita do caixão, a cauda enrolada. Teria sido melhor se tivéssemos conseguido colocá-la ao contrário, as pernas para baixo e o queixo repousando na base do caixão, como se estivesse dormindo, suas marcas viradas para cima. Sempre achei que as listras no seu dorso pareciam um tipo de escritura. Talvez fosse uma escrita destinada a ser lida por Deus durante a morte dela. Em vez disso, talvez tenhamos deixado o diabo, lá embaixo, ler. Eu me pergunto o que aquilo significava? Talvez as marcas nas costas da minha mãe revelassem seu nome de tigre, e agora o diabo sabia, e chamaria por ela. Ainda assim, eu amava a barriga e o queixo brancos dela — e minha última visão foi justamente essa. A barriga branca e macia de onde eu havia saído; a barbinha branca. E as almofadinhas das patas. Segurei uma e sequei minhas lágrimas com ela.

— Mamãe.

— Nunca tinha visto um tigre antes — disse o agente funerário.

Eu e meus irmãos formávamos um círculo em volta do caixão. Pusemos lírios ao redor do corpo, colocamos os regalos favoritos no caixão e enfiamos seis moedas em uma pata, entre as grandes almofadinhas pretas que escondiam as garras. Aquela era a tradição budista. Mamãe havia nos ensinado como preparar sua travessia do rio Sumida. Tínhamos colocado nossos cordões umbilicais em seu pelo também, aninhados sob as axilas quentes.

Não, não eram mais quentes. Suas axilas estavam frias.

— Não sabia que a lei permitia ter tigres em casa — comentou o agente funerário.

— Mas permite — respondeu minha irmã Charlotte.

Mamãe havia trabalhado num restaurante de sushi em Ramsgate, e os donos, uma família coreana local, checaram toda sua documentação. O visto era de 1985, estampado no passaporte antigo, que já vencera havia três décadas.

Samuel deixou escapar um soluço — ele estava se segurando. Para mim, ele ainda parecia ter oito anos. Mas tinha vinte e dois, já era formado na universidade, educação física na Warwick, havia voltado para arranjar emprego e por enquanto morava na casa onde crescemos. Mas então mamãe morreu. Ele tapou a boca, pediu desculpas e saiu da sala. Dylan foi atrás dele, e então ficamos apenas eu, Charlotte, o agente funerário e mamãe, de barriga para cima no caixão.

— Animais de estimação às vezes fazem parte da família — disse o agente funerário em meio ao silêncio.

Observava com curiosidade o corpo de mamãe, o pelo, as listras e os padrões que formavam. Ergueu o olhar e sorriu para mim. Procurei nos olhos dele aquela expressão gananciosa que as pessoas exibiam ao ver mamãe viva, como se quisessem esfolá-la, vestir sua pele, mas não encontrei. Acho que naquela profissão as pessoas se acostumavam a separar seus desejos do corpo físico.

    Charlotte não olhava para mim. Era a segunda mais velha, mas agia como a primogênita. Ficou em pé ao lado da cabeça de mamãe, como se fosse a cabeceira da mesa. Levou a mão ao caixão para rearrumar um lírio que estava virado para a parede. Vi quando ela entortou os dedos de um jeito estranho para evitar tocar os bigodes de mamãe. Tentei não sentir ódio. Charlotte tinha uma fobia bizarra de sobras. Uma vez, passei um resto de iogurte que estava na pia na bochecha dela, e Charlotte abriu o berreiro, embora já fosse adolescente, não mais criança. Em alguns países, já poderia estar casada, já poderia ter tido um filho — como ia se virar nesses lugares se não conseguia lidar com um restinho de iogurte na bochecha? Eu só estava preparando minha irmã para a vida, falei para mamãe. Ela precisa ser mais forte. Estou tentando deixá-la mais forte. Mamãe falou que eu tinha que ser mais compreensiva com a minha irmã. *Um dia você vai perceber que a ama.* Mas, naquele momento, eu a odiei. Mamãe não era uma sobra. Embora seu corpo estivesse rígido, ainda era o seu corpo. Queria agarrar a mão da minha irmã e enfiar no pelo da mamãe.

    O lírio agora estava virado para a bochecha de mamãe, com o pólen roçando seu pelo. Eu não queria lírios — são tóxicos para felinos. No caixão de mamãe, pareciam até uma piada. Como se um tigre tivesse entrado num funeral feito para um humano e acabado morto pelas flores. Charlotte afastou a mão do caixão cuidadosamente e colocou-a de volta no bolso.

    Mamãe nem sempre fora um tigre. Quando chegou à Inglaterra, era uma mulher. Dylan cresceu com mamãe ainda mulher. Ele a descrevia para nós e ouvíamos, completamente petrificados. Seu nariz era pequeno e pouco protuberante, assim como seu focinho de tigre. Ela era linda: maçãs do rosto proeminentes, olhos pequenos e pretos, cabelos pretos longos e bem grossos. Dylan foi o único a mamar nos seios humanos dela. Embora fossem pequenos, produziram leite suficiente para ele. De alguma forma, mesmo como tigre, o corpo dela produzia o leite de que nós, crianças humanas, precisávamos. Era o milagre de mamãe — seu corpo sempre se adaptava às nossas necessidades.

Eu meio que tinha a esperança de que, quando mamãe morresse, seu corpo milagrosamente se transformaria de volta em humano e eu enfim a veria. Óbvio que eu não estava ansiosa pela morte dela. Mas, ao crescer, e obcecada pelas descrições de Dylan — me perguntando se eu me parecia com ela, se meu cabelo era igual ao dela, meus olhos, meus lábios —, eu imaginei que, a certa altura, eu a veria. A morte, pensei, a libertaria de todos os fardos, do modo como era vista neste país, de todos os estereótipos, medos e preconceitos; tudo se dissiparia para revelar o que havia por dentro, a humana em meio a todo aquele pelo, músculos e gordura. Achei que a morte seria uma espécie de encontro; eu a veria, e seria como um espelho descoberto diante de mim; eu me veria nela. Era isso que eu esperava, pelo menos. O que eu sonhava.

— Querem ficar um pouco sozinhas com ela? — perguntou o agente funerário.

— Sim, por favor. Está marcado para duas horas, certo? — respondeu Charlotte.

— Isso mesmo.

Charlotte assentiu. O agente funerário andou em silêncio até a porta do outro lado da sala. O trabalho devia tê-lo tornado um especialista em andar na ponta dos pés. A porta se fechou sem fazer barulho.

Charlotte colocou uma mecha de cabelo atrás da orelha, depois fez um gesto como se tivesse se esquecido de alguma coisa e, sem nem tomar conhecimento da minha presença, saiu da sala logo atrás do agente funerário.

Ficamos apenas mamãe e eu no recinto. Cheguei mais perto, a barriga encostada no caixão. Era como se a abertura do caixão fosse se expandindo, como portões se abrindo, até que o corpo de mamãe preenchesse minha visão por completo, ainda amarelo e brilhante, mesmo morto. Reluzente como manteiga. E muito branco.

Eu me debrucei, a cabeça sobre sua garganta, e ali ouvi um som, como um leve ronronar, emanando do corpo dela; e em meio a àqueles sussurros delicados, ouvi meu nome. Agora, em retrospecto, me pergunto se o que ouvi foi a obra no prédio de armazenamento de gás; estavam desmontando os gasômetros perto do crematório naquela semana. Ou era isso ou o ronronado era o som de outra pessoa sendo cremada, a fornalha acesa, o estrondo das chamas e o corpo queimando lentamente. Enfim, naquele momento ouvi meu nome. Eu me debrucei ainda mais, até que minha bochecha estivesse contra o pelo da barriga de mamãe. Fechei os olhos. Imaginei abri-los e então acordar, seus olhos cor de âmbar abertos também, me abraçando.

Antes de eu ir para a escola, mamãe me acordava chamando meu nome, parada ao lado da cama. Eu entrava um pouco mais tarde do que meus irmãos. Tenho hipermobilidade articular. Durante um tempo, os médicos achavam que era síndrome de Ehlers-Danlos, mas acabaram chegando à conclusão de que não: minha condição era apenas uma anomalia. Não dizíamos nada, mas todos sabíamos que uma explicação provável era por ter nascido de mamãe, um tigre. Quando eu e Dylan chegávamos em casa das consultas com especialistas, a questão do corpo dela era sempre um tabu. Quando eu era adolescente, acordava de manhã com os quadris, e às vezes os ombros e joelhos, deslocados ou com subluxação, e demorava uma ou duas horas colocando-os de volta no lugar e massageando até que parassem de doer. Eu me recostava no corpo quentinho de mamãe enquanto ajeitava os ombros e as pernas nos lugares. Ela sempre me dava um beijo demorado na testa quando eu terminava — e seus bigodes faziam cócegas nas minhas pálpebras. Eu sabia que ela se culpava; sabia que ficava triste, embora nunca chorasse — tigres não conseguem chorar, afinal. Naqueles beijos estava toda sua culpa, um milhão de pedidos de desculpa. Depois, ela me abraçava na cama e às vezes eu adormecia na maciez dos seus pelos grossos. Em alguns dias nós ficávamos assim, num acordo tácito para deixar a escola para lá, ver TV e comer besteira juntas.

Quando me tornei adulta, a dinâmica mudou. Eu viajava de Londres às vezes para visitá-la, e mamãe preparava uma refeição para mim. Eu comia e voltava a ser criança à mesa de jantar. Mas depois, mais tarde, enquanto assistíamos à TV no sofá retrátil, era ela quem adormecia primeiro, e se aninhava nos meus braços, a cabeça debaixo da minha axila esquerda, as pernas apoiadas na minha barriga e a cauda balançando enquanto ela sonhava.

Às vezes, eu fazia carinho no focinho, enterrava a cabeça na testa e respirava fundo para sentir aquele cheiro, normalmente uma mistura de gengibre, gergelim e alho. Às vezes, sua cabeça tinha cheiro de udon com macarrão e pimenta, e eu sentia como se estivesse farejando seus pensamentos. Ela pensava em comida frequentemente. Lambia os lábios durante o sono.

Naqueles momentos em que ela dormia nos meus braços, eu conseguia entender perfeitamente as pessoas que tratam seus bichos de estimação como família, que amam os gatos como se fossem filhos. Dei um beijo na cabeça de mamãe. Um beijo demorado, que continha toda a minha gratidão.

Eu a abracei assim na noite antes de ela morrer. Estávamos assistindo a *Gilmore Girls*, e mamãe caiu no sono enquanto eu terminava de comer um pacote de Doritos que abrira no dia anterior. Sua respiração ficou mais lenta, o hálito quente, e os olhos se fecharam, a cabeça caindo na direção do meu peito e as patas encolhidas na lateral do meu corpo. Fiz um nó com a embalagem vazia, como mamãe me ensinara, e então me sentei para continuar vendo TV. Estava escrito "reproduzir próximo episódio", mas eu não conseguia alcançar o controle remoto, então fiquei olhando a imagem parada de Lorelai e Rory — depois me inclinei para sentir o perfume da testa de mamãe.

Sabíamos que ela não tinha muito mais tempo. Doenças renais costumam ser fatais para os felinos, inclusive os de grande porte; a nova dieta rígida havia prolongado sua vida, mas não a salvaria. Sabíamos que era terminal desde o início — e não é muito fácil encontrar um rim de tigre para transplante, então de fato nunca houve muita esperança.

— Se ela fosse algum outro animal, talvez. Um animal nativo da Inglaterra — dissera a veterinária.

Inalei seu perfume, e dessa vez não havia cheiro de alho, nem gengibre, nem arroz. Naquela noite, em vez de comida, senti o cheiro de incenso, como se estivesse queimando no cérebro dela e a fumaça subisse pelo crânio. Era como se fosse uma premonição da sua partida; na manhã seguinte, ela já não estava entre nós.

Abri os olhos e vi tudo branco, era o branco do seu pelo roçando minha pele, e respirei fundo. Mamãe cheirava a algo desconhecido, algo químico com o que a funerária havia preparado seu corpo. Levantei a cabeça do caixão e peguei no bolso um pedaço de papel onde imprimi a foto da iluminada escriba budista tibetana Yeshe Tsogyal, na sua forma de tigresa, sendo montada por Padmasambhava, o segundo Buda. Yeshe Tsogyal está curvada em formato de C, num laranja ardente, com a boca e as patas em vermelho vivo. Dobrei o papel com a imagem oito vezes para ficar do tamanho de uma moeda. Enterrei nos pelos de mamãe, certificando-me de esconder bem, junto a outro pedacinho de papel no qual escrevi um mantra japonês, *Nyo-zé chikushō hotsu Bodai-shin*, "Até os animais podem aspirar à iluminação". Não sei por que fiz isso. Nem sei se acredito em iluminação, em reencarnação, ou se acredito em Deus ou em qualquer outra coisa. Talvez tenha encarado como uma mensagem de incentivo para mamãe em qualquer pós-vida em que ela acorde, dizendo: "Você consegue!" ou algo assim. Ou como um desejo. Um desejo de que, se a reencarnação fosse real, a mamãe pudesse voltar como alguém que fosse percebido e tratado como humano, e não como um animal, para se libertar do modo como havia sido vista durante toda a vida.

Mamãe leu para mim a história de Yeshe Tsogyal. Leu diversas histórias de tigres para todos nós. Os tigres são bem representados na literatura. Charlotte não gostava que um homem montasse Yeshe Tsogyal e que sua forma de tigresa servisse de veículo para seu professor: achava degradante, por isso preferia *A vida de Pi*. O preferido de Samuel era Tigrão, o amigo saltitante do Ursinho Pooh. O de Dylan era "O tigre", do poema de William Blake, que ele havia decorado praticamente assim que aprendera a ler. E eu preferia Yeshe Tsogyal. Não era uma personagem ficcional, assim como mamãe. Mas para Yeshe Tsogyal, sua forma de tigresa havia sido um símbolo de liberdade. A história dizia que ela conseguira escapar do confinamento das formas femininas. A tigresa de mamãe, no entanto, era como uma corrente. Todos nós sabíamos. Sentíamos isso na sua pele retesada, na curva das suas costas, tão tensa que parecia prestes a quebrar; pior, na forma como ela nunca se encaixara com as outras mães — na hora do chá, as garras batendo nas xícaras, as orelhas tocando a luz do teto; as outras mães nunca ouviam seus conselhos — *De onde você vem, ser mãe é diferente*; os olhares tortos para as garras e os dentes afiados, e a presunção de que ela os usava para nos disciplinar. E então, também, o modo como os homens a amavam, o tipo de homem que dizia amar o Japão, que dizia amar a cultura e as mulheres; e quando viam mamãe, viam algo tradicional e autêntico. Tão apaixonados, nem se lembravam do fato de que os tigres vivem na China — que havia algo de errado no corpo de tigre japonês de mamãe.

Dylan disse que mamãe se transformou quando ele estava no segundo ano da escola primária. Os meninos puxavam o canto dos olhos e diziam coisas maldosas sobre o lanche perfeitamente arrumado de Dylan, sua pele "amarela" e seu cabelo preto grosso. Ele era o melhor na soletração e também em matemática. Terminava todos os trabalhos antes do restante da turma; sua letra era a mais bonita e bem desenhada; seus dedos cobriam os furos da flauta doce com perfeição, e ele tirava dela o mais perfeito dos sons. Era convocado ao quadro para resolver problemas de multiplicação e sempre acertava; com o "Muito bem" dos professores vinha o resmungo da turma. *Não é justo. Ele é asiático.* Meu irmão cobria o rosto com as mãos e sentia o cheiro de giz nos dedos ao ouvir as palavras que chegavam a seus ouvidos. *Minha mãe disse que a dele é uma mãe-tigre. Queridinho do professor. Tigre. Tigre.*

Fim de julho, em uma tarde quente, fervendo e brilhando, depois dos cochichos na porta da escola e com o boletim de fim de ano agarrado contra o peito, Dylan chegou correndo, com um machucado na testa. Havia tirado 10 em tudo. Jogou o boletim em mamãe com raiva, torcendo para que o papel lhe cortasse inteira. Com um "Eu te odeio", saiu de casa sozinho batendo o pé. Os sussurros de "mãe-tigre" saíram dos portões da escola, ganharam a rua e vieram atrás dele; mamãe já havia aguentado muitos anos de xingamentos, mas nunca imaginou que um dia aquilo atingiria seu filho. Mais tarde, sob a luz da lua: mamãe terminou seu turno como faxineira de um hotel à beira-mar, foi andando para casa pela praia e, quando a maré virou, ela se transformou, caindo de joelhos e se levantando sobre quatro patas amarelas — ela sentia, no fundo do estômago, uma sede do sangue daqueles que intimidavam seu filho.

É fácil odiar as pessoas. Quando eu tinha cinco ou seis anos, acho, aprendi uma rima que, hoje eu sei, não faz nenhum sentido. *Paus e pedras podem me quebrar, mas palavras jamais vão me machucar.* Mas as palavras, eu sabia, podem transformar sua mãe num tigre. Podem reorganizar os ossos por baixo da pele: torná-los mais espessos, mais curtos, ampliá-los de um esqueleto humano para um esqueleto de tigre, aumentar dentes e língua, encolher dedos e despertar a fúria de um tigre nas entranhas. Mamãe uma vez me disse que teve vontade de comer os garotos da turma de Dylan. Foi difícil resistir. Mas, em vez disso, outra coisa aconteceu. Dylan não deixou mais que mamãe o levasse até a escola. Quando chegavam ao semáforo no fim da rua, ele gritava "Fica!", e então continuava sozinho o resto do caminho. Além disso, todos os dias nos testes na escola, ele se forçava a cometer erros — dizia que nove vezes nove era oitenta; soletrava necessário como "nesseçário", usava *n* antes de *p*, movia de leve os dedos sobre os furos da flauta e tirava um som horroroso de apito, e então se virava para a turma e ria junto com eles. Suas notas foram ficando cada vez piores, até que ele se tornou mais um aluno mediano e outra criança passou a ser zombada pela inteligência e pelos óculos.

Quando ouvi essa história, também tive pensamentos violentos. Eu me imaginei esfaqueando aqueles garotos com uma faca de cozinha, repetidamente, um depois do outro, por tirarem da minha mãe seu corpo humano e fazerem Dylan esconder sua inteligência. Quando eu disse isso em voz alta, Charlotte me chamou de "psicopata". Dylan falou que fazia sentido — eu nasci de um corpo de tigre: parte das garras e dos dentes afiados da mamãe estava em mim.

Durante muito tempo, Dylan não ligou para o próprio cérebro; na verdade, ele o punia. Quando eu ainda era criança, e ele era adolescente, entrava em casa em meio a uma nuvem de fumaça com outros dois garotos cujos braços caíam na frente do corpo como se fossem macacos, e então se trancavam no quarto de Dylan por horas, depois saíam com sorrisos vazios e idiotas na cara. Dylan se comunicava em monossílabos, se movia como um animal desatento e vagaroso, comia e dormia. Largou a faculdade — era impossível que sua mãe fosse uma mãe-tigre, afinal ele era um bicho-preguiça, uma lesma. Fez um pacto com o desinteresse, com a desmotivação, como se aquilo fosse um feitiço, como se fosse transformar mamãe de volta em humana, mas não funcionou.

Nos anos antes da morte de mamãe, Dylan já não a visitava muito. Tinha ido morar com Sarah, ajeitara a vida e arranjara um emprego num estúdio de animação, criando cenários para filmes em stop-motion. Eu sempre conseguia distinguir os que ele tinha feito: era muito bom em fazer coisas invisíveis parecerem reais, como vento, calor e frio. As pessoas diziam que era por causa da ascendência japonesa, que ele tinha algo de anime em si, mas acho que Dylan era apenas observador e se esforçava. Dedicava quase todo seu tempo ao trabalho. Às vezes trabalhava até no Natal — o único no estúdio, até tarde da noite. Nós comentávamos que ele era muito workaholic, mas acho que todos percebíamos como ele se comportava com a mamãe quando vinha para casa. Todos nós a abraçávamos, cortávamos suas garras, fazíamos carinho no seu pelo, mas Dylan nunca a tocava. Acho que nenhum de nós nunca soube de verdade o que acontecera entre os dois. Mas, depois de largar a faculdade e antes de conhecer Sarah, ele passou muitos anos entrando e saindo de hospitais, indo a diversos tipos de médicos e terapeutas.

Depois de um Natal, quando uma ambulância teve que buscar em casa o corpo quase sem vida de Dylan nos azulejos do chão do banheiro, onde Charlotte o encontrara esparramado em meio a sua maquiagem, xampus e chapinha de cabelo, Charlotte declarou, com raiva, que não o compreendia. Que ela *era* inteligente, e *ela* sabia lidar com isso. Que não se importava que chamassem mamãe de mãe-tigre. Mas acho que era mais difícil para Dylan — ele havia conhecido mamãe antes; testemunhara sua transformação num animal; perdera algo que nenhum de nós havia perdido, porque não a conhecíamos antes.

No dia em que mamãe morreu, preparei um leite quente para mim. Era a única coisa que meu estômago suportava. Coloquei no micro-ondas em um copinho à prova de calor que viera num conjunto de quatro, mas do qual restavam apenas três. Mamãe, sem conseguir controlar algo na sua natureza de tigre, havia derrubado um dos copos da mesa num dia em que estava de mau humor, encarando-me. Fiquei irritada com ela por quebrar um dos copos de propósito. Tive que varrer os pedacinhos, já que ela não conseguia usar pá e vassoura devido às patas. Enquanto limpava, fui sentindo toda a raiva que tinha dela — pelo sofrimento de Dylan, por todos os olhares que tivemos que aguentar dos pais dos nossos amigos, que tinham pena de nós porque nossa mãe era um animal, pelas pessoas que a agrediam na rua. Enquanto eu varria, ela limpava o próprio peito e, quando ela não estava olhando, pus a mão na pá de lixo e apertei até que todos os pedaços de vidro entrassem na minha palma. Nem doeu. O sangue pingava na pá, e eu sentia a dor da nossa família se desprendendo de alguma forma; transformando-se num líquido que deixei a água levar no banheiro, depois de arrancar os cacos da mão. No dia em que ela morreu, senti um tipo de dor diferente ao beber em um dos copos remanescentes. No lugar onde o quarto copo deveria estar, despejei todo o meu amor por mamãe — que agora não tinha exatamente um corpo vivo em que se depositar.

Dylan e Samuel voltaram para a sala, Dylan afagava as costas de Samuel. Este se debruçou, fungando, e beijou a testa de mamãe. Colocou um exemplar de *O livro do Tigrão* dentro do caixão, enfiado entre dois lírios. Depois Dylan se aproximou. Instintivamente desviei o olhar, e Samuel fez o mesmo. Mas, pelo canto do olho, vi a silhueta de Dylan, parado e em silêncio, à beira do caixão de mamãe. Então ele se inclinou, abaixando-se mais e mais; por um momento achei que ia se juntar a ela. Mas percebi que Dylan a abraçava, os braços ao redor do tronco corpulento, ele sussurrava algo e beijava o queixo e a boca, que estava entreaberta. Então pensei que era certo ela estar deitada de costas, era certo não haver um caixão grande o suficiente para acomodá-la de barriga para baixo. Ele ajeitou os bigodes dela. Segurou a mandíbula com as duas mãos. Então se levantou. Olhei para ele e Dylan sorriu, com os olhos vermelhos.

A porta se abriu e Charlotte entrou com o agente funerário.

— Está tudo pronto — disse ela.

E, como se já tivéssemos passado por isso antes, automaticamente tomamos nossos lugares ao redor do caixão, nos abaixamos e o seguramos sobre os ombros. Levantamos em completa harmonia, sincronizados, coreografados, nossa mãe no alto, sobre nossas cabeças, e sua barriga, lá de dentro da madeira, ao lado da minha orelha. Orientados pelo agente funerário, entramos na sala de cremação. Colocamos mamãe numa esteira rolante pronta para se mover e olhamos para ela, a barriga branca e o pelo amarelo que brilhava intensamente na sala escura. Meu corpo tremia, e senti os ombros ameaçarem sair do lugar, meus joelhos bambearem, meus quadris afrouxarem; tentei me concentrar nas laterais do corpo de mamãe, as listras pretas sobre as quais me deitei em tantas manhãs. As patas no ar, tão suaves.

— Que Deus esteja na minha cabeça e no meu entendimento — disse o agente funerário em voz baixa. Charlotte baixou a cabeça e rezou. — Que Deus esteja nos meus olhos e no meu olhar; que Deus esteja na minha boca e nas minhas palavras; que Deus esteja no meu coração e no meu pensamento; que Deus esteja no meu fim e na minha partida.

— Amém — respondemos todos juntos.

O agente funerário e um outro homem levantaram a tampa do caixão e a deslizaram sobre o corpo de mamãe. Então apertaram um botão ao lado da fornalha e a esteira começou a se mover. Parecia errado prendê-la numa caixa de madeira, mas me senti melhor quando o caixão ultrapassou a cortina e foi tomado pelo fogo. Dylan, a meu lado, sussurrava os versos de William Blake:

— *Teu cérebro, quem o malha?* — disse ele. Mamãe e o fogo combinavam. Fogo e tigres combinavam. — *Que martelo? Que fornalha o moldou?*

Sem corpo, em meio à fumaça e à luz, ela se libertou.

DRAGÃO

STELLA DUFFY

Houve um tempo em que o climatério era um processo comum a todos nós; envelhecer era um processo comum a todos os corpos. Em 1821, a dissertação do médico francês Gardanne rebatizou nossa mudança como *la ménopause*. Com esse novo nome, o gênio se libertou da lâmpada e, como todo gênio, tinha o lado bom e o lado ruim: patologia e libertação, ela nos permitia a busca e o renascimento, o desprezo e a negação. Mas num mundo que teme o envelhecimento? Que odeia pessoas velhas? Fazendo parte de uma cultura que incentiva a rejeição e a negação de que estamos envelhecendo? Pode ser um tapa na cara.

Para mim foi. Tapa na cara, soco no estômago, rasgo nas entranhas, prego na boceta.

E...

Mas...

* * *

A primeira noite ensopada. Fervendo ao rolar nos lençóis, nadando no suor. Fiquei surpresa e chocada, enojada e incrédula. Fiquei: não sou, não vou ter isso, não vou ser isso. Naquela época ainda pensava que tinha escolha, que estava no comando dos anos. Não conhecia esta versão de mim mesma. Este corpo, meu corpo, eu-corpo, rebelde, fora de controle. Foda-se isso. Ah, eu amava ter controle, me dedicava totalmente a isso. Exercício e dieta, cremes e unguentos, pesos e limpeza, ioga e boxe, corrida, jump, abdominal (e sim, aqui entre nós, passar fome); perseguia uma imagem minha feita de outdoors, telas e dos olhares de lado daquelas meninas da escola, vocês sabem quem são, talvez fossem vocês? Não são mais agora, são? E ainda assim meu corpo fabricado era algo de belo, a felicidade derivada de uma criação própria. Eu caminhava por este mundo, desfilava pelas ruas, era eu mesma encarnada.

Como ousa? Corpo-objeto, outro-corpo, este corpo, meu, não eu — como ela ousa?

Ainda assim, corpo erguido apesar dos meus bravos esforços, o tempo interveio para me lembrar de quem eu sou, o que eu sou, que estou ficando no passado; carne, ossos e tendões que vão se transformar em terra, ferrugem e pó.

Agora sei que era vergonha tanto quanto fúria. Ao passar pelas fases da birra de criança, da petulância de adolescente, do susto dos vinte e poucos, do desabrochar dos trinta e da satisfação dos quarenta, sempre me mantive sob controle.

Não mais.

Os suores noturnos me treinaram para fazer o contrário. Eles me revelaram, outra e sábia, para mim mesma. Durante toda a vida fui ensinada a segurar, reprimir a fluidez de mim mesma, interromper. Não cuspia, derramava, escoava nem vazava. As menstruações eram escondidas, discretas, separadas de mim.

Até mesmo nas piores marés vermelhas, quando o sangue jorrava aos borbotões, mesmo sentindo uma dor excruciante, eu compreendera que era minha função esconder tudo. Uma medalha sangrenta de honra.

    Assim, eu não me conhecera molhada, úmida, pingando, despejando. Não conhecera minha versão líquida.

    Encarei-a no espelho, desgrenhada, distorcida.

    Três, quatro da manhã, eu me levantei da cama encharcada e olhei para a bruxa do mar que me cumprimentava no espelho. Ela sorriu de volta.

    Era um sorriso de terror.

    E, por baixo, o começo, o sinal de um tremor de alívio.

    Vi a bruxa do mar no espelho levar o braço à boca.

    Nós me lambemos. Eu sal, eu mar, boiando e afundando.

    Eu me bebi.

    Naquela noite, naquela manhã, a bruxa do mar me deu minha primeira escama, verde e dourada, brilhante. Era iridescente e indistinta, e combinava perfeitamente.

Depois da enchente, o fogo. Eu estava só comprando um pacote de pão. O homem que estava atrás se esticou por cima de mim e pegou um para ele. Não sou pequena, mas ele era maior. De repente, senti o calor subir, desde o fundo do peito até o rosto, e então, com uma rapidez inesperada, pelas costas, ombros, braços, descendo pela espinha. Meus dedos eram garras quentes. Eu me virei e arranquei o pacote de pão dele, gritei que era meu, esmurrei a máquina com o cartão de crédito e corri. Saí da loja tremendo. Após décadas engolindo a raiva, ela se fazia presente, jorrando de mim de modo espontâneo… e emocionante.

    Quando eu disse sim para o calor intenso, quando o liberei e deixei fluir, fui tomada pelo inferno. Ele arrancou minha armadura; as proteções dolorosas que estavam havia tanto tempo cravadas em mim caíram aos poucos, em pedaços cheios de carne e sangue. O fogo abriu minhas feridas, limpou-as e liberou o terreno.

 Aqui está minha vergonha do corpo. Aqui, o olhar julgador dos outros. Ali, o olhar dos homens se aproximando. Aqui, quatorze anos e ódio de mim mesma, ali vinte e dois e um desejo insaciável. Nas minhas costas, as cicatrizes de amizades destruídas. Nos pulsos, os laços que me prendem à perda da mãe e à ausência do pai. Meus tornozelos pesavam com todas as palavras que eu queria ter dito. Ovários e útero exaustos pelas crianças que pari e pelas que não. Joelhos tortos de tanto tentar, cotovelos machucados de tanto desculpar a todos, pescoço arqueado pelo peso de toda a decepção comigo mesma.

 E aqui, também, está uma noite à beira do mar, com você nos meus braços. Ali, os dedinhos do nosso bebê estendidos, tentando apanhar algo, querendo atenção. Esta tatuagem que vai de um ombro a outro é meu desejo, crescendo, voando, pairando sobre suas conquistas. Esta linha preciosa que percorre toda a minha coxa são as carícias de cada amante, tão desejadas e deliciosamente retribuídas.

 Eu sou eu, por completo.

 Cada escama que forma minhas asas é uma história de perda, humilhação e desespero, em perfeito equilíbrio com outras histórias de alegria, satisfação e alívio.

 Eu me forjei no fogo e saí voando.

 Eu apareço à noite.

O nome dela é Maud. Passara a vida inteira omitindo o desnecessário *e*. Acontece que passou pela vida muito mais depressa do que esperava. Quando nos encontramos, está cansada. A verdade é que estou cansada das cansadas. Eu também estava cansada, exausta depois de tantos anos me adequando ao padrão esperado.

O cansaço de Maud não é igual ao meu, mas ela está exaurida, os olhos azuis injetados, as sardas pontilhando a pele pálida, cinzenta e opaca. Tem vinte e sete anos, mas sua doença a envelheceu. Ela pulou da juventude fértil para a velhice encarquilhada em um minuto; bastou uma injeção — uma que ela vai tomar repetidamente a cada três meses nos anos seguintes. Isso se tiver mais anos pela frente. Isso se tiver anos. A agulha é grossa; o líquido injetado é espesso. Não é só uma picadinha, um arranhãozinho, é um ataque, uma facada, e é o que — ela acredita — a mantém viva. Maud quer muito permanecer viva. Antes do tratamento, não compreendia que o custo de se manter viva era envelhecer vários anos de repente. Tudo que Maud queria era tempo, um tempo lento, mais tempo, qualquer tempo. Agora ela entende.

Maud está zonza de exaustão, preocupada que a doença tenha chegado ao cérebro, que o enorme preço a pagar não seja suficiente. À noite, ela se aconchega nos braços da pessoa amada, que faz de tudo para melhorar a situação, embora não acredite que isso seja possível, embora temam que aquilo seja tudo o que terão. O possível da pessoa amada não ultrapassa os limites do sono e, quando Maud acorda, está sozinha. Por mais próxima que esteja da respiração, do toque e do calor da pessoa amada, ela está profundamente sozinha.

Maud acorda todos os dias antes do amanhecer. Não devido à onda de calor, ela acorda por causa da ansiedade crescente, aquele pavor inexplicável que paralisa, aperta o peito e traz a certeza de que a mortalidade está à espreita. É essa certeza que me incentiva a atender Maud. Não tenho a menor ideia se a morte dela está próxima ou não: não sou vidente e a Morte não faz confidências a pessoas como eu, mas é doloroso vê-la evitando a vida por medo de inspirá-la e expirá-la cedo demais, então vou visitá-la. Não sou enfermeira. Minha função não é acalmar nem suavizar nada.

Maud se levanta com cuidado da cama, sua única preocupação é não perturbar a pessoa amada, que dorme. Maud não quer seu cuidado, sua solidariedade. Consegue suportar aquele amor carregado de medo durante o dia; à noite, a perda já está muito profundamente entrelaçada, e sua culpa pela partida, iminente ou eventual, mas, de qualquer forma, certa, é grande demais.

Eu a encontro no jardim. Na verdade, é menor do que um quintal, uma placa estreita e pavimentada nos fundos de um bloco de apartamentos grande e baixo, onde Maud cultiva uma série de plantas em vasos e cestas penduradas. Há floreiras apoiadas na parede dos fundos, uma treliça emaranhada com jovens glicínias e videiras, e girassóis que tentam crescer o suficiente para alcançar a luz do sol.

— Você está chorando — digo.

Acho útil começar explicitando o óbvio.

— Estou sempre chorando esses dias. Mas nem sempre as lágrimas saem.

— Hoje saíram — respondo, e aceno para a poça de água salgada ao lado do pé dela. — Vai atrair os caracóis. Vão beber suas lágrimas e morrer.

— Que bom. — Ela sorri. — Podem beber. Estão comendo minhas flores de abobrinha. Canalhas.

— Você é muito afeiçoada ao seu jardim.

Era uma afirmação e não uma indagação, mas ela responde como se eu tivesse perguntado.

— Todas as mulheres velhas são afeiçoadas aos seus jardins, então sim, agora que estou tão velha, me apeguei a ele. Imagino que daqui a pouco eu vá passar a gostar de colarinhos de renda.

Levanto a sobrancelha ao ouvir o clichê, mas não interrompo. Maud ainda acredita que envelhecer nos faz perder o bom gosto. Ela vai aprender. Se não morrer antes.

— Estou plantando coisas que florescem e morrem depressa, junto a outras que vão crescer e viver bem mais do que eu.

— Quantos anos você tem? — pergunto, apesar de já saber a resposta, mas imaginando o que ela vai dizer.

— Tenho a idade da minha doença. A idade do tratamento para minha doença. Sou uma anciã.

Ela suspira.

— Achei que você tinha vinte e oito? — provoco.

Ela franze a testa antes que possa evitar. A idade não importa mais, mas mesmo assim é óbvio que importa. Tem que importar.

— Só em setembro. — Ela olha para mim, quase como se estivesse magoada. — Já está indo rápido demais, não piore as coisas.

— Como é que vou piorar as coisas? Você tem vinte e sete anos e está completamente envelhecida, seus ossos doem, seu cérebro está turvo, o coração acelerado pelo medo da morte iminente, seu ventre vazio agora e para sempre.

Ela assente, apesar de tudo.

— Tinha que acrescentar essa última, né? Sua abordagem médica é quase tão boa quanto a da minha oncologista.

— Quase?

Maud assente de novo, e agora deixa o carro no estacionamento e espera no corredor do hospital; agora está de volta à salinha, uma caixa de lenços estrategicamente posicionada na mesa da oncologista. Uma posição que não é suficiente para esconder a fotografia dos três filhos felizes e saudáveis da médica.

— Fui atrás dela do corredor até a sala. Tentei adivinhar o que ela ia dizer pelo movimento dos ombros. Ela começou perguntando como eu estava e não consegui responder. Ela sabia como eu estava, mas eu não sabia, então por que ela não podia simplesmente me dizer?

— Talvez seja difícil dizer a uma pessoa que ela simplesmente perdeu cinquenta anos de vida.

Maud dá de ombros.

— Deve ser. Depois de um tempo ela conseguiu.

Faço uma pausa. O silêncio entre nós aumenta e, quando atinge seu auge, pergunto:

— Como está lidando com tudo, Maud?

A fúria de Maud, quando aparece, é silenciosa, delicada, um desespero suave que ela, por medo da raiva, insiste em diluir com bom senso e lógica cuidadosa. Por um tempo, "por que eu" rivaliza com "por que não eu", e então é substituído por "eu sei que estão fazendo o melhor que podem" e "é óbvio que é totalmente aleatório" e "eu tive uma ótima vida apesar de ser jovem" e "o remédio ainda pode funcionar, ainda pode curar", "a percentagem disso e daquilo", e, e, e — até exaurir os argumentos.

Espero, sempre quieta, até que... numa frase que é meio lamento e meio queixa, coalhada de vergonha e, finalmente, incensada de raiva, ela solta:

— Não... é... justo.

Aí está minha garota. Vamos nessa.

Porque não é justo mesmo, certo? Nunca é justo. Nunca foi justo, nada, e nossa sensatez não consegue desfazer a injustiça. Tudo que faz é sufocá-la, cobrir as lacerações que escondemos

porque o mundo não consegue lidar com nossa angústia e prefere que sejamos boazinhas, quietas, esforçadas.
Foda-se.
Mergulhe fundo, Maud. Abra a ferida, liberte a dor que está infiltrada.
Ela abriu. Naquele jardim, cujo resultado completo dos seus plantios ela nunca veria, Maud reclamou, vociferou, se enfureceu e se permitiu. Em alto e bom som.
Não tentei aliviar nada: não tenho esse poder nem esse desejo. Talvez tenha tornado as coisas possíveis, o rugido que ela finalmente soltou. Uma das minhas escamas caiu ao sair dali. Talvez tenha ficado no jardim; talvez floresça. Só Maud sabe.
Quando ela voltou para o quarto, dormiu suavemente. Uma luz verde-dourada e brilhante por trás dos olhos, o conforto em aceitar a perda.

No estudo de Beyene e Martin de 2001 sobre a menopausa das mulheres maias de Yucatán, México, nenhuma delas relatou qualquer histórico de sintomas da menopausa. Os ossos de homens e meninos tinham fraturas, mas os das mulheres não. A pesquisa mostrou que embora a densidade óssea das mulheres maias de Yucatán seja a mesma, numa idade mais avançada, que a de mulheres norte-americanas, sendo ambas igualmente propensas à osteoporose, as mulheres maias não apresentavam fraturas. Talvez fosse a dieta rica em cálcio ao longo da vida; talvez fosse o exercício constante de carregar água por vários quilômetros até os setenta anos; a questão era que seus ossos não estavam quebrados. No estudo de Stewart, de 2003, as mulheres maias diziam que a irritabilidade, a raiva e a confusão mental eram seu espírito animal vindo à tona, libertando-se. Os estudos com as mulheres maias demonstram que elas se alegram com o fim das menstruações, a libertação do fardo que é a fertilidade, e com as possibilidades maiores de envolvimento na sociedade para além dos tabus da menstruação.

— O fim da menstruação foi o momento decisivo para mim. Foi ali que eu tive certeza.

Sam e eu estamos sentados no parquinho infantil perto de onde ele mora com a esposa, com quem está casado há trinta anos. O netinho brinca com as duas filhas dos vizinhos.

— Um casal jovem e adorável — comenta Sam. — Não sei muito bem o que pensam de nós, mas são bastante gentis, e uma vez nos oferecemos para trazer as filhas deles para brincar com os nossos quando estivéssemos de babá... Bom, de cavalo dado não se olham os dentes, não é?

A menopausa foi o cavalo dado de Sam. Ele sempre se sentira diferente dos amigos, desde a escola primária, mas essa é uma época em que muitas crianças se sentem diferentes, o que de fato são. Aos dezesseis anos, quando se assumiu lésbica, queer, aquilo fez sentido. Por muito tempo, aquele foi o certo para ele, para eles. Quando ele e Anila se apaixonaram, tudo pareceu se encaixar.

— Nós estávamos naquela primeira onda de mulheres queer que tiveram bebês fora de relacionamentos hétero, uma com a outra mesmo, decidindo se ambas tentaríamos engravidar ou não. Nunca estive muito à vontade com meu corpo do jeito que Anila estava, e ela era um pouco mais nova, então no geral era mais simples se ela engravidasse e eu ficasse ao lado. Algumas vezes, tive inveja da barriga, e de quando ela amamentava. Fiquei imaginando que talvez eu estivesse perdendo alguma coisa, mas não sinto isso agora. Fizemos as escolhas certas para nós, para quem éramos na época.

Espero. Tenho experiência em esperar. Assim como Sam.

— Eu sabia. Acho que sempre soube em algum nível, num nível físico, mas eu não dava ouvidos, pelo menos não a princípio. Nós éramos muito felizes e por muito tempo tudo ficou bem, sabe? Quer dizer, ninguém está satisfeito o tempo inteiro.

— E a transição?

Sam ri e balança a cabeça.

— Todas as três transições, uma depois da outra. Entrei na menopausa primeiro e foi intenso, viu? Suor noturno, ondas de calor, ansiedade, transtorno, ódio do mundo, de mim, de Anila. Nossos dois filhos estavam fora na época, ele viajando pela América do Sul e ela na universidade. Física e matemática pura. Muito além da minha compreensão.

Sam para por um instante para chamar uma das crianças dos vizinhos, cochicha algo sobre um sorvete em breve e se ela pode deixar o neto ir uma vez no escorrega e segurar sua mão? A irmã mais velha assente, com expressão solene, e assume a responsabilidade. Ele observa enquanto as crianças se reorganizam nos papéis.

— Pode continuar?

— Então, tenho certeza de que eu estava sendo insuportável de conviver. Porque não era só a menopausa, sabe? Eu não podia mais ignorar, e com a menstruação parando, aquele ciclo terminando... tudo veio à tona. Nós conversamos muito. Conversamos muito e também não conversamos. Muitas vezes só nos abraçávamos. Eu ainda sou eu, óbvio que sou, mas também sou uma pessoa diferente. Queria ser diferente. — Há lágrimas nos olhos de Sam. — Eu me compadeço dos mais jovens. Ninguém me perturbou, nenhum médico pelo menos. Concluíram que eu já estava velho o suficiente para saber de mim mesmo, do meu corpo. Estavam certos. Mas eu também já sabia havia décadas. Eu só não... *sabia*. — Ele coloca as duas mãos na barriga, no coração. — Anila também sabia, de algum jeito ela sabia. A menopausa dela foi mais suave do que a minha, ou talvez tenha sido mais suave em comparação a todo o resto que estávamos vivendo. — Ele ri. — Enfim, quem está tomando hormônios agora sou eu.

Ele começa a juntar as coisas das crianças, casacos, um par de meias jogado, um boné.

— Preciso levar essa turminha para tomar sorvete antes que comecem as brigas. — Ele olha para a pilha de tralhas que tem nas mãos. — Nós fizemos dar certo, eu e Anila. Escolhemos isso, e foi o que fizemos. Mas talvez você devesse falar com ela também. Foi diferente para ela.

Sam sai andando com as crianças como qualquer outro avô, em qualquer outro sábado.

De fato converso com Anila e, no começo, ela é muito ríspida, cansada de defender o marido, cansada de explicar sobre a vida dos dois. Quando percebe que não estou ali para censurar, mas para ouvir mais, ela relaxa, fala sobre as coisas boas e ruins. Quando estou prestes a sair, ela estende a mão — noto uma tatuagem antiga no pulso, meio escondida sob a manga. Uma espécie de pássaro, acho, com as asas abertas.

— Tem uma coisa. Eu não falo isso para muita gente porque, sendo sincera, está tudo bem. Nós dois mudamos tanto ao longo desse tempo, e tenho certeza de que ainda vamos mudar mais, mas ele ainda é meu Sam. Fizemos um bom trabalho evoluindo juntos.

— E o que era a coisa?

Ela dá uma risada com a expressão meio envergonhada.

— Antigamente eu era descolada. Era a lésbica asiática tatuada que namorava uma mulher branca. Agora eu tenho um marido, sou só a "vovó". Sou como qualquer outra avó. Ninguém mais olha para mim e me acha descolada.

Olho para ela.

— Pode acreditar que eu acho.

Deixo uma escama no batente da porta. Uma das crianças vai encontrá-la mais tarde. Vovó Anila conta a história de uma mulher dragão.

— É tipo o dragão no braço, vovó?

— Isso mesmo.

Em 1966, o doutor em medicina Robert A. Wilson publicou *Feminine Forever*, livro no qual afirmava categoricamente que nenhuma mulher pode escapar à decadência da castração que é a menopausa, e nos lembrava de que era não apenas uma escolha, mas também um dever em relação a nossos maridos e famílias, fazer o melhor para nos manter femininas para sempre. E ele tinha exatamente o remédio perfeito para nos ajudar nessa missão.

Amei muitas drogas ao longo da vida. Opioides, narcóticos, canabinoides, alucinógenos, ISRSs, terapias hormonais, todos foram cheirados, fumados e engolidos. Os que acabavam com a dor, os que traziam felicidade, os que baniam os sintomas, os que acentuavam os sintomas, cada um tinha seu espaço. Não julgo nenhum usuário de drogas, em qualquer formato, de adesivos a géis. Mas se julgo um homem que decide o que é feminino e que a versão dele de feminilidade deve durar para sempre? Se julgo uma cultura que nos ensina que atrofia vaginal é quando a vagina não consegue mais acomodar um pênis ereto confortavelmente, e decide assim que a medida da vagina é o pênis? Se julgo uma sociedade que teme o envelhecimento e despreza os velhos? Ah, sim. Isso eu julgo demais.

* * *

Próximo. Um campo. Ou talvez uma planície. Estou deslizando, os sentidos atentos, nada muito nítido, absorvendo as coisas conforme aparecem. E então decido prestar atenção. Mudo o olhar, foco. Sim, uma planície. É bem ampla e se estende por todo o horizonte. Talvez já tenha sido um campo que se destacava dos outros ao redor, todos organizados e demarcados a mão e arado. Daqui de cima acho que consigo ver as linhas desbotadas onde antes ficavam os sulcos, seis anos de colheitas e um de pausa para descansar. Agora é uma planície, ampla, exposta, seca. Nada fértil nem em repouso. E ainda assim não está morta. Ao chegar mais perto vejo pequenos bolsões de vegetação, alguns arbustos magrelos baixos, e, perto da terra quente, há velhos lagartos agachados, relaxando sob a sombra parcial, a sombra seca. Se não encontrar o local, vou ter que dar meia-volta em breve, percebi que o sol nesta latitude é implacável até o momento em que se põe de repente e some. Não existe crepúsculo por aqui, não existe anoitecer. É luz e depois noite. Dou um giro mais uma vez, um pouco mais baixo, e então vejo. Uma casinha à beira da planície, bem no declive, que escapa fácil à vista. Ou está bem escondida.

— Construí este lugar com minhas próprias mãos. Comecei quando estava com quase cinquenta anos. Sabia o que vinha pela frente, o momento em que ia querer abandonar o que conhecia e achar meu próprio caminho.

Olho ao redor, para o cômodo feito de tijolos de barro secos ao sol, posicionados alternadamente e bem ajustados. Um teto baixo, uma janela ampla no lado leste, outra do lado oeste, uma lareira grande na parede norte, a cama encostada na direção sul. Do lado de fora, na parte coberta, tendo o declive e a própria casa para bloquear os ventos mais fortes, fica uma grande horta. Vejo hastes de milho meio bagunçadas, pés de vagem subindo por uma estrutura aramada, tomateiros tombados pelo peso dos frutos de um vermelho profundo e de um laranja impressionante. O jardim não tem cerca, nenhuma delimitação que o separe do resto da planície a não ser uma pilha de madeiras, com dez troncos de comprimento e quinze de altura, formando mais uma barreira contra o horizonte interminável; um galinheiro e um galpão completam a paisagem. Há uma trilha que leva para o lado noroeste, até um rio a menos de dois quilômetros dali. Na primeira década, ela caminhava por aquela trilha duas vezes ao dia. Uma vez, no auge do verão, arriscou-se a sair de casa com o sol a pino, o desejo do corpo pelo fluxo das águas mais forte do que o bom senso. Esparramada no leito raso do rio, abanou braços e pernas e se entregou ao sol e àquela faixa estreita de terra fresca e úmida alimentada pelas montanhas distantes. Naquela noite e nos dias seguintes, foi punida por tamanha audácia de meio-dia com uma enxaqueca de insolação. Quando a dor passou, ela compreendeu a tolice e se sentiu como uma garota boba levando uma bronca. Ainda assim, ficou feliz por ter se entregado à água uma última vez.

Afastando-se do rio, e depois da casa, havia uma trilha longa que dava direto na estrada principal. Ela não caminhava por ali havia anos, nem ela nem ninguém.

— Quando vim morar aqui, eu recebia visitas. Minha neta, o filho dela, um primo mais jovem, uma velha amiga, um ou dois amantes, todos imaginando que talvez, quem sabe. Eu não era grosseira, mas também não incentivava. A certa altura compreenderam que, embora fossem bem-vindos, eu não precisava deles. Aprendi isso, eles também. Nunca antes na minha vida eu tinha entendido que só precisava de mim mesma. Foi uma boa lição.

Ela anda encurvada por causa da artrite, o olho esquerdo turvo pela catarata, os cabelos brancos presos. Enquanto fala, passa um fio por entre os dedos nodosos, por cima e em volta de uma agulha de crochê, o cobertor que está fazendo apoiado nos joelhos.

— Não sinto falta de muita coisa, talvez do oceano. Não vejo o mar há muito tempo. O meu povo, há muito tempo, aperfeiçoou a arte de sentir falta, mas continuar sobrevivendo.

Meu movimento de cabeça é uma pergunta.

Ela continua.

— O povo do meu avô foi escravizado. Era motivo de muito orgulho e muita dor, a resistência, a capacidade de sobreviver. Era como uma medalha de honra recuperada. Bem depois, minha filha, que é uma pesquisadora incansável, descobriu que a família da minha bisavó era proprietária de escravizados.

— Deve ter sido difícil se adaptar a essa ideia.

Ela olha para mim com o olho bom, mas a mirada que sinto, perfurante, é a do olho turvo.

— Não é mais difícil do que crescer sendo negra por estas bandas. Na maioria dos lugares, imagino.

— Não.

— Tudo sempre necessitava de adaptação, de ajuste. Fui ficando cansada disso e de todo o resto. Queria viver sozinha, longe dos olhares dos outros, que tentavam me definir de fora para dentro.

— Pode me contar mais?

Ela conta. Sobre o desabrochar da feminilidade, o corpo glorioso, uma forma física que a encantava e aterrorizava, que atraía homens, mulheres e tudo mais que ficava no meio do caminho: ela se divertia com o próprio corpo, revelando-o para si mesma e às vezes para os outros.

— Eu adorava minhas curvas, o modo como a carne se adaptava ao meu espírito. Recebi bem aquela primeira mudança, aos doze, treze anos. Cumprimentei o sangue, a dor, a raiva e a escuridão, como se fossem uma velha amiga de quem eu nem sabia que sentia falta. Depois, a segunda mudança, as gravidezes, os bebês, os abortos, a carne que saía de dentro de mim, viva e morta. Aquela mudança também me espantou, me alimentou, me sangrou até secar e me reabasteceu a cada vez que um deles desmamava. Eu amava a maternidade. Até com a dor, as perdas constantes e o medo sempre presente em todos os minutos do dia e ainda pior à noite, ainda assim eu amava, eu florescia naquilo. Então eles ficaram adultos, e o envelhecimento deles indicava o meu. Uma mãe que vira outra coisa e a terceira mudança. O fim do sangramento, o começo da velhice. Lutei contra, por um breve momento. Tentei me manter na fase intermediária com tinta de cabelo e poções, exercício e determinação, mas então, numa tarde, fiquei observando um glorioso pôr do sol no céu e entendi tudo. Eu agora era crepúsculo, anoitecer. Abracei a capa de invisibilidade que a idade nos fornece, me envolvi nela como se fosse um feitiço. Quando fui embora, ninguém percebeu.

Ela descansa as mãos. A água da chaleira ferveu. A torta que esfriava ali do lado é cortada: comemos metade cada uma, nada de pedaços pequenos, nada de guardar para amanhã. Esta noite é tudo que temos. Comemos, bebemos, nos beijamos, nos deitamos ao lado uma da outra, nossos corpos velhos, nossa pele fina como crepe.

Depois de fazermos amor, depois de rolarmos e nos mexermos, do abraço, do sono, saio debaixo dela. Ela acorda, percebe que saí, resmunga uma despedida e volta ao bem--vindo descanso. Coloco um tronco na lareira para mantê-la aquecida ao amanhecer. Dou de ombros e coloco uma escama na janela lateral. Quando o sol nascer, ela vai acordar num mar verde.

Ao sair, registro o que aprendi no livrinho de anotações das minhas vísceras — poderia usar o coração, mas às vezes ele para por uns momentos. Acho que as vísceras são um guia mais confiável.

Tudo, sempre, é aprendizado.

O estudo de 2015 de Hoga *et al.* sobre a menopausa nas Américas, na Europa, no Sudeste Asiático, na Oceania e no Oriente Médio mostrou que se trata de uma transição associada à meia-idade e ao envelhecimento, na qual experimentamos mudanças físicas e emocionais. Foram analisados estudos globais em quatro línguas diferentes e descobriu-se que há uma melhoria na resiliência durante essa transição, e que ela é profundamente afetada pelas expectativas sociais e culturais, pela família e as necessidades individuais. É complexo e individual.

Todos nós mudamos, sempre, de maneiras diferentes. Desde a concepção, nós estamos em estado constante de mutação, crescimento, desenvolvimento, morte.

Dragões trocam de pele.

Foi assim que troquei a minha.

Eu era uma daquelas sobre as quais as pessoas sempre diziam "Lá vem o problema", como se isso pudesse ser um elogio. Estavam erradas. Nunca fui alguém que quebrasse as regras. Nunca fui intencionalmente desobediente, malcomportada, grosseira nem indelicada. Não queria transgredir, nunca foi minha intenção. E, no entanto, pelo jeito, eu era transgressora. Graças ao puro acaso da minha forma, do meu tamanho, da minha aparência, do meu ímpeto, eu era barulhenta demais, grande demais, tudo demais. Sempre viva demais. Eu irritava as pessoas com minhas perguntas, deixava-as loucas com minhas incertezas, meu desejo de saber os porquês e comos e quem disse e por que eu devo fazer isso? Eu não fazia nada disso para irritar alguém, mas irritava. Me bateram, me expulsaram, tentaram me calar de toda forma, e ainda assim, no silêncio forçado, minhas perguntas só se multiplicavam. Não queria ser nada além de uma boa garota, mas ao tentar ser boa, tentar ser verdadeira, não conseguia ser como as pessoas acreditavam que uma garota deveria ser. O tempo passou, de garota passei à mulher, e mais uma vez eu estava errada. Era minha culpa quando os homens me desejavam; era minha culpa quando me violentavam; era minha culpa por ser tão desejável.

Eu tinha treze anos. E de algum jeito, mesmo assim, era minha culpa.

E depois de novo, já uma mulher crescida. Por mais que eu me esforçasse para ser boa, não conseguia conciliar a bondade deles com a minha verdade. A certa altura fiquei exausta de tentar. Cheguei ao meu limite, e então não havia mais nada me limitando. Quando abri a boca, minha voz sobressaiu. Retumbante. E a verdade era boa.

Aquilo não anulava a dor, mas deixei de buscar a bondade e acatar uma cultura que preferia o bem à verdade.

Coloquei toda a dor na balança, examinei, e uma a uma, perda a perda, fui me soltando dela. Desenvolvi uma nova pele de escamas verde-douradas que brilham e mudam de cor quando me movo; meu corpo está confortável com elas; não são um fardo. Estou leve. Iluminada. Conte-me a sua história e, ao contar, sinta tudo desaparecer. Você é, e você não é, a sua história. Mantenha o que serve para você agora, abra espaço para o talvez.

A lua não me abandonou e ainda dita minha ascensão e queda, o descanso quando está minguando, o voo quando está crescendo. Posso fazer uma visita e oferecer o melhor passeio da sua vida. Ouça meu chamado: dificilmente eu vou procurá-la mais de uma vez.

Sinta o verde-dourado. Agarre-o em você. Faça dele algo seu. Sim. É isso mesmo. Vá em frente.

SOBRE AS AUTORAS

Margaret Atwood é autora de mais de cinquenta livros de ficção, poesia e ensaios. Alguns de seus romances são: *Olho de gato*, *A noiva ladra*, *Vulgo Grace*, *O assassino cego*, e a trilogia MaddAddão. Seu clássico de 1985, *O conto da aia*, ganhou uma sequência em 2019 intitulada *Os testamentos*, que foi best-seller mundial e ganhou o prêmio Booker Prize. Seu trabalho mais recente é uma coletânea de contos, *Old Babes in the Wood*. Atwood já ganhou diversos prêmios, como o Arthur C. Clarke, o Franz Kafka Prize, o Prêmio da Paz da German Book Trade e o Lifetime Achievement Award da PEN USA. Em 2019, ela se tornou membro da Ordem dos Companheiros de Honra, por seus serviços à literatura.

Susie Boyt, membro da Sociedade Real de Literatura, é autora de sete celebrados romances, além do muito amado livro de memórias *My Judy Garland Life*, que foi transformado em série pela Radio 4, esteve na lista de finalistas do PEN Ackerley Prize e foi levado aos palcos na Nottingham Playhouse. Ela escreve colunas e resenhas para diversos veículos, e recentemente editou e escreveu a introdução de *The Turn of the Screw and Other Ghost Stories*, de Henry James, para a Penguin Classics. Em 2022, uma peça sobre T. S. Eliot e a cantora teatral Marie Lloyd, que Susie coescreveu, foi encenada no Wilton's Music Hall, em Londres. Ela também atua como diretora no Hampstead Theatre. Seu romance mais recente, *Loved and Missed*, foi considerado "uma obra-prima delicada" na lista de livros do ano do *Observer*.

Eleanor Crewes é ilustradora e autora de *The Times I Knew I Was Gay*, *Lilla the Accidental Witch* e *Ghosts in My House*. Seus livros foram de zines e quadrinhos costurados a mão a graphic novels autobiográficas, fantasias infantojuvenis e histórias de horror adultas publicadas internacionalmente. Ela mora no norte de Londres com sua parceira.

Nascida em Dublin em 1969, Emma Donoghue é uma autora premiada que mora no Canadá. Seu romance mais recente, *Haven*, conta a história de monges que desembarcaram na ilha de Skellig Michael no século VII. Ela foi indicada ao Oscar pelo roteiro adaptado de *Quarto*, best-seller internacional e finalista do Booker, e recentemente coescreveu o filme da Netflix inspirado em seu romance *O milagre*. Alguns de seus outros livros são *O capricho das estrelas*, *Akin*, *Frog Music*, *The Sealed Letter*, *Life Mask* e *Slammerkin*, além de *The Lotterys* para jovens leitores.

Stella Duffy é autora premiada de dezessete romances, mais de setenta contos e quatorze peças. Em 2016, foi condecorada com a Ordem do Império Britânico pelos serviços prestados às artes. Stella também é psicoterapeuta e atende em seu consultório num serviço de saúde mental comunitário a baixo custo. Atualmente está terminando o doutorado em psicoterapia existencial e pesquisa sobre a experiência corporal da pós-menopausa. Seu site é www.stelladuffy.blog.

Linda Grant é autora de quatro livros de não ficção e nove romances. Em 2000, ganhou o Orange Prize de Ficção. *The Clothes on Their Backs* foi finalista do Man Booker Prize em 2008 e venceu o South Bank Show Award. Seu romance mais recente, *The Story of the Forest*, será publicado em 2023. Ela é membro da Sociedade Real de Literatura e é doutora honorária da Universidade de York e da Universidade John Moores, de Liverpool.

O romance de estreia de Claire Kohda, *Woman, Eating*, foi eleito um dos livros do ano por veículos como *Harper's Bazaar*, *The New Yorker*, *Glamour*, *HuffPost* e BBC. Ela escreveu um ensaio para a antologia *East Side Voices*, e também tem textos publicados no *Guardian*, *TLS*, *FT* e *New York Times*. Ela é violinista e já tocou com artistas como Sigur Rós, The National e Max Richter, além de ter participado da trilha sonora de filmes como *Os dois papas* e *Matrix Resurrections*.

CN Lester faz música de diversos gêneros, é autore do livro aclamado pela crítica *Trans Like Me* e fundou e faz a direção artística do evento de arte Transpose. É cantore e compositore, e também canta música clássica. Tem uma pesquisa/performance de pós-doutorado interdisciplinar a respeito da compositora Barbara Strozzi; seus interesses acadêmicos incluem performance e composição, gênero e música, e história de gênero e sexualidade. Trabalha internacionalmente como educador, escritore, palestrante e ativista trans/queer/feminista.

Kirsty Logan é uma sonhadora profissional e autora de romances, coletâneas de contos, plaquetes, ficção em áudio, memórias e trabalhos colaborativos com músicos e ilustradores. "Rapariga" é baseado em personagens de seu terceiro romance, *Now She is Witch* (Harvill Secker, 2023). Seu trabalho já foi vendido para TV, adaptado para o teatro, transmitido no rádio, exibido em galerias de arte e disponibilizado numa máquina vintage de cigarros da Wurlitzer. Mora em Glasgow com sua esposa, um bebê e um cachorro resgatado.

Caroline O'Donoghue é autora, podcaster e roteirista. Publicou três romances adultos, *Promising Young Women, Scenes of a Graphic Nature e The Rachel Incident.* Sua série YA *All Our Hidden Gifts*, publicada pela Walker, está na lista de mais vendidos do *New York Times*. Seu podcast, *Sentimental Garbage*, aborda "o tipo de cultura que amamos, mas da qual a sociedade às vezes nos faz ter vergonha" e pode ser ouvido em qualquer lugar.

Chibundu Onuzo é autora de três romances: *The Spider King's Daughter, Welcome to Lagos* e *Sankofa*, que foi um dos escolhidos para o clube do livro de Reese Witherspoon em 2021. Em 2018, Chibundu foi eleita membro da Sociedade Real de Literatura como parte da iniciativa quarenta com menos de quarenta. Seu perfil no Instagram é @Chibundu.Onuzo.

Helen Oyeyemi é autora de dez livros, incluindo *Mr. Fox*, que em 2012 venceu o Hurston/Wright Legacy Award. Foi eleita membro da Sociedade Real de Literatura em 2013 e considerada pela *Granta* uma das melhores jovens romancistas britânicas no mesmo ano.

Rachel Seiffert publicou quatro romances, *Boy in Winter*, *The Dark Room*, *Afterwards* e *The Walk Home*, além de uma coletânea de contos, *Field Study*. Seus romances foram finalistas do Booker Prize e do Dublin/IMPAC Award e três vezes semifinalistas do Women's Prize for Fiction em 2018. Quando não está escrevendo, está tricotando, e se não tiver nada para escrever nem tricotar, então teremos um problema.

Kamila Shamsie é autora de nove romances, incluindo *Lar em chamas* — que venceu o Women's Prize for Fiction e foi semifinalista do Man Booker Prize —, *Sombras marcadas*, *A God in Every Stone* e *Best of Friends*. Seus romances foram traduzidos para mais de trinta línguas. Ela cresceu em Karachi e hoje mora em Londres.

Ali Smith nasceu em Inverness e hoje vive em Cambridge. Foi finalista quatro vezes do Man Booker Prize e duas vezes do Baileys Prize, que ganhou em 2015 com o livro *Como ser as duas coisas*, que também ganhou o Goldsmiths Prize e o Costa Novel Award. Em 2022, ela venceu o Austrian State Prize de literatura europeia.

Sandi Toksvig nasceu na Dinamarca, foi criada na África e na América, e, com catorze anos, se mudou para o Reino Unido. Atua nos palcos, telas e rádios britânicos há mais de quarenta anos e foi condecorada com a Ordem do Império Britânico por seus serviços na TV e no rádio. É casada, mãe de três crianças e vive no meio do mato.

Impressão e Acabamento:
BMF GRÁFICA E EDITORA